中国古典
之门丛书

# 说话的诀窍

## 解读《红楼梦》言语交际

SHUOHUA DE JUEQIAO

杜永道◎著

语文出版社

·北京·

**图书在版编目（CIP）数据**

说话的诀窍 ：解读《红楼梦》言语交际 / 杜永道著
. -- 北京 ：语文出版社，2012.11（2019.4重印）
 ISBN 978-7-80241-620-8

 Ⅰ．①说… Ⅱ．①杜… Ⅲ．①《红楼梦》—言语交往
—语言艺术—研究 Ⅳ．①I207.411

中国版本图书馆CIP数据核字(2012)第257487号

| | |
|---|---|
| 责任编辑 | 李　勇　高全军 |
| 装帧设计 | 李建章 |
| 出　　版 | 语文出版社 |
| 地　　址 | 北京市东城区朝阳门内南小街51号　100010 |
| 电子信箱 | ywcbsywp@163.com |
| 排　　版 | 北京杰瑞腾达科技发展有限公司 |
| 印刷装订 | 北京天宇万达印刷有限公司 |
| 发　　行 | 语文出版社　新华书店经销 |
| 规　　格 | 787mm×1092mm |
| 开　　本 | 1／16 |
| 印　　张 | 20 |
| 字　　数 | 241千字 |
| 版　　次 | 2013年9月第1版 |
| 印　　次 | 2019年4月第3次印刷 |
| 印　　数 | 6,001-16,000 |
| 定　　价 | 36.00元 |

☎ 010-65253954(咨询) 010-65251033(购书) 010-65250075(印装质量)

# 内 容 提 要

　　本书分析了《红楼梦》中 100 例人物对话的言语交际策略和技巧。这些策略和技巧对提高现代社会生活中各类言语交际的水平具有实用价值。书中的实例分析具有趣味性和一定研究性。

　　本书可供各行各业及大中学校师生阅读，特别适合从事人事、办公室、外联等工作的职场人士阅读，也是语言应用和言语交际的研究者、一般语文爱好者以及《红楼梦》研究者在言语交际分析方面的一本很有价值的参考书。

# 序：面向交际实际，研究交际难题

在大量的对《红楼梦》具体交际实例的分析研究中，笔者感到，在言语交际研究中，应结合社会交际实际和有关言语交际理论，加强对"一轮对话""二人语境"及"交际难题"等问题的研究。

## 一、加强对"一轮对话"的研究

在对话中，言语策略常常体现在对话双方的某一轮对话之中。先看下面一段对话：

（薛蟠）因和母亲商议道："咱们京中虽有几处房舍，只是这十来年没人居住，那看守的人，未免偷着租赁给人住，须得先着人去打扫收拾才好。"他母亲道："何必如此招摇！咱们这进京去，原是先拜望亲友，或是在你舅舅处，或是你姨父家，他两家的房舍极是宽敞的，咱们且住下再慢慢儿的着人去收拾，岂不消停些？"薛蟠道："如今舅舅正升了外省去，家里自然忙乱起身，咱们这会子反一窝一拖的奔了去，岂不没眼色呢？"他母亲道："你舅舅虽升了去，还有你姨父家。况这几年来，你舅舅姨娘两处每每带信捎书接咱们来。如今既来了，你舅舅虽忙着起身，你贾家的姨娘未必不苦留我们，咱们且忙忙的收拾房子，岂不使人见怪？你的意思我早知道了：守着舅舅姨母住着，未免拘谨了，不如各自住着，好任意施为。你既如此，你自去挑所宅子去住，我和你姨娘姊妹们别了这几年，却要住几日，我带了你妹子去投你姨娘家去，你道好不好？"薛蟠见母亲如此说，情知扭不过，只得吩咐人夫，一路奔荣国府而来。

在这一段话中，薛蟠跟他母亲的对话有两个轮次，对立的意见交锋了两次，薛姨妈两次否定了儿子的意见，但是"解决战斗"的，则是第二轮对话。第二轮对话中显示出这样的言语策略：从对方论据入手反驳易于奏效。（见《红楼梦》第4回）

通过劝说改变对方某一意见的关键性话语，也往往发生在某一轮对话中。例如：

平儿道："何苦来操这心？'得放手时须放手'，什么大不了的事，乐得施恩呢。依我说，纵在这屋里操上一百分心，终究是回那边屋里去的，没的结些小人的仇恨，使人含恨抱怨。况且自己又是三灾八难的，好容易怀了一个哥儿，到了六七个月还掉了，焉知不是素日操劳太过、气恼伤着的？如今趁早儿见一半不见一半的，也倒罢了。"一夕话说的凤姐儿倒笑了，道："随你们罢！没的怄气。"

根据小说的描写，凤、平二人有两轮以上的对话，但真正发挥作用，成功地劝说凤姐放弃惩罚丫头计划的话语，则是平儿在这一轮对话中说出的。（见《红楼梦》第61回）

建议语的关键性话语，也常常是在一轮对话中说出并取得成效的。例如：

袭人连忙回道："……如今二爷也大了，里头姑娘们也大了，况且林姑娘宝姑娘又是两姨姑表姐妹，虽说是姐妹们，到底是男女之分，日夜一处，起坐不方便，由不得叫人悬心……况且二爷素日的性格，太太是知道的：他又偏好在我们队里闹……不如这会子防避些，似乎妥当……"

袭人在说这段话之前之后，跟王夫人进行了多轮对话，甚至在这轮对话的前一轮中，已提出了让宝玉搬出大观园的建议，然而深入阐述搬出理由的，却是在这一轮对话中。袭人深入阐述意见的这番话，受到王夫人的充分肯定和赏识。（见《红楼梦》第34回）

因此，研究核心的对话轮次，是言语交际研究的一个重要课题。深入、多角度地研究核心对话轮次，有益于言语交际研究更好地抓住、更细致地观察关键问题。

其实，已知的一些重要的言语交际的原则，是在某一轮对话中体现出来的。请看下面四组对话，它们都在一轮对话中显示出某一交际规律：

(1) "你多大了？"

　　"十九。"（茹志鹃《百合花》）

(2) 甲　我认为小李很能干。

　　乙　是的，小李不错。

(3) 甲　主任，他家很困难，能不能多给他点救济？

　　乙　是的，我也很同情他，但是钱实在太少，没法多给。

(4) 甲　您的画画得真好。

　　乙　哪里，涂鸦而已。

对话（1）充分显示出合作原则中的关联准则，即说出的话应切合对方话题，不能答非所问；对话（2）和（3）充分显示出合作原则中的一致准则，即应尽量减少与别人的分歧；（2）中"乙"的说法是为了减少观点分歧，（3）中"乙"的说法是为了增加感情上的一致；对话（4）充分显示出有时为了坚持礼貌原则中的褒贬准则以示谦虚，可以违反合作原则中的真实准则，明明画得不错，"乙"却说是"涂鸦"。（以上四例均引自邢福义主编《现代汉语》，高等教育出版社，1991年第1版）

系列性深入考察具体情境中核心的或典型性的对话轮次，有助于将言语交际理论的研究引向深入。

## 二、加强对"二人语境"的研究

言语交际常常是两个人的事，即一个人说，另一个人听。这样，由一个说话人和一个听话人构成的交际环境，即"二人语境"成为日常交际中最常见的交际模式。在"二人语境"的研究中，以下问题值得重视：

（一）二人语境中的听话人意识对交际成功与否具有深刻的影响

在二人语境中，说话人是否具有强烈的听话人意识，是否注意到听话人的话题兴趣、价值观念、性格特点、内心企盼等心理因素，直接关系到交际的成败。例如《红楼梦》第45回，宝钗劝黛玉勿读杂书。她说的一席关心、体贴对方的话，使处于"一年三百六十日，风霜刀剑严相逼"的环境中渴盼关怀与真情的黛玉，感受到暖人肺腑的温情。事隔几日，黛玉仍未忘怀，对宝钗说：

> 细细算来，我母亲去世的时候，又无姐妹兄弟，我长了今年十五岁，竟没一个人像你前日的话教导我。

反之，漠视听话人的心理方面的状况和变化，势必在交际中碰壁。例如第66回，柳湘莲顺口对宝玉说："你们东府里，除了那两个石头狮子干净罢了。"这话登时就使宝玉"红了脸"，十分不悦。因为这句话无意中把宝玉也划入了"不干净"之列。关于二人语境中须有强烈的听话人意识，《红楼梦》中有一个很生动的例子。第10回，金氏要向尤氏兴师问罪，告秦可卿弟弟的状，别人怎么劝她都不听。可等她见了尤氏，"那里还有大气儿？殷殷勤勤叙过了寒温，说了些闲话儿。"尤氏又跟她提及秦可卿的病，金氏"听了这一番话，把方才在他嫂子家的那一团要向秦氏理论的盛气，早吓得丢在爪哇国去了"。金氏的听话人意识复归之后，她的言语态度转瞬间发生了一百八十度的大转折（金氏见了尤氏之后，话语处处留意到尤氏心态）。

（二）"显性二人语境"

有时，话语交际的语境中有数人在场，但对话双方仍是二人。这时，往往仍是一种二人语境，这里暂且称为"显性二人语境"。例如《红楼梦》第22回凤姐、贾母有这样一段对话：

凤姐凑趣，笑道："……老祖宗看看，谁不是你老人家的儿女？难道将来只有宝兄弟顶你老人家上五台山不成？……"说得满屋里都笑起来。贾母亦笑道："你们听听这嘴！我也算会说的了，怎么说不过这猴儿？……"

凤、贾二人对话时，尚有众人在场，但二人话语的语义完全指向对方，丝毫不涉及在场的第三方。

（三）"隐性二人语境"

数人在场的语境中，说话人虽未与某一特定的人物对话，但其语义所指，关涉语境中的特定人物。这时，实际上存在着一个二人语境，由于二人未对话，可以称为"隐性二人语境"。试比较下面两段话中黛玉的话：

　　贾母因问黛玉念何书。黛玉道："刚念了《四书》。"黛玉又问姊妹们读何书，贾母道："读什么书，不过认几个字罢了。"
　　宝玉便走向黛玉身边坐下，又细细打量一番，因问："妹妹可曾读书？"黛玉道："不曾读书，只上了一年学，些须认得几个字。"

　　这两段话都出现在第三回中，都是众人场合，贾母、黛玉都在场。前后两段话中，黛玉对自己是否"读书"的说法是相反的。在第一段对话中，贾母已表达了自己的观点：女孩子不必读书。因此，在第二段对话中，黛玉虽然是跟宝玉对话，但语义指向却是朝着贾母的，是说给贾母听的，目的是不违拗贾母之意。这时，黛玉虽未跟贾母直接对话，但由于黛玉的话是特意说给贾母听的，因此二人之间实际上存在着一个隐性的二人语境。
　　在众人在场的语境中，有时说话人没跟某人对话，而是发表了某种评论，这一评论关涉到某个特定的在场的人，实际上也形成了隐性二人语境。例如《红楼梦》第22回有这样一段描写：

　　那小旦才十一岁，……凤姐笑道："这个孩子扮上活像一个人，你们再瞧不出来。"宝钗心内也知道，却点头不说；宝玉也点了点头儿不敢说。湘云便接口道："我知道，是像林姐姐的模样儿。"

　　湘云言者无心，她的话是心直口快的客观评论，但话语关涉到一个特定的在场的人物——黛玉。这时，湘云和黛玉之间形成了一时性的隐性二人语境。湘云未意识到这一点，她莽撞的话语当即使黛玉十分气恼。

对种种二人语境的深入分析，能够促进言语交际理论的研究更加深入地发展，促进言语交际理论的研究在指导社会交际实践方面发挥更大的作用。

（四）二人语境中的自身角色意识

二人语境中的自身角色意识对言语效果具有重大影响。《红楼梦》第24回，卜世仁拒绝帮助外甥贾芸的话气跑了贾芸，这些话也同样引起了读者对卜世仁的反感。从曹雪芹给此人所取的名字（卜世仁是"不是人"的谐音）可以看出，作者对这个人物所持的嫌恶与否定的态度。卜世仁话语失当的根本原因，是他完全丧失了二人语境中的自身角色意识，他的话不像是舅舅对有求于自己的外甥说的。

在显性二人语境和隐性二人语境中，同样存在自身角色意识问题。例如《红楼梦》第46回，贾母错怪了王夫人，人们都不敢吭声，探春站出来成功地替王夫人解了围，她陪笑向贾母道："这事与太太什么相干，老太太想一想：也有大伯子的事，小婶子如何知道？"话未说完，贾母笑道："可是我老糊涂了……"显然，探春的话语是基于对"自身角色"的正确分析才敢于站出来说话的。这是显性二人语境中自身角色意识发挥作用的例子。下例中，说者虽无评论，但未与某人对话，也可算隐性二人语境。

……午间王夫人治了酒席，请薛家母女等过节。宝玉见宝钗淡淡的，也不和他说话，自知是昨日的原故。王夫人见宝玉没精打采，也只当是昨日金钏儿之事，他没好意思的，越发不理他。黛玉见宝玉懒懒的，只当是他因为得罪了宝钗的原故，心中不受用，形容也就懒懒的。凤姐昨日晚上王夫人就告诉了他宝玉金钏儿的事，知道王夫人不喜欢，自己如何敢说笑，也就随着王夫人的气色行事，更觉淡淡的。迎春姐妹见众人没意思，也都没意思了，因此，大家坐了一坐，就散了。

《红楼梦》第31回的这段情节生动、细腻地显示出隐性二人语境中自身角色意识给予交际的重要影响。在这段描写中，人们话语少，有的人，特别是凤姐是从隐性二人语境中自身角色意识出发，来制定自己的言语策略的：少说为佳。

这里所说的二人语境中的自身角色意识，指说话人意识到自己相对于听话人来说，所处的社会地位，所应承担的社会责任等。这一问题有待于深入研究。

## 三、加强对"交际难题"的研究

应注重将言语交际理论和社会生活中存在的交际难题结合起来，进行研究，以更好地发挥言语交际研究对指导社会交际的作用。

例如，将某类交际目的和交际对象的心理因素结合起来进行研究，从而归纳出若干带规律性的见解，以指导交际。下面就"建议语"和"劝说语"两个社会生活中的实际问题试作一些初步探讨：

（一）建议语设计的两条准则

准则一：了解听话人的主观欲念之后，就此提出相关建议。这有助于迅速、切实地达到预期的言语目的。例如《红楼梦》第64回，贾琏遇尤二姐后"有垂涎之意"，贾蓉察觉后，趁机向他建议偷娶尤二姐，这一建议正中贾琏下怀，他异常欣喜地接受了建议。从言语交际策略来说，贾蓉之语符合"准则一"。而第36回，凤姐向王夫人建议，将袭人"开了脸"，"明放"在宝玉屋里。王夫人当即拒绝。其实王夫人的谈话已透露出暂不宜将袭人"姨娘"身份公开的意向，凤姐未加细察，话语违背了"准则一"，所以建议碰了壁。

准则二：同类列举（或称"横向援例"）。这一策略有助于使听话人接受建议。例如《红楼梦》第25回，宝玉被烫伤了，马道婆向贾母建议"一天多添几斤香油，点个大海灯"供奉"大光明普照菩萨"，并且列举了其他贵妇人捐油的数量。对贾母来说，油捐多了，会被人讪笑不识轻重；不捐或捐少了，又不合自己尊贵的身份。可以说，马道婆同类列举的话一出口，贾母无形中被推到了一个非得进行比较、抉择的境地。她最后决定每日捐5斤油。

这里说的"同类列举"指列举出跟听话人同类人物的有关情况。

了解听话人的欲念，是从听话人个人达到或获取方面着眼的，同类列举是从听话人与他人关系上着眼的，将两方面结合起来考虑，有益于设计出上乘的建议语。

（二）劝说他人变计的三条言语策略

劝说他人改变原来的计划、打算、决定等，须注意以下三条言语策略。

1. 把握时机。例如《红楼梦》第76回，中秋节贾府夜宴，鸳鸯劝贾母回去休息，贾母却说："偏今儿高兴，你又来催。难道我醉了不成？偏要坐到天亮！"然而贾母毕竟是年迈之人，时间一长，她已"朦胧双眼，似有睡去之态"。这时王夫人来劝她休息，说："夜已深了，风露也大，请老太太安歇罢了，明日再赏；十六月色也好。"贾母这次欣然同意，回去睡觉了。王夫人是趁贾母的兴头儿已过，且确实很困，才去劝的，所以一劝就灵；而鸳鸯是在贾母的兴头儿上去劝的，自然不免撞墙。因此，避开听话人的某种"兴头儿"，把握劝说的适当时机，是成功劝说他人变计的首要言语策略。

2. 两面分析。指对所涉及的事情作两方面分析。例如《红楼梦》第48回中，薛蟠要到南方去经商，薛姨妈不同意，说："你好歹跟着我，我还放心些。况且也不用这个买卖，等不着这几百银子使。"宝钗对薛蟠远行作了两面分析，劝薛姨妈说，从坏的方面看，顶多是"丢了一千、八百银子"；从好的方面看，薛蟠经过磨炼，可能"比在家里省了事"（即变得规矩些）。宝钗这一席正、反两面分析的话使薛姨妈认识到，薛蟠南下经商至多破费些银子，无功而返，却可能学些正经本事，改掉些坏习气，当即欣然同意薛蟠成行。

劝人变计的话语对事物的发展作正、反两方面的估计，会给人以强烈的真实感，从而增加话语的可信度。例如第 34 回中，袭人劝王夫人让宝玉搬出大观园，说："二爷将来倘或有人说好，不过大家落个直过儿；设若叫人哼出一声不是来……后来二爷一生的声名品行，岂不完了呢？那时老爷太太也白疼了，白操了心了。"袭人的两种预见，显现出客观性与真实性，产生了不容辩驳的冲击力量。王夫人立刻心悦诚服，情不自禁地称袭人"我的儿！"完全接受了袭人的主张。

3. 从听话人的价值观念切入。例如《红楼梦》第 41 回，妙玉命人将刘姥姥用过的一个杯子"搁在外头"（是放在屋外，不是扔出大门外不要了）。宝玉深知妙玉有洁癖，建议将"脏"了的杯子送给刘姥姥。宝玉的话是从妙玉独特的价值观念切入的，所以妙玉爽快地改变了主意。从对方价值观念切入，既与听话人的思维定式相合，又使听话人觉得符合自身（或自己一方）某种利益，因而易于接受意见，改变既定主张。反之，遇事急躁，话语从自身的价值观念切入，则易碰壁。例如第 73 回中，贾母要责罚带头聚赌的迎春乳母。大观园的贵族小姐们都敬乳母几分，认为惩罚乳母有伤小姐面子。贾母不存在这样的价值观，因而她一张口便否定了众小姐请求赦免迎春乳母的建议：

黛玉、宝钗、探春等见迎春的乳母如此，也是"物伤其类"的意思，遂都起身笑向贾母讨情，说："这个奶奶素日原不玩的，不知怎么，也偶然高兴；求看二姐姐面上，饶过这次罢。"贾母道："你们不知道！大约这些奶子们，一个个仗着奶过哥儿姐儿，原比别人有些体面，他们就生事。——比别人更可恶！专管调唆主子，护短偏向。我都是经过的……你们别管，我自有道理。"

这三条策略从劝说时机、劝说方法、劝说对象特点三个方面来制约劝说策略，综合予以考虑，有益于制定出最有效的劝说语。

总起来说，言语交际研究应着力解决社会实际生活中的种种言语交际难题，而不应限于对不言而喻或人所共知的交际状况作这样那样的分析。这样，才能使言语交际研究与实际生活发生更多的联系，获得更好的社会效益。

# 目　录

# 说话先想给谁听

　　话是说给对方听的，在各种各样的对话中，树立起清醒的"听话人意识"，会收到立竿见影的交际效果……

# 1. 言语操作中的"听话人意识"

## ——黛玉为何吐露心声？

　　特殊的生活环境造就了黛玉特殊的性格，她在许多场合是一个"难说话"的人。大观园的姑娘们多认为她"小性儿、行动爱恼人"。然而来探望她的宝钗一席话，使一贯踽守心窠的黛玉敞开心扉，吐露心曲，宝钗的话语为何有如此神效呢？

　　宝钗一张嘴，话题就紧紧围绕着听话人，而且从大问题着眼。她积极向黛玉建议："这里走的几个大夫，虽都还好，只是你吃他们的药，总不见效，不如再请一个高手的人来瞧一瞧，治好了岂不好？每年间闹一春一夏，又不老，又不小，成什么，也不是个常法儿。"但她的好意很快被黛玉顶了回来。黛玉拒绝道："不中用。我知道我的病是不能好的了。——且别说病，只论好的时候我是怎么个形景儿，就可知了。""'生死有命，富贵在天'，也不是人力可强求的。"虽然碰了一鼻子灰，竭力使言语交际达到"契合"的宝钗并不灰心，她仍将话题紧扣在黛玉的病上，又提出了新的建议，说："昨儿我看你那药方上，人参肉桂觉得太多了。虽说益气补神，也不宜太热……每日早起，拿上等燕窝一两，冰糖五钱，用银吊子熬出粥来，要吃惯了，比药还强，最是滋阴补气的。"

精诚所至，金石为开。在宝钗一片赤诚的感召下，黛玉真切地感受到了一股贾府中难得的暖人心田的脉脉温情，一阵热浪在胸中油然升腾，她再也抑制不住内心的情感，向宝钗吐露心声道："你素日待人，固然是极好的，然我最是个多心的人，只当你有心藏奸……往日竟是我错了，实在误到如今。"宝钗并未就此止步，她不失时机地针对黛玉喝燕窝粥的实际困难，慷慨相助，提出："我明日家去，和妈妈说了，只怕燕窝我们家里还有，与你送几两。每日叫丫头们就熬了，又便宜，又不惊师动众的。"黛玉听了，情不自禁地再次坦露心迹："东西是小，难得你多情如此!"这句话，标示着前嫌彻底化解，二人心灵有所沟通。宝钗的言语交际至此也获得了圆满成功。（见《红楼梦》第 45 回）

宝钗的言语交际策略的关键所在，是坚执强烈的"听话人意识"，从选择话题到切入角度、主观态度、分寸把握，无处不在体贴着听话人的思绪与心境，而且自始至终如此，即使碰了钉子，既定的言语策略也丝毫不动摇。在强烈的"听话人意识"的引导下，话语的感染力可谓具有"令顽石点头"的魅力。

"听话人意识"的一个基础是，有时要判断出"主要听话人"。例如，黛玉刚入贾府，跟凤姐初次见面，凤姐说了一连串热情洋溢的赞誉之词："天下真有这样标致人儿! 我今日才算看见了! 况且这通身的气派竟不像老祖宗的外孙女儿，竟是嫡亲的孙女儿似的，怨不得老祖宗天天嘴里心里放不下。"这些赞美黛玉的话，实际上不是说给黛玉听的，而是说给语境中的贾母听的。目的是让贾母，这位对凤姐切身利害至关重要的"主要听话人"听来顺耳，觉着舒服。凤姐在许多语境中，都非常明确地把贾母当作"主要听话人"，来进行话语设计。

语意急切时，往往容易于话语仓促间将"听话人意识"忘在脑后，造成不良的言语交际后果。例如第 20 回，黛玉在贾母处，见宝玉跟宝钗一同前来，心中不悦，讥讽了宝玉一句，宝玉一时语意急切，淡忘了"听话人意识"，引发了一场言语冲突：

正值黛玉在旁，因问宝玉："打那里来？"宝玉便说："打宝姐姐那里来。"黛玉冷笑道："我说呢！亏了绊住，不然，早就飞了来了。"宝玉道："只许和你玩，替你解闷儿；不过偶然到他那里，就说这些闲话。"黛玉道："好没意思的话，去不去，管我什么事？又没叫你替我解闷儿！——还许你从此不理我呢！"说着，便赌气回房去了。

后来，宝玉"打叠起百样的款语温言来劝慰"，才渐渐将局面挽回。语意急切时，尤须注意头脑冷静，时时保持"听话人意识"，处处顾及听话人。

总之，在言语交际中，为了获得满意的交际效果，要自始至终处处以听话人而不是说话人自身为着眼点。如果情急之中以自我宣泄为快，一任兴之所至，则易导致恶性的交际后果。

# 2. 言语效应与听话人的内心企盼

## ——凤姐打趣贾母的话为何反使贾母高兴起来?

在藕香榭饮宴时,贾母谈及幼时碰破了头,鬓角上至今仍留着"指头顶儿大的一个坑儿"。凤姐接过话头打趣贾母道:"……鬼使神差,碰出那个坑儿来,好盛福寿啊!寿星老儿头上原是个坑儿,因为万福万寿盛满了,所以倒凸出些来了。"贾母听了不仅毫不气恼,而且高兴地对别人说:"我倒喜欢他这么着……娘儿们原该说说笑笑……"这是为什么呢?(见《红楼梦》第38回)

原来凤姐的笑话实际上是用"寿星老儿"来夸赞贾母福寿双全,特别是高寿,这恰与贾母内心的企盼相吻合。话语与听话人的内心企盼相吻合时,便会产生异乎寻常的良好效应。反之,话语与听话人的内心企盼相悖,则必导致不善后果。例如《红楼梦》第46回,助纣为虐的邢夫人跟凤姐商议向贾母要鸳鸯给贾赦做妾。凤姐一听,忙说:"依我说,竟别碰这个钉子去。老太太离了鸳鸯,饭也吃不下去,那里就舍得了?况且平日说起闲话来,老太太常说老爷:'如今上了年纪,做什么左一个右一个的,放在屋里?'"凤姐的话虽然合情合理，但恰与邢夫人的满心企盼相悖，邢夫人非常不满，生气地训斥了凤姐一顿。凤姐赶紧转口，赔笑称许"说的极是"，这才扭转了交际颓势。

违背听话人内心企盼的话有时不一定受到批驳，但却招致对说话人深深的反感。例如《红楼梦》第29回，清虚观张道士给宝玉提亲的话恰与宝玉心中与黛玉早结良缘的企盼相抵触，宝玉便对张道士顿生恶感，回家后口口声声说："从今以后，再不见张道士了。"

听话人对违忤内心企盼之语的反应有时并不马上表现出来，但后果往往更为严重。例如《红楼梦》第31回，晴雯指摘袭人用"我们"指称自己和宝玉，说："……连个姑娘还没挣上去呢，也不过和我似的，那里就称起'我们'来了!"第37回，晴雯又含沙射影地嘲讽袭人每月获取王夫人二两银子，说："……或者太太看见我勤谨，也把太太的公费里，一个月分出二两银子来给我，也定不得!"晴雯这两番话与袭人朝思暮想的做宝玉侍妾的企盼针锋相对，水火不容。袭人自然极为不悦，但她均未当场发作，而是采取了后发制人的策略，屡屡向王夫人密告晴雯"劣迹"。这恰恰成为以后酿成晴雯冤屈而死惨剧的重要起因之一。

话语与听话人的内心企盼相一致时，听话人会获得一种愉快的情感体验，从而对话语作出积极的即时反应；话语与听话人的内心企盼相反相悖时，则引发出听话人不愉快的情感体验，引发出对话语乃至对说话人的反感甚至恶感。不愉快的情感体验较强烈时，会导致严重的言语交际后果。这一后果可能随即出现，也可能迁延至某一时日才显现或爆发出来。

# 3. 确定言语策略宜关照性格特点
## ——平儿为何不将坠儿小窃告诉晴雯？

　　平儿发现宝玉处小丫头坠儿偷了自己的"虾须镯"，于是到怡红院悄悄跟麝月说："你们以后防着他些，别使唤他到别处去，等袭人回来，你们商议着，变个法子打发出去就完了。"平儿特意叮嘱麝月："晴雯那蹄子是块爆炭，要告诉了他，他是忍不住的，一时气上来，或打或骂，依旧嚷出来，所以单告诉你留心就是了。"（见《红楼梦》第 52 回）显然，平儿跟麝月说而不跟晴雯说的言语策略充分考虑了听话人的性格特点。不仅是语言中的"回避"，确定话语"量"的多少时，也要关照听话人的性格特点。例如第 41 回，宝钗、黛玉、宝玉在妙玉栊翠庵耳房内品茶，妙玉请三人饮梅花上收的雪水沏的清淳无比的香茶，所用的茶杯也都是稀世珍宝。但刚饮完茶，没说几句话，宝钗等便起身告辞，这是为什么呢？原来"宝钗知他（指妙玉）天性怪僻，不好多话，亦不好多坐，吃过茶，便约着黛玉走出来。"宝钗充分注意到了妙玉孤僻、清高的性格特点，才采取了"少说"的言语策略。

　　从听话人的性格特点着眼，有时则需"多说"。例如第 47 回，

"禀性愚弱，只知奉承贾赦以自保"的邢夫人竟为虎作伥，诱迫鸳鸯为贾赦之妾。善于言辞的贾母本可以三言两语干脆地把不准贾赦纳鸳鸯为妾的话"倾倒"给邢夫人，但针对邢夫人愚昧、难以理喻的特点，详细地给她讲了一通道理："我听见你还由着你老爷的那性子闹。""……有鸳鸯那孩子还心细些，我的事情，他还想着一点子……我凡做事的脾气性格儿，他还知道些……这几年，一应事情，他说什么，从你小婶和你媳妇起，至家下大大小小，没有不信的。所以不单我得靠，连你小婶、媳妇也都省心。我有了这么个人，就是媳妇、孙子媳妇想不到的，我也不得缺了，也没气可生了。这会子，他去了，你们又弄什么人来我使？……不会说话也无用……要这个丫头，不能！……你来的也巧，就去说，更妥当了。"

设计话语方式时也应留意到对方的性格特点。例如第19回，袭人深知宝玉"仗着祖母溺爱，父母亦不能十分严紧拘管，更觉放纵弛荡，任情恣性，最不喜务正"，但很重人情。因此，袭人制定了独特的劝说方式：先假说家里要赎自己出去，"用骗词以探其情，以压其气，然后好下箴规"。这一招儿果然灵验，宝玉"中计"后忙不迭地说："你说，那几件？我都依你。好姐姐，好亲姐姐！别说两三件，就是两三百件我也依的。""都改！都改！再有什么快说罢。"袭人从宝玉性格特点入手拟定劝说方式获得了极大成功。

因某种需要，挑选言语交际对象时，也宜顾及性格因素。例如第55回，凤姐要选个"膀臂"，共商治府事务。她盘算着："大奶奶是个佛爷，也不中用。二姑娘更不中用……兰小子和环儿更是个燎毛的小冻猫子，只等有热灶火炕让他钻去罢……宝姑娘……'不干己事不张口，一问摇头三不知'……倒只剩了三姑娘一个，心里嘴里都也来得……"经过一番性格分析，凤姐确定探春为商讨对象。

忽视听话人的性格特点，易导致言语交际的挫折。例如第34

回，薛姨妈和宝钗猜疑薛蟠在外乱说宝玉结交优伶致使宝玉挨贾政毒打。宝钗对薛蟠说："是你说的也罢，不是你说的也罢，事情也过去了，不必较正，把小事倒弄大了。我只劝你，从此以后，少在外头胡闹，少管别人的事。"薛蟠是个心直口快、性格爽直的人，"见不得这样藏头露尾的事"，"急得乱跳，赌神发誓的分辩"，最后干脆说："索性进去把宝玉打死了，我替他偿命！""一面嚷，一面找起一根门闩来就跑"，被薛姨妈死活拽住，才没闹出事儿。薛姨妈母女不顾及听话人薛蟠的性格特点，随意设计劝说语，碰了钉子。即使是迎合之语，如不顾及听话人的性格特点，也会碰钉子。例如第74回，"抄检大观园"的"工作队"来到探春处。探春是个颇有心计、敢作敢为、"有刺扎手"的"玫瑰花儿"。面对"抄检"的野蛮行径，探春怒不可遏，要凤姐"细细搜明白"。女仆王善保家的对探春性格未予重视，他想"那里一个姑娘就这样利害起来？"，于是上前讨好地迎合着探春的话说："连姑娘身上我都翻了，果然没有什么。"说着，还故意把探春衣襟一掀。话音没落地，她便"啪"地挨了探春结结实实一记响亮的耳光。"探春登时大怒"，斥责王善保家的："你是什么东西，敢来拉扯我的衣裳！我不过看着太太的面上，你又有几岁年纪，叫你一声'妈妈'；你就狗仗人势，天天作耗，在我们跟前逞脸。如今越发了不得了！"。"心内没成算"的王善保家的，因忽视探春与众不同的性格，乱说迎合之语，使自己当众出丑。

性格影响着人们的言语习惯，不同的人由于性格不同，往往形成不同的言语定式。在言语交际中制定言语策略时，充分注意到对方的性格特点，有益于制定出有针对性的、"言"之有效的言语策略。漠视听话人的性格特点，则易于遭受这样那样的言语挫折。

# 4. 价值观念与人物比拟
## ——湘云一句话为何惹出一系列纠纷？

　　贾府里请戏班子唱戏，贾母很喜欢唱小旦和唱小丑的两个小演员，便让人带来赏果子、赏钱。凤姐笑嘻嘻地说小旦的扮相"活像一个人"。众人都不言语，性格憨直、心直口快的湘云脱口而出道："我知道，是像林姐姐（黛玉）的模样儿。"宝玉一听，急忙用眼色制止她。（见《红楼梦》第22回）

　　湘云的话一出口，惹出了一系列纠纷。先是爆发了由宝玉制止湘云话语而导致的湘云与宝玉的争吵，紧接着又引发了黛玉因不满宝玉对湘云的"调停"与宝玉的争吵，最后是宝玉由于连生了两场闷气而与袭人闹了阵磨擦。

　　这一系列纠纷，都是湘云说出的不恰当的人物比附造成的。从封建社会的价值观来看，演员的社会地位是极为低下的，说贵族小姐黛玉像"戏子"，自然引起了黛玉极大的不悦。黛玉愤愤地对宝玉说："……拿着我比戏子，给众人取笑儿！"

　　从言语交际的角度看，不宜违背听话人的价值观念，将听话人眼中的"身价"低下者与听话人进行比拟。湘云的话语正是违背了这一原则，所以激起了黛玉的反感。再如《红楼梦》第37回大观园里结诗社，黛玉提出给每人"起个别号"。这些别号都带有明显的打比色彩。宝钗给宝玉起了"富贵闲人"的别号，当即遭到蔑视富贵、鄙弃豪门的宝玉的否定。反之，对听话人的比拟符合其价值观念时，则对方往往乐于接受。例如给黛玉起别号时探春说："当日娥皇女英洒泪竹上成斑，故今斑竹又名湘妃竹；如今他住的是潇湘馆，他又爱哭，将来他那竹子想来也是要变成斑竹的，以后都叫他做'潇湘妃子'就完了。"一向爱挑剔别人话语毛病的黛玉，听到这一别号后，低头无语，欣然默认了。娥皇、女英是传说中舜的后、妃，大舜南巡死于九嶷山，她们赶到那里痛哭泪尽（为爱情）而死。从黛玉的价值观出发来看，娥皇、女英是值得赞美的，因此她顺从地接受了这一别号。

应当指出，说话人的自我比拟，多能确切地映现出自身的价值观念。例如李纨给自己取的别号"稻香老农"表现出她甘于寂寞、清静守节的意愿，探春给自己取的别号"秋爽居士"（她居住的秋爽斋陈设疏朗大方）折射出这位女中丈夫开阔豪放的志趣。

从说话人一方来说，用某一或某种人物比拟听话人时，应充分注意到对方价值观念方面的特点，在这一背景下进行的人物比拟才能为对方所乐于接受。

# 5. "舍己顾人"的言语效应
## ——宝玉为何赞赏女仆的话?

　　荣府过元宵节,上下忙碌。宝玉带人离开宴会回怡红院,路遇两个女仆。她们对跟随宝玉的丫头连说"姑娘们可连日辛苦了"等语。宝玉不无感慨地对丫头们说:"这两个女人倒和气,会说话。他们天天乏了,倒说你们连日辛苦;倒不是那矜功自伐的。"宝玉的话语道出言语交际中一条重要的策略:自己辛苦或有功劳时,话语应首先关注对方,关心对方的辛苦、困难等。这样的话语能迅速缩短听话人跟说话人的心理距离,创造良好的交际氛围,为后续的言语交际预设下双方合作的话语先导。(见《红楼梦》第 54 回)《红楼梦》第 52 回中,宝玉的孔雀裘烧了一个洞,重病中的晴雯硬撑着给宝玉织补,她"只觉头重身轻,满眼金星乱进,实实撑不住。待不做,又怕宝玉着急,少不得狠命咬牙捱着"。宝玉一再劝她"歇一歇"时,晴雯只字不提自己的辛苦,反而关心地对宝玉说:"小祖宗,你只管睡罢,再熬上半夜,明儿眼睛抠搂了,那可怎么好?"晴雯的话拉近了两人的心理距离,创造了良好的交际氛围,而且加大了两人情感交流的深度。

从话语分析的角度说，说话人自己辛苦时，"舍己顾人"的话语往往透露出说话人对听话人的深切关怀。例如第45回，傍晚时分下起秋雨，天又黑，路又滑。宝玉脚上穿着平日极少穿的木屐，身披蓑衣，头戴斗笠，好不容易冒雨蹭到潇湘馆。见到黛玉时，他一句也没诅咒鬼天气，声言自己来得不易，一张嘴就关怀备至地询问黛玉："今儿好？吃了药了没有？今儿一日吃了多少饭？"而且"一面说，一面摘了笠，脱了蓑。一手举起灯来，一手遮着灯儿，向黛玉脸上照了一照，觑着瞧了一瞧"，说："今儿气色好了些。"这一席话，温暖了秋雨绵绵中黛玉孤寂感伤的心绪，她柔顺地让宝玉举灯映照自己的脸颊端详，接受宝玉温情的体贴。宝玉不提自己辛苦，字字句句关心对方的话语透露出对黛玉满腔炽热的真情。

反过来说，话语中一味强调自己的辛苦和功劳，不言及对方的辛苦、难处等，会加大听话人跟说话人的心理距离，破坏交际氛围。例如第20回，曾给宝玉当过奶妈的李嬷嬷心里总装着自己的功劳、苦劳，见袭人患病躺在床上，不问病情，张嘴就数落："忘了本的小娼妇儿！我抬举起你来，这会子我来了，你大模厮样儿的躺在炕上，见了我也不理一理儿。一心只想妆狐媚子哄宝玉，哄得宝玉不理我，只听你的话。"宝玉刚替袭人解释了两句，李嬷嬷就抢过话头居功自傲地说："你只护着那起狐狸，那里还认得我了呢？叫我问谁去？谁不帮着你呢？……我只和你到老太太、太太跟前去讲讲：把你奶了这么大，到如今吃不着奶了，把我扔在一边儿，逗着丫头们要我的强！"李嬷嬷的这些话，大大拉开了她和怡红院上上下下的心理距离，使她自己成为怡红院乃至大观园中"不受欢迎的人"，连黛玉等人背后都称她"老背晦"。

再进一步说，自己虽有辛苦，但不知体恤听话人，而且求全责备，甚至吹毛求疵，就会破坏交际氛围，造成双方的对立情绪，给人际交往投入"腐蚀剂"。例如第 27 回，晴雯等人在园中奔忙时撞见小红，不问青红皂白，劈头就严加训责：

晴雯一见小红，便说道："你只是疯罢！院子里花儿也不浇，雀儿也不喂，茶炉子也不弄，就在外头逛！"小红道："昨儿二爷说了，今儿不用浇花儿，过一日浇一回。我喂雀儿的时候，你还睡觉呢。"碧痕道："茶炉子呢？"小红道："今儿不该我的班儿，有茶没茶别问我。"绮霞道："你听听他的嘴！你们别说了，让他逛罢。"小红道："你们再问问，我逛了没逛。二奶奶才使唤我说话取东西去。"

晴雯、碧痕、绮霞的轮番责怪，加剧了本已情绪忧郁的小红心境的孤独，对立感顿生，并最终促使她设法"调离"了怡红院，从此告别了怡红院的大丫头们。

"舍己顾人"的话语能给对方以真诚的关怀，沁人心脾的温馨和春风般的暖意。这不仅有益于言语交际氛围的和谐，还有益于人际关系的改善，有益于把言语交际纳入"良性循环"的轨道。说话人的辛苦和功劳，实际上是听话人知晓的，如果只强调自己的辛苦和功劳，无视对方的辛苦、难处，甚至鸡蛋里挑骨头，只会将言语交际引入"恶性循环"的泥淖。

# 6. 听话人的话题兴趣

## ——贾母为何嗔怪王太医？

宝玉是贾母的掌上明珠，忽然病得神志不清，贾母甚是焦急，忙请来王太医诊治。王太医细细诊了脉，说："世兄这症，乃是急痛迷心。古人曾云：'痰迷有别：有气血亏柔饮食不能熔化痰迷者，有怒恼中痰急而迷者，有急痛壅塞者。'此亦痰迷之症，系急痛所致，不过一时壅蔽，较别的似轻些。"贾母一听就急了，嗔怪道："你只说怕不怕，谁和你背药书呢！"王太医赶紧干脆爽快地说："不妨，不妨。"（见《红楼梦》第57回）

孙子病了，贾母着急地想知道孙子病情，对病理知识毫无兴趣。王太医起劲地讲"痰迷"症的类别，贾母如何不急？可见，在言语交际中，说话人须注意听话人的话题兴趣。贾母的话题兴趣在"孙子的病况"上，把握住这一点，话语才能被贾母所关注。听话人的某种需要决定了听话人的话题兴趣。

听话人的性格特点也与话题兴趣有关。例如第41回，宝玉在妙玉处饮茶后，说了两个话题，都得到了妙玉的积极回应：

宝玉和妙玉赔笑说道："那茶杯虽然腌臜了，白撂了岂不可惜？依我说，不如就给了那贫婆子罢，他卖了也可以度日。你说使得么？"妙玉听了，想了一想，点头说道："这也罢了……你要给他，我也不管，你只交给他，快拿了去罢。"宝玉道："自然如此。你那里和他说话去？越发连你都腌臜了。只交给我就是了。"

妙玉便命人拿来，递给宝玉。宝玉接了，又道："等我们出去了，我叫几个小么儿来河里打几桶水来洗地如何？"妙玉笑道："这更好了。只是你嘱咐他们，抬了水，只搁在山门外头墙根下，别进门来。"宝玉道："这是自然的。"

宝玉深知妙玉有着惊人的洁癖，特选了两个与她性格相符合的话题："送杯""洗地"，妙玉果然对这两个话题（特别是后一个）感兴趣，跟宝玉攀谈起来。选择的话题如果与听话人性格相悖，听话人会意趣全无。例如第 34 回，宝钗和薛姨妈怀疑薛蟠信口开河给宝玉招来祸事，劝薛蟠安分守己。如此捕风捉影的无稽之谈跟薛蟠特点鲜明的性格相左，"薛蟠本是个心直口快的人，见不得这样藏头露尾的事；又是宝钗劝他别再胡逛去；他母亲又说他犯舌，宝玉之打是他治的：早已急得乱跳，赌神发誓的分辩；又骂众人……"总之，薛蟠瞪起了眼，拒绝就母亲和妹妹的话题展开讨论。

听话人对话题的兴趣还与听话人的身份有关。例如第 26 回，贾府的阔公子宝玉跟贾芸闲聊时一个劲儿侃："谁家的戏子好，谁家的花园好……谁家的丫头标致，谁家的酒席丰盛，又是谁家有奇货，又是谁家有异物。"家道贫寒，正千方百计谋差事的贾芸对这些话题不感兴趣，"只得顺着他说"。两人身份特点不同，话题兴趣也大相径庭。

听话人的话题兴趣有时与某一主观意念有关。例如第 35 回，宝玉试图让贾母赞扬黛玉几句，说："要说单是会说话的可疼，这些姐妹里头也只凤姐姐和林妹妹可疼了。"然而贾母不满意好读诗书且大搞自由恋爱的黛玉，便将话题一转，赞美起她所欣赏的宝钗，说："提起姐妹，不是我当着姨太太的面奉承：千真万真，从我们家里四个女孩儿算起，都不如宝丫头。"这里，主观意念是贾母否定宝玉话题而另择话题的根本原因。

对话题的"已知、未知"也影响听话人对话题的兴趣。例如第26回，薛蟠等饮酒时，冯紫英来了，说自己打猎是"大不幸之中却有大幸"，又说："今儿说的也不尽兴，我为这个，还要特治一个东儿，请你们去细谈一谈……"这一"未知"话题，立即造成一种"悬念"效应，使听话人急于知道有关内容，对话题兴趣甚浓。按捺不住心态的薛蟠说："越发说的人热剌剌的扔不下，多早晚才请我们？告诉了也省了人打闷雷。"

对话题"已知"时，听话人则往往兴趣不大。例如第62回，宝玉让人给香菱换下泥污的裙子，香菱叮嘱宝玉不要跟薛蟠提说此事，细心的宝玉当然知道这个道理，因此对这一"已知"的话题颇不感兴趣，说："可不是我疯了？往虎口里探头儿去呢!"以上的"已知"指的是话题的内容，对话题的言语动机"已知"时，也往往对话题不感兴趣。例如第67回，薛蟠从南方回来，给宝钗带了一箱小礼品，宝钗将这些小礼品分送给众人。赵姨娘见贾环也得了些小东西，便琢磨：宝钗系王夫人的亲戚，为何不到王夫人跟前卖个好儿呢？然而赵姨娘的话题却碰了壁：

（赵姨娘）赔笑说道："这是宝姑娘才刚给环哥儿的。难为宝姑娘这么年轻的人，想得这么周到，真是大户人家的姑娘，又展样，又大方，怎么叫人不敬奉呢！怪不得老太太和太太成日家都夸他疼他。我也不敢自专就收起来，特拿给太太瞧瞧，太太也喜欢喜欢。"

王夫人听了，早知道来意了。又见他说的不伦不类，也不便不理他，说道："你只管收了去给环哥玩罢。"赵姨娘来时兴兴头头，谁知抹了一鼻子灰，满心生气，又不敢露出来，只得讪讪的出来了。

王夫人"已知"赵姨娘的言语动机，因而对这一话题不感兴趣，赵姨娘也只好打道回府生闷气了。

听话人对话题的兴趣与听话人的某种需要、性格特点、身份特点、某一主观意念及对话题的"知否"等因素有关。从说话人一方来说，话题的选择应注意到听话人一方的诸种因素，仅从主观的感受、需要等出发来选择话题，往往与听话人的话题兴趣相龃龉，难以获得理想的言语交际效果。

# 7. 对非权势关系听者的言语态度
## ——两个"婆子"的话为何引发了一场 纠纷？

　　荣、宁两府连续数日张灯结彩，"齐开筵宴"，庆贺贾母八十大寿。宁府尤氏在荣府帮忙，"白日间待客，晚上陪贾母玩笑，又帮着凤姐料理出入大小器皿，以及收放礼物"。一天傍晚，她发现"园中正门和各处角门仍未关好，犹吊着各色彩灯，因回头命小丫头叫该班的女人"。但"值班室"内空无一人，"尤氏便命传管家的女人"。荣府两个"婆子""听见是东府里的奶奶"的指派，便"不大在心上"，拒绝去找"管家的女人"，说："我们只管看屋子，不管传人。"由此引发了尤氏和凤姐、邢夫人和凤姐的一场纠纷。（见《红楼梦》第71回）

　　尤氏是宁府的，跟荣府的仆人没有权势关系，所以荣府的两个"婆子"才敢要蛮，敢顶撞尤氏。从言语交际的策略说，与非权势（没有管与被管）关系者对话时，不应像这两个"婆子"一样，而应采取合作、友好的言语态度。这样，有利于创造和谐的交际氛围，有利于人际交往。例如第67回，袭人看望凤姐途中看见老祝妈在葡萄架下赶叮咬葡萄的马蜂，袭人先是出了一个"馊主意"，接着，当老祝妈请她品尝葡萄时又指摘起对方。而老祝妈自始至终采取了适当的言语态度，维系了和谐、融洽的交际氛围：

> 袭人道："你就是不住手的赶，也赶不了多少。你倒是告诉买办，叫他多多做些小冷布口袋儿，一嘟噜套上一个，又透风，又不糟蹋。"
>
> 婆子笑道："倒是姑娘说的是。我今年才管上，那里知道这个巧法儿呢？"因又笑着说道："今年果子虽糟蹋了些，味儿倒好，不信摘一个姑娘尝尝。"袭人正色道："这那里使得？不但没熟吃不得，就是熟了，上头还没有供鲜，咱们倒先吃了。你是府里使老了的，难道连这个规矩都不懂了？"老祝妈忙笑道："姑娘说的是。我见姑娘很喜欢，我才敢这么说，可就把规矩错了。我可是老糊涂了！"
>
> 袭人道："这也没有什么……"

由于老祝妈这一方始终坚持合作、友好的言语态度，才使得良好的交际氛围未发生逆转。老祝妈这种对非权势关系的"奶奶""姑娘"们"以和为贵"的言语态度，博得了人们的好评。在第56回，宝钗、平儿、李纨等都赞老祝妈"是个妥当的"，把园内管理竹子的工作很放心地交给了她。

从话语分析的角度说，对非权势关系者友好的言语态度，有时还反映出说话人的情操。例如第45回，宝钗处的两个"婆子"雨天打着伞给黛玉送来了燕窝。虽然两个"婆子"跟黛玉没有权势关系，但黛玉以热诚、体贴的话语相对。黛玉先说"费心"，又让"外头坐了吃茶"，并且笑道："我也知道你们忙，如今天又凉，夜又长，越发该会个夜局，赌两场了。""难为你们。误了你们的发财，冒雨送来。"黛玉最后吩咐丫头："给他们几百钱打些酒吃，避避雨气。"两个婆子高高兴兴地离开了潇湘馆。黛玉对非权势关系的两个"婆子"真诚、友好的言语态度，使两个"婆子"感到温暖，也反映出黛玉善良纯朴的内心世界。

对非权势关系者的合作、友好的言语态度有时能给说话人提供某种机遇。例如第27回，香菱、臻儿、司棋、侍书、坠儿、小红在滴翠亭上说笑，只见凤姐远远招手。凤姐和这些丫头没有直接的权势关系，众丫头没有马上做出反应，唯独小红主动跑到凤姐前问："奶奶使唤做什么事？"小红对非（直接）权势关系的凤姐的这一友好、合作的言语态度给她提供了接近凤姐、展示才干的机会，并终于因此从怡红院调到凤姐处"工作"。

对非权势关系的听话人不合作、不友好的言语态度，不可避免地导致交际氛围的恶化。例如第55回，临时代管贾府事务的探春正在洗脸，一个女管家不礼貌地上前禀报事务：

……探春方伸手向脸盆中盥沐。媳妇便回道："……家学里支环爷和兰哥儿一年的公费。"平儿先道："你忙什么？你睁眼看见姑娘洗脸，你不出去伺候着，倒先说话来！二奶奶跟前，你也这样没眼色来着？姑娘虽恩宽，我去回了二奶奶，只说你们眼里都没姑娘，你们都吃了亏，可别怨我！"唬得那个媳妇忙赔笑道："我粗心了！"一面说，一面忙退出去。

女管家对非权势关系的探春不友好的言语态度，不仅使探春不快，还惹恼了一旁的平儿，女管家自己的话语也被迫完全中止。

在与非权势关系的听话人进行交际时，应具有合作、友好的言语态度，这样才能创造好的交际氛围，获得理想的交际效果，也有益于避免引发某种不虞的交际后果。相反，若于功利地看待权势与非权势的区别，而随便说话，很容易带来不必要的麻烦。

# 玩笑话不可乱说

## ——薛蟠的话为何惹得宝玉罚他饮酒？

宝玉与薛蟠等人在冯紫英家饮宴。众人轮流说酒令。蒋玉函依令说了句"花气袭人知昼暖"，薛蟠一听嚷嚷起来："了不得，了不得！该罚，该罚！这席上并没有宝贝，你怎么说起宝贝来了？"蒋玉函摸不着头脑，薛蟠不管不顾地说："这'袭人'可不是宝贝是什么？——你们不信只问他！"说着，一指宝玉。宝玉十分难为情，为了遮掩自己的窘促，冲薛蟠说："薛大哥，你该罚多少？"自知理亏的薛蟠为了圆场，赶紧认罚，连声说："该罚！该罚！""说着，拿起酒来，一饮而尽。"（见《红楼梦》第28回）

袭人是侍奉宝玉的丫头，在长期相处中，跟宝玉私情甚笃。这虽是人所共知的事，但公子哥儿与婢女相知相悦毕竟不是什么光彩的事，宝玉自然不愿他人提及此事。因此薛蟠的谐谑语使宝玉颇感难堪、羞恼。

薛蟠谐谑语的失当表明，听话人是熟识者，语境又甚为宽松随意时，人们往往容易不留神说出涉及他人"暗伤"使之难堪的谐谑语。薛蟠是对甲的话语借题发挥触及乙的"暗伤"而使乙处于难堪境地的。借用甲的话语对其说谐谑语时也易犯这类毛病。例如《红楼梦》第58回，湘云等在湖边看"驾娘们行着船夹泥""种藕"。湘云见宝玉来了，笑道："快把这船打出去！他们是接林妹妹的！"这是宝玉精神恍惚时说出的话，透露出对黛玉深深的恋情。他一听便"红了脸"，狼狈不堪，讪讪地说："人家的病，谁是好意的？你也形容着取笑儿！"

说话人"自编"某种谐谑语如击中"暗伤"，给予听话人心态上的负面冲击往往更大。例如《红楼梦》第30回，宝钗嘲笑宝玉跟黛玉吵嘴后又主动登门道歉是"负荆请罪"。结果，"一句话未说了，宝玉黛玉二人心里有病，听了这话，早把脸羞红了"，极为难堪。

另外，在对甲说谐谑语时，须留心勿使乙感到难堪。例如《红楼梦》第62回，黛玉对周围的人说："他倒有心给你们一瓶子油，又怕挂误着打窃盗官司。"这话本来是讥笑宝玉承担责任，替别人掩盖过失，却不料使犯有过失的彩云无地自容，她"心里有病，不觉的红了脸"，黛玉也"自悔不及，忙一顿的行令猜拳岔开了"。

谐谑语，特别是当众说出的谐谑语，由于多是在融洽和谐宽松的语境中随口说出的，往往无暇顾及言语效果。而这种不假思索的谐谑语触及某一昔日"硬伤"而引发出听话人尴尬难堪的心态时，便同时形成了听话人与说话人之间的心理障碍。这一心理障碍严重阻滞了双方的言语交际，也给人际交往投下了阴影。

# 9. 问话的心态依据
## ——宝玉的问话为何使黛玉不悦?

在清虚观,张道士给宝玉送了些"珠穿宝嵌,玉琢金镂"的法器。宝玉听说其中一个"金麒麟"湘云也有,便挑了出来,问黛玉:"这个东西有趣儿,我替你拿着,到家里穿上个穗子你带,好不好?"不料黛玉生气地"将头一扭",冷冰冰甩过来一句:"我不稀罕。"黛玉早就对宝玉的"通灵宝玉"与宝钗的"金锁"巧合为"金玉良缘"而耿耿于怀;如今又见宝玉拣出湘云也佩带的"金麒麟",心中一"病"未去又添一"病",反感、嫌恶之意霎时陡增。宝玉未觉察黛玉此时心态,不仅不回避此事,反而直言相问,自然点着了黛玉的火。(见《红楼梦》第29回)

可见,问话时察及对方心态才会产生积极的言语效果。《红楼梦》第20回,宝玉从黛玉"我为的是我的心"等语中探知黛玉心态后,问道:"你难道就知道你的心,不知道我的心不成?"黛玉闻之,低头不语,怨气全无。这里,察及对方心态的问话的言语效应立竿见影。

从窥探对方心态的途径来说,宝玉是通过关注对方言语来捕捉有关信息的。留心观察表情等体态语，也能发现对方心态的蛛丝马迹。例如《红楼梦》第 30 回，凤姐细心地观察到宝、黛难为情的"形景"而获知其心态后，问："这么大热的天，谁还吃生姜呢？""既没人吃生姜，怎么这么辣辣的呢？"问话顿时产生了强烈的、冲击性的谐戏效应，完全达到了预期的言语目的。

对听话人心态的宏观估摸也有利于对心态的把握。例如《红楼梦》第 16 回，贾蔷被派"下姑苏请聘教习，采买女孩子，置办乐器行头等事"。贾琏对此颇不以为然。凤姐问贾琏："难道大爷（指贾珍）比咱们还不会用人？偏你又怕他不在行了。谁都是在行的？"贾琏听了，立即放弃了反对的立场，说："这是自然。不是我驳回，少不得替他筹算筹算。"凤姐深知贾琏与贾珍过从甚密，不反对贾珍委派的"采购员"，只是有些不放心。她的发问从这一心态出发，果然奏效。

凤姐的宏观估摸是从人际关系、事件着眼的，从听话人所属的"类"来估摸对方心态也能为问话提供心态依据。例如《红楼梦》第 57 回，紫鹃催促薛姨妈给黛玉提亲，薛姨妈问道："这孩子急什么！想必催着姑娘出了阁，你也要早些寻一个小女婿去了？"问得"紫鹃飞红了脸"，"转身去了"。这一问话帮助薛姨妈摆脱了言语困境。问话是从"小仆人""少女"的身份类属来给听话人进行心态定位的。

问话是面对面冲着听话人说的，而且往往要求听话人有所反应。如果在问话人眼里，对方的心态是一个"盲区"，问话就不可避免地带有盲目性，就可能与听话人的心态走向"撞车"，激变出意想不到的交际恶果。

心态有时具有外在的表现形式（如言语、体态语等），有时则"水面无波"而内心掀动着巨浪狂澜。因此，问话人要把握对方心态走向，不仅要善于察言观色，而且要善于联想和宏观"估算"。对方心态在胸，话语就会一语破的，产生出理想的言语交际效应。

# "心理积聚"的共鸣与触发

## ——宝玉的几句话为何使黛玉如感"轰雷掣电"？

　　黛玉说了句过头儿话，急得宝玉一脸汗，黛玉歉疚地给宝玉擦汗。这一温存的举动撩起了宝玉胸中深藏的炽热的情愫，他情不自禁地对黛玉说"你放心"，并解释说："你皆因都是不放心的原故，才弄了一身的病了。但凡宽慰些，这病也不得一日重似一日了！""黛玉听了这话，如轰雷掣电，细细思之，竟比自己肺腑中掏出来的还觉恳切，竟有万句言语，满心要说，只是半个字也不能吐出，只管怔怔的瞅着他。"宝玉的话何以激起黛玉如此强烈的反应呢？（见《红楼梦》第 32 回）

　　黛玉整日生活在对爱情的担忧和统治者对人性的摧残中，但为封建礼教所缚，她又不敢向宝玉祖露自己的恋情。忧心忡忡与反抗意识交织成黛玉痛苦的心理积聚。宝玉的话道出了这一心理积聚，因而引发了黛玉心理上的强烈共鸣。

　　道出心理积聚的其他心态，如恼怒，也能引发对方的强烈共鸣。例如《红楼梦》第 74 回，抄检大观园的火药味越来越浓时，王善保家的对王夫人说："别的还罢了，太太不知，头一个是宝玉屋里的晴雯那丫头，仗着他的模样儿比别人标致些，又长了一张巧嘴，天天打扮的像个西施样子，在人跟前能说惯道，抓尖要强；一句话不投机，他就立起两只眼睛来骂人。妖妖调调，大不成个体统！"这番话立刻引发了王夫人内心积聚的恼怒，产生了强烈的共鸣效应：

王夫人听了这话，猛然触动往事，便问凤姐道："上次我们跟了老太太进园逛去，有一个水蛇腰，削肩膀儿，眉眼又有些像你林妹妹的，正在那里骂小丫头；我心里很看不上那狂样子。因同老太太走，我不曾说他；后来要问是谁，偏又忘了。今日对了槛儿。这丫头想必就是他了？""我一生最嫌这样的人……好好的宝玉，倘或叫这蹄子勾引坏了，那还了得！""……叫他即刻快来。"

说话人的见解虽与听话人不同，但触动了对方的心理积聚时，也能引发强烈的心态反应。例如《红楼梦》第73回，探春谈及府中仆人聚赌，并向贾母解释："我因想着太太事多，且连日不自在，所以没回，只告诉大嫂子和管事的人们，戒饬过几次，近日好些了。"探春的话当即触发了贾母打击"聚赌"的心理积聚，大发了一通议论并责令严加整饬：

贾母忙道："你姑娘家，那里知道这里头的利害？你以为赌钱常事，不过怕起争端；不知夜间既耍钱，就保不住不吃酒，既吃酒，就未免门户任意开锁，或买东西；其中夜静人稀，趁便藏贼引盗，什么事做不出来？况且园内你姐儿们起居所伴者，皆系丫头媳妇们，贤愚混杂。贼盗事小，倘有别事，略沾带些，关系非小！这事岂可轻恕？"

"即刻查了头家赌家来！有人出首者赏，隐情不告者罚！"

在日常生活中，人们由情绪、需要、价值观念等的"制导"，往往在较长时间内形成某种积聚状态的感受、看法等。当说话人言及这种感受、看法时，会引起对方强烈的心理共鸣，"引爆"出对方心内埋藏良久的话语。当说话人以某种方式从侧面触及听话人的某种心理积聚时，若语境适宜，也会"引爆"出对方心理埋藏已久的话语。

## 11. 避免对方言语尴尬有利于继续对话

——凤姐为何两次阻拦刘姥姥的话？

贫穷年迈的村妇刘姥姥冒着凛冽的寒风带着孙子进城来到超级豪门荣国府"打秋风"。历尽周折，她好不容易见到了凤姐，难得的机会终于来了。刘姥姥鼓足勇气向凤姐告艰难。刚说了一两句，贾蓉来了，凤姐又是冲刘姥姥摆手，又是叮嘱"不必说了"。贾蓉是宁国府里的人，与刘姥姥向荣国府"打秋风"风马牛不相及，凤姐为何连连阻拦刘姥姥的话头呢？

过了一小会儿，贾蓉走了，刘姥姥又接着刚才的话茬啜嚅起来，刚咕噜了两句，凤姐再次打断她道："不必说了。"而这时，屋里除了鼎力相助刘姥姥见凤姐的"周瑞家的"和凤姐的贴身亲信平儿之外，再无其他人，凤姐为何又一次不让刘姥姥说下去呢？（见《红楼梦》第6回）

站在富丽堂皇的凤姐堂屋内的刘姥姥虽是个贫困的乡间妇人，但毕竟是七十多岁的老人。她顶着风寒携带小孙子奔波一天，趑行街巷、求告豪门已很赧颜。贾蓉是外府之人，当着他的面说求告之语将使刘姥姥愈感羞愧，因此凤姐趁贾蓉尚未跨入门槛之际，及时拦住了她的话头。贾蓉走后，凤姐已完全摸清了刘姥姥的生活窘况和她此行所求，倘若再让这位王夫人认可的远亲磕磕巴巴说下去，势必使之陷入尴尬难堪的境地，故此凤姐再次阻断了刘姥姥的话语。

言语的难堪尴尬如在说话人心头压上了一块磐石，心态势必畏葸羞惭，话语也会变得迟滞乃至壅塞。假如凤姐听任刘姥姥说下去，刘姥姥就不会那么顺畅轻松地跟凤姐饶舌，不会侃出令凤姐发笑的"瘦死的骆驼比马还大""你老拔一根寒毛比我们的腰还壮"等俏皮话了；刘姥姥此后也很难再迈进荣府的门槛，二进、三进荣国府恐怕就化为乌有了。

在言语交际中，一般地说，打断对方的话语是不礼貌的，但如果当对方有求于己，且语义已明，则不应让对方再承受心理重压、赧然而汗涔涔地说下去，而宜及时拦住对方话头。这样，就使说话人受到了充分的尊重，有利于言语交际在友好和谐的氛围中继续下去，也有利于双方以后的往来和言语交际。

# 12. 性格特点与话语设计

## ——老尼姑为何几句话就使凤姐点了头?

凤姐给秦可卿送葬时,住在馒头庵。庵内老尼姑静虚托凤姐管一桩婚姻诉讼,并许以重金酬谢。凤姐看不上这样的"闲事",说:"我也不等银子使,也不做这样的事。"老尼姑碰了钉子。此时的凤姐在荣、宁两府威重令行,说一不二,比平日更难央告。老尼姑经过一番苦思,说了短短几句话,就使凤姐不知不觉之间改变了已出口的定见。且看老尼姑是如何施展巧言妙语的:

(老尼姑)半晌叹道:"虽这么说,只是张家已经知道求了府里。如今不管,张家不说没工夫、不希图他的谢礼,倒像府里连这点子手段也没有似的。"

老尼姑深知凤姐争强好胜,于是采用了激将法。凤姐岂容他人笑自己无能,果然被"点着了",满口应承,包揽了这桩诉讼。(见《红楼梦》第 15 回)

老尼姑的请求语充分注意到了凤姐的性格特点,所以迅速取得突破，获得了成功。再如，《红楼梦》中的黛玉，才情超逸﹒孤高自许，从未向谁请教过什么，然而在第 76 回里，她请妙玉续诗，却说了如下的话："……我也不敢唐突请教。这还可以见教否？若不堪时，便就烧了；若或可改，即请改正改正。"黛玉知道妙玉有着惊人的清高，因此语气审慎地求教，妙玉听了，当即欣然提笔，续作起来。

说劝阻话语时，注意到对方的性格特点，因势利导，同样能收到满意的言语效果。例如，宝玉在大观园中总是任情玩耍，不喜读书。别人劝说的话一概被他贬斥为"混账话"。然而在第 19 回中，袭人对他说了老半天"混账话"，他不但半点没恼，而且口口声声对袭人说："都改！都改！再有什么快说罢。"原来，袭人看准了宝玉重感情、伤离别的性格特点，先假说自己要走，用情感的"网"笼络住他，随后再说缄规劝诫之语，果然见效。

在话语设计中，注意到听话人的性格特点，还有益于避免不必要的矛盾。忽视对方的性格特点，则有可能引发矛盾。例如《红楼梦》第 52 回，平儿得知自己的"虾须镯"是宝玉屋里的小丫头坠儿偷走的，便来到宝玉住处，向麝月通报。平儿特别向麝月交代："晴雯那蹄子是块爆炭，要告诉了他，他是忍不住的，一时气上来，或打或骂，依旧嚷出来，所以单告诉你留心就是了。"平儿这一席话表明她充分顾及到了听话人的性格特点。本来，平儿的话语是完全可以避免矛盾发生的。不料，她的话被宝玉偷听并告诉了晴雯。宝玉这一不顾听话人性格特点的言语行为终于引发了一场冲突。

性格常常表现在具有定式特征的行为上，其中包括言语行为。说话人洞察对方的性格特点后，可以选择对方能够乃至乐于接受的话语设计，避开易引发矛盾或激化矛盾的话语设计，以获得理想的言语交际效果。

## 13. 追问的禁忌（上）

——宝玉的追问为何使黛玉难以回答？

　　春天的潇湘馆竹林茂盛，幽静宜人。黛玉午睡醒来，情思绵绵，不觉长叹道："'每日家，情思睡昏昏！'"宝玉在窗外听见了，忍不住问："为什么'每日家情思睡昏昏'的？"黛玉不答。宝玉进屋后追问："你才说什么？"黛玉干脆否认："我没说什么。"黛玉这一声长叹显然是在思念宝玉，但囿于封建礼教和少女的矜持，她难以回答并倾诉衷情。宝玉的追问引发了黛玉情感上的羞涩。可见，从言语交际的角度说，追问有时应有所禁忌。（见《红楼梦》第26回）

　　下面的例子是追问应有所禁忌的另一类情形。《红楼梦》第36回，王夫人向凤姐询问赵姨娘、周姨娘的"月例"是否每月按数发给，并问"前儿恍惚听见有人抱怨，说短了一串钱，什么原故"？凤姐一听，忙对"月例"发放现状做了长篇大论的说明。王夫人听罢，"半晌"无语，不再追问，转移了话题。凤姐拖欠、克扣"月例"贾府早已传播得沸沸扬扬，一篇虚与委蛇的谎言怎能遮掩过去呢？王夫人的诘问实质上是个警告；不再追问下去，是为免使自己的左右手凤姐陷入窘境。

下面是追问禁忌的又一类情况。《红楼梦》第 28 回，宝玉路过凤姐处，凤姐招呼他："你来的好，进来，进来，替我写几个字儿。"她让宝玉写下："大红妆缎四十匹，蟒缎四十匹，各色上用纱一百匹，金项圈四个。"宝玉莫名其妙，问："这算什么？又不是账，又不是礼物，怎么个写法儿？"凤姐含糊其词地回答："你只管写上，横竖我自己明白就罢了。"宝玉不再追问。这些字所记，自有其隐秘处，如再追问，定然使听话人感到不便、为难。

另外，从说话人一方来看，对玩笑话中的假言诈语不宜追问。例如《红楼梦》第 39 回，刘姥姥在大观园的宴会上信口胡编了个故事："就像旧年冬天，接连下了几天雪，地下压了三四尺深，我那日起的早，还没出屋门，只听外头柴草响……""原来是一个十七八岁极标致的个小姑娘儿，梳着溜油儿光的头，穿着大红袄儿，白绫子裙儿——"她的虚构被打断了。宝玉散席后仍缠着追问："那女孩儿是谁？"刘姥姥只好接着乱诌，宝玉信以为真，结果自己闹出了笑话。

在言语交际中，当追问语只是探寻事物的细枝末节而未导致听话人处于某种困境时，言之无碍；当追问语可能导致听话人陷入羞涩、窘迫、不便等困厄难堪的心境时，则应立即刹车。也就是说，运用追问语时，须及时留意话语对听话人所触发的情感效应。

## 14. 追问的禁忌（下）
——李纨为何陷入尴尬的言语境地？

尤氏处事懦弱，丫头们都不怕她。她在李纨处休息、洗脸，丫头素云竟将自己的脂粉拿来让她搽用，又违背贾府规矩，弯腰（未跪下）端着脸盆请她洗脸。虽然李纨指摘、纠正了丫头，但这两个"小钉子"却碰得尤氏甚为不悦，她讥讽地说："我们家下大小的人，只会讲外面，假礼假体面，究竟做出来的事都够使的了！"李纨未及思索，脱口问："你这话有因。是谁做的事够使的了？"尤氏接口反问："你倒问我！你敢是病着过阴去了？"李纨顿时赧然而无言以对，落入了尴尬的言语处境。尤氏提到的是刚刚发生的抄检大观园事件，气头上的尤氏对荣府上下很是不满，李纨的追问无异于火上浇油，无怪乎尤氏没好气地顶撞了她。从言语交际策略看，说追问的话语要注意到对方心境，当对方正为某事生气时，不宜追问相关物事。（见《红楼梦》第75回）

再如第32回，宝玉向金钏儿调情，王夫人反打了金钏儿一巴掌，造成金钏儿投井自尽的惨剧。王夫人也很生宝玉的气，将他叫来训诫了一番。宝钗刚刚跟王夫人议论了金钏儿之死，话语十分投机，她给王夫人送装裹金钏儿的衣服时，见王夫人正生气地训宝玉，便知趣地不闻不问，搁下衣服就走了。宝钗深知，虽然自己跟王夫人就金钏儿死因谈得很投机，但正怒气冲冲训子的王夫人极不愿跟外人提说宝玉这一过失，因此宝钗没敢接着前番话头发问，而是悄然退出，避免了可能引发的不快。

当对方因某事而激愤时，更不宜追问。例如第 77 回，晴雯被主观武断的王夫人赶出大观园后，宝玉去探望蒙受冤屈、生命垂危的晴雯。晴雯呜呜咽咽地说："只是一件，我死也不甘心：我虽生得比别人好些，并没有私情勾引你，怎么一口死咬定了我是个'狐狸精'！我今天既担了虚名，况且没了远限，不是我说一句后悔的话：早知如此，我当日——"晴雯说到这里，情绪激愤，哽咽难言。虽然晴雯的半截话颇有深意，但为免晴雯更加气愤和激动，宝玉没有问她的后半截话，而是说了些关切之语，以稳定衰弱的晴雯的情绪。

当对方因某事心中难过时，也不宜追问相关的事。例如第 43 回，宝玉在金钏儿生日这天跑到城外去祭奠她。他回到贾府时，看见金钏儿妹妹玉钏儿"独自在廊檐下垂泪"，宝玉明白，她是在心中默默悼念含冤死去的姐姐！宝玉完全理解此时此刻玉钏儿的心情，他对玉钏儿说了句"你猜我往那里去了"，见玉钏儿不语，仍在"拭泪"，便不再追问玉钏儿什么，好让她心态平稳地静静思念亲人。

再如第 67 回，宝钗给黛玉送了些黛玉家乡的土特产，勾起黛玉对亡故的父母的怀念及对自己孑然一身的感伤。宝玉来到黛玉处，他体察到黛玉的心境，一句也没问黛玉伤心的缘故，一个劲儿用其他话来宽慰黛玉，终于渐渐扭转了黛玉的心态。

当对方因某事处于尴尬的境地时，也不宜追问有关事情。例如第 28 回，宝玉看见宝钗手腕上戴着"红麝串"，想瞧瞧，宝钗便从腕上往下褪香串，这时发生了这么一个情节：

宝钗原生的肌肤丰泽，一时褪不下来，宝玉在旁边看着雪白的胳膊，不觉动了美慕之心，暗暗想道："这个膀子若长在林姑娘身上，或者还得摸一摸；偏长在他身上，正是恨我没福。"忽然想起"金玉"一事来，再看看宝钗形容，只见脸若银盆，眼同水杏；唇不点而含丹，眉不画而横翠：比黛玉另具一种妩媚风流；不觉又呆了。宝钗褪下串子来给他，他也忘了接。

　　正当宝玉呆呆地望着宝钗时，恰好黛玉来了，她打趣宝玉是"呆雁"，宝玉极为尴尬。为了掩饰自己的尴尬，他揉了揉眼睛，"待要说什么，又不好说的。"一贯敏感、好苛求宝玉的黛玉见宝玉如此狼狈，为免使宝玉太难堪，也就不再追问"你发什么呆"之类的话了。

　　追问语应充分注意到对方的心态。当对方处于生气、难过、尴尬等心态时，不宜对引发此种心态的事加以追问。因为这样的追问往往加重对方心理负担，使对方的不佳心态更加恶化，影响双方的言语交际乃至人际关系。

# 15. 被问者的心态与问答交际
## ——秋纹为何不再问探春了？

怡红院的秋纹要找代管家务的探春问话，却被屋外的平儿拦住，没让她问。这是为什么呢，且听平儿跟秋纹的对话：

平儿悄问："回什么？"秋纹道："问一问宝玉的月钱，我们的月钱，多早晚才领？"平儿道："这什么大事！你快回去告诉袭人，说我的话：凭有什么事，今日都别回。若回一件，管驳一件；回一百件，管驳一百件。"秋纹听了，忙问："这是为什么？"平儿与众媳妇等都忙告诉他原故；又说："正要找几处利害事与有体面的人来开例，作法子镇压，与众人作榜样呢。何苦你们先来碰在这钉子上？你这一去说了，他们若拿你们也作一二件榜样，又碍着老太太、太太；若不拿着你们做一二件，人家又说：'偏一个向一个，仗着老太太、太太威势的就怕，不敢惹，只拿着软的做鼻子头。'你听听罢，二奶奶的事，他还要驳两件，才压得众人口声呢！"

秋纹听了，伸了伸舌头，笑道："幸而平姐姐在这里，没得臊一鼻子灰，趁早知会他们去。"说着，便起身走了。

秋纹问话的教训生动地说明，进行问话交际时，要想使交际在有问有答、和谐融洽的氛围中顺畅地进行下去，使听话人乐于回答问话，避免问话碰硬钉子或软钉子，避免言语交际阻滞，问话时，应注意到被问话人的心态。（见《红楼梦》第55回）

　　怎样才能获知被问话人的心态呢？下面举出几种方法。

　　一是从他人或被问话人的话语来察其心态。除上例外，再如第49回，宝钗听见琥珀说黛玉会忌妒受贾母倍加宠爱的宝琴，立即表示反对，说："我的妹妹（指宝琴）和他（指黛玉）的妹妹一样，他喜欢的比我还甚呢；他那里还恼？"宝玉又听见"黛玉赶着宝琴叫'妹妹'"，由此觉察出宝钗跟黛玉的关系发生了重大变化，由猜忌而变得融洽和睦甚至相知，他敏锐地想到："他两个素日不是这样的；如今看来，竟更比他人好了十倍。"由于捕捉到了钗、黛关系的"新动态"，清楚地看到黛玉此时对宝钗的心态，宝玉才打趣地问黛玉："'是几时孟光接了梁鸿案？'这五个字不过是现成的典，难为他'是几时'三个虚字，问的有趣。——是几时接了？你说说我听听。"按《后汉书·梁鸿传》应为梁鸿接了孟光案，《西厢记》中的红娘反过来说，意为莺莺接受了张生的爱情。宝玉引用这句唱词，意在问黛玉：何时接受了宝钗的友情。黛玉高兴地回答宝玉说："这原问得好，他也问得好，你也问得好。""谁知他竟真是个好人，我素日只当他藏奸。""因把说错了酒令，宝钗怎样说他，连送燕窝，病中所谈之事，细细地告诉宝玉，宝玉方知原故。"宝玉从他人和被问话人的言语中知悉被问话人的心态后，设计、实施问话，极为成功。黛玉热心地予以回答，还告诉他许多相关的信息。

　　二是从听话人的体态语来察其心态。例如第46回，邢夫人充任贾赦帮凶，问鸳鸯愿不愿给贾赦做小老婆。她头一次询问并欲拉鸳鸯的手"回老太太去"时，"鸳鸯红了脸，夺手不行"。她第二次连劝带问时，"鸳鸯只低头不动身"。第三次问时，"鸳鸯只管低头，仍是不语"。至此，鸳鸯的体态语已清楚地表明了她的"否定"心态。愚昧的邢夫人又问了第四次，"鸳鸯仍不语"。邢夫人的问话未获得任何信息，茫然而去。邢夫人不细察体态语所显露的心态，问话彻底失败了。

还可以从分析被问话人的切身利害来察其心态。例如第 32 回，小丫头金钏儿被王夫人一个嘴巴打得投了井，宝钗得知后揣度：此事对王夫人的名声不好，王夫人此时一定力图曲解金钏儿死因，以逃避良心和舆论的谴责。"善解人意"的宝钗跑到王夫人处，故意问金钏儿"怎么好好的投井"，并称"这也奇了"。此问正中王夫人下怀，立即应道："原是前日他把我一件东西弄坏了，我一时生气，打了他两下子，撵了下去。我只说气他几天，还叫他上来，谁知他这么气性大，就投井死了，岂不是我的罪过！"王夫人不仅"介绍"了她编造的金钏儿死因（实际上是王夫人斥责金钏儿勾引宝玉），还叙说了"赏了五十两银子给"金钏儿妈及让裁缝给金钏儿赶做装裹的衣裳云云。宝钗从切身利害分析对方心态后发问，获得了言语交际的成功，也博得了王夫人的好感。

也可以从分析对方身份特点着眼来察其心态。例如第 57 回，关切黛玉命运的紫鹃听见薛姨妈在闲聊中对宝钗说："我想你宝兄弟，老太太那样疼他，他又生的那样，若要外头说去，断不中意，不如把你林妹妹定给他，岂不四角俱全？"紫鹃信以为真，忙凑前问了句："姨太太既有这主意，为什么不和老太太说去？"不料薛姨妈不应此问，以谐谑的口吻说："这孩子急什么！想必催着姑娘出了阁，你也要早些寻一个小女婿子去了？"紫鹃问话的失败，是由于她未从对方的身份着眼来察其心态。薛家如能跟贾家联姻，会给薛家生意、家运带来巨大补益，将宝钗嫁与宝玉是薛姨妈蓄意已久的目标。说黛玉跟宝玉般配，虽是实情，却也是薛姨妈言不由衷的玩笑话。为黛玉命运操心、忧虑的紫鹃急于求成，未细加揣想薛姨妈心态，所以问话碰了壁。

不察心态而问，会遭际种种"不虞现象"；察心态而问，易促成应答一方的"合作"，从而获得良好的言语回应，有益于言语交际的继续进行与人际关系的和谐。

# 16. 对第三方的称赞与听话人心态
## ——宝玉赞晴雯的话为何碰了壁？

抄检大观园给园中丫头们带来一场劫难，有的被逐，有的被迫出家，晴雯则在被逐后悲惨死去。晴雯的厄运使宝玉极为悲痛。痛惜之余，思潮翻滚，他不禁向身边的袭人赞美起晴雯来，说晴雯犹如"一盆才透出嫩箭的兰花"。宝玉又说，怡红院中美丽的海棠树春天死了半边是晴雯遭横祸的预兆，并由此生发开来，说："不但草木，凡天下有情有理的东西，也和人一样，得了知己，便极有灵验的。若用大题目比，就像孔子庙前桧树，坟前的蓍草，诸葛祠前的柏树，岳武穆坟前的松树：这都是堂堂正大之气，千古不磨之物。世乱，他就枯干了；世治，他就茂盛了……若是小题目比，就像杨太真沉香亭的木芍药，端正楼的相思树，王昭君坟上的长青草，难道不也有灵验？——所以这海棠亦是应着人生的。"然而宝玉这一大篇赞美辞却碰了一个大钉子，遭到袭人的迎头痛击。袭人尖锐地反驳道："真真的这话越发说上我的气来了！那晴雯是个什么东西？就费这样心思，比出这些正经人来！还有一说：他纵好，也越不过我的次序去。就是这海棠，也该先来比我，也还轮不到他。"晴雯是怡红院中最漂亮的姑娘，且性格泼辣爽直，言行常不为封建礼教所缚，深得宝玉宠爱，两人情谊深厚。晴雯也就成了袭人抢占"宝二爷侍妾"位置的最大障碍。她十分忌恨晴雯，而且早就暗中向王夫人诬告晴雯。宝玉只顾宣泄胸中憋闷的痛楚，未注意到袭人忌恨晴雯的心态，出自肺腑的赞美之辞被碰了回来。可见，在赞美第三方的时候，须留意到听话人的心态。（见《红楼梦》第77回）

听话人对被赞美的第三方持"肯定"意向时，乐于接受对第三方的赞美。例如第36回，薛姨妈向王夫人夸赞袭人说："那孩子模样儿不用说，只是他那行事儿的大方，见人说话儿的和气，里头带着刚硬要强，倒实在难得的。"贾政毒打宝玉后，袭人设法向王夫人表达了"效忠"之意，并常常密告丫头们的"越轨"言行，深得王夫人宠信。因此，王夫人听了薛姨妈的赞语后，"含泪"赞叹袭人："你们那里知道袭人那孩子的好处？比我的宝玉还强十倍呢！宝玉果然有造化，能够得他长长远远的服侍一辈子，也就罢了。"再如第3回中，黛玉初入荣府，凤姐一见面就对贾母赞美黛玉说："天下真有这样标致人儿！我今日才算看见了。况且这通身的气派竟不像老祖宗的外孙女儿，竟是嫡亲的孙女儿似的……"黛玉之母刚去世，黛玉被父亲送来姥姥家，贾母想念去世的女儿，因而对外孙女格外怜爱。凤姐的赞美自然使贾母高兴起来，她愉快地说："……你妹妹远路才来，身子又弱……"又如第55回，凤姐"病假"期间，探春和李纨暂管贾府事务。探春是极有眼光、有见地的女中丈夫，凤姐很乐意探春能大刀阔斧地进行改革，她对"负责具体事务"的平儿称赞探春说："他虽是姑娘家，心里却事事明白，不过是言语谨慎。他又比我知书识字，更利害一层了。"平儿一贯佩服探春的才干，因而对凤姐的赞语很有同感，并表示自己很尊重探春对各项事务的裁处。

反之，听话人对被称赞的第三方持"否定"的意向时，则不接受对第三方的赞美之语。例如第35回，宝玉对贾母说："要说单是会说话的可疼，这些姐妹里头也只凤姐姐和林妹妹可疼了。"宝玉的话语是意在赞美黛玉，并企盼"勾着贾母"同赞黛玉。但贾母此时已觉察到宝、黛私下的恋情，再加上黛玉不善处处附和贾母，所以心中已不大喜欢黛玉，因而对宝玉的赞美话理也不理，反而把话题一转，赞美起宝钗来，说："提起姐妹……千真万真，从我们家里四个女孩儿算起，都不如宝丫头。"此后不久，在大观园的宴会上，刘姥姥随众人来到黛玉闺房，见"窗下案上设着笔砚，又见书架上放着满满的书"，她赞叹道："竟比那上等的书房还好呢。"对黛玉早已不大喜欢的贾母此时再次撇开赞美黛玉的话头儿，突如其来地问丫头们："宝玉怎么不见？"贾母此时实际上已经清楚地表达出她对赞美黛玉之语的否定。

如果听话人不仅对所赞美的第三方持否定态度，且人际关系、交际氛围允许，听话人有时会立即反驳赞美之词，如上文中袭人对宝玉赞美晴雯之词的批驳。再如第75回，贾府家宴上贾环作了一首诗，贾赦对贾政等人夸赞说："这诗据我看，甚是有气骨……竟不失咱们侯门的气概！"贾政听了反驳说："不过他胡诌如此，那里就论到后事了？"贾环是贾政之子，贾政对贾环诗中："不乐读书之意"很不满，所以反驳了贾赦的赞誉。

如果听话人对所赞美的第三方毫不了解，赞美语实际上是向听话人传递了某种信息。例如第6回中，刘姥姥头回来贾府，对贾府人物一概不了解，周瑞家的对她夸赞凤姐说："这凤姑娘年纪儿虽小，行事儿比是人都大呢。如今出挑的美人儿似的，少说着只怕有一万心眼子，再要赌口齿，十个会说的男人也说不过他呢。"这些话对刘姥姥来说是获得了进贾府时有用的信息，可作为自己言谈举止的重要依据之一。

最后还须提及，对第三方的赞美之语语意须清晰明确，否则易引起误解。例如第 19 回，由于宝玉赞美语不清晰明确，引发了一场小小的误会：

宝玉……乃笑问袭人道："今儿那个穿红的是你什么人？"袭人道："那是我两姨姐姐。"宝玉听了，赞叹了两声。袭人道："叹什么？我知道你心里的缘故，想是说：他那里配穿红的？"宝玉笑道："不是，不是。那样的人不配穿红的，谁还敢穿？我因为见他实在好得很，怎么也得他在咱们家就好了。"袭人冷笑道："我一个人是奴才命罢了，难道我的亲戚都是奴才命不成？……"

……宝玉笑道："你说的话怎么叫人答言呢？我不过是赞他好，正配生在这深宅大院里……"

说对第三方的赞美之词时，须注意到对方对被赞美者的心态，如果由于种种原因，对方对被赞美者持"否定"意向，则要慎用赞美之词，以免给言语交际注入"致冷剂"，破坏良好的交际氛围。

# 17. 求人要看准对象
## ——司棋的三次求助为何落了空?

　　丫头司棋成了"抄检大观园"的牺牲品。她被逐出大观园时,曾苦苦求助了三次,但都遭到了失败。第一次是请求迎春设法留住自己。然而迎春却说:"你瞧入画也是几年的,怎么说去就去了?自然不止你两个,想这园里凡大的都要去呢。依我说,将来总有一散,不如各人去罢。"第二次是请求押解她出园的周瑞家的略候片刻,好跟园中姐妹告别。周瑞家的却冷冰冰地说:"我劝你去罢,别拉拉扯扯的了!我们还有正经事呢。谁是你一个衣胞里爬出来的?辞他们做什么?你不过挨一会是一会,难道算了不成?依我说,快去罢!"第三次是请求宝玉相救,她拉住宝玉哭道:"他们做不得主,好歹求求太太去!"宝玉却伤感地说:"我不知你做了什么大事!晴雯也气病着,如今你又要去了,这却怎么着好!"迎春懦弱,又不明事理,没有能力替司棋去申辩;周瑞家的平日就对大丫头们得势受宠恨之入骨,司棋被逐,正趁心愿,因此不愿相助;宝玉虽愿为司棋解除困厄,但慑于王夫人淫威而不敢有所动作。也就是说,宝玉是因权势所限而畏葸不前。(见《红楼梦》第77回)

可见，说求助语时，需注意到听话人的能力和主观意愿。听话人具备相助的能力，求助语才有可能获得预期的言语效果。例如第72回，贾琏想请鸳鸯"暂且把老太太查不着的金银家伙，偷着运出一箱子来，暂押千数两银子"用。贾琏知道，鸳鸯手中掌管着贾母财物，且"明白有胆量"。就是说，具备"暂借"的能力，所以才张口。显然，鸳鸯帮了他的大忙，使贾琏、凤姐渡过了难关。又如第48回，薛蟠要到南方去做生意，远行前，薛姨妈特备了一桌酒席，"命人请了张德辉来，在书房中，命薛蟠款待酒饭。自己在后廊下隔着窗子，千言万语嘱托张德辉照管照管。"张德辉是老练"有年纪"的伙计，完全有能力照管好薛蟠和生意，所以"满口应承"了薛姨妈的嘱托。反之，如果听话人不充分具备相应的能力，则求助语很难达到预期的目的。例如第60回，五儿之母想让五儿到怡红院当丫鬟，便求助于芳官。芳官转求宝玉，"宝玉虽是依允，只是近日病着，又有事，尚未得说。"芳官只是个丫头，她要转求宝玉，宝玉再转求凤姐，才能办理。芳官转求宝玉时面子很有限，也就是说，芳官不充分具备相助的能力，芳官虽然满口答应了柳家母女的求助语，但柳家母女的希望最终还是落了空。又如第59回，春燕娘追打春燕至怡红院，春燕边哭诉边求助于宝玉，宝玉却说："你只在这里闹倒罢了，怎么把你妈也都得罪起来！"宝玉没有管园内女仆的权力，所以对女仆的张狂行为，是无能为力的。后来麝月派小丫头向平儿告状，才制止住春燕母亲的过分举动。情急之中，春燕没有考虑到宝玉是否充分具备相助的能力，因此求助语尽付东流。第77回，重病的晴雯虽然极度虚弱，头脑却很清楚。她知道宝玉虽极欲相救，却无能力相救，故而没说一句求助的话，只是深有所感地说："今日这一来，我就死了，也不枉担了虚名！"

　　在具有相助能力的基础上，听话人在主观意愿上乐于相助，求助语才能获得圆满成功。例如第 6 回，刘姥姥对王夫人作了"如今上了年纪，越发怜贫恤老的了，又爱斋僧布施"的主观意愿方面的正确估价之后，方入府求助，王夫人果然表示："如今来瞧我们，也是他的好意，别简慢了他。"于是，刘姥姥讨得二十两银子，高高兴兴地回家了。反之，听话人主观意愿上不乐意相助，求助语势必失败。例如第 24 回，贾芸由于向凤姐"求职"，急需香料，他向舅舅卜世仁求助。吝啬冷酷的卜世仁根本不打算帮忙，讥嘲地拒绝说："测你那里有正经事？不过赊了去又是胡闹。你只说舅舅见你一遭儿就派你一遭儿不是，你小人儿家很不知好歹，也要立个主意，赚几个钱，弄弄穿的吃的，我看着也喜欢。"对听话人主观意愿未作估量的贾芸乘兴而来，败兴而去。又如第 52 回，脾气火爆的晴雯力主把"小窃"的小丫头坠儿撵出去。坠儿妈向晴雯请求继续留用。驱逐坠儿是晴雯发动的，她怎会相助呢？晴雯冷冷地回绝道："这话只等宝玉来问他，与我们无干。"对听话人主观意愿未加思忖的坠儿妈的请求语遭到了彻底失败。

听话人虽不拒绝相助，但漫不经心，求助语也会落空。例如第 16 回，贾琏乳母赵嬷嬷请求贾琏给她的两个儿子"安排工作"。贾琏虽未拒绝，但总没把此事放在心上，赵嬷嬷埋怨说："我们这爷，只是嘴里说的好，到了跟前就忘了我们……我还再三的求了你几遍，你答应的倒好，如今还是落空……靠着我们爷，只怕我还饿死了呢！"赵嬷嬷只得转求凤姐，这才落实了两个儿子的"工作"。

求助语得以成功的基础是听话人充分具备了实现某一目标的能力。求助者情急之中忽视了这一点，话语未出口之前，就注定了求助语的失败。听话人不仅有能力相助，而且乐于相助，求助语才能获得最后的成功。听话人是否乐于相助，既与听、说双方的人际关系有关，又与听话人的思想观念有关。例如上文中提到的卜世仁不愿相助、王夫人愿意相助，都与听话人的思想观念有关。注意到这些，求助语的成功率就会大大提高了。

 **18.** # 不宜数叨求助者
## ——卜世仁的话为何气跑了外甥？

　　家境穷困的贾芸为了谋取差事，找开香料铺的舅舅卜世仁赊冰片和麝香。卜世仁先是对外甥说铺子里"立了合同，再不许替亲友赊欠"，接着又申斥贾芸"不知好歹"，"没个算计儿"，训导贾芸要"立个主意，赚几个钱"等等。卜世仁的话很快气跑了外甥。（见《红楼梦》第24回）

　　对待求助者，如不能相助，反而去数叨对方无能等，只会引起对方的反感，给言语交际带来恶性后果。此时的话语首先应着眼于向对方坦诚说明实情。例如《红楼梦》第77回，可怜的司棋被逐出大观园。途中她向宝玉求助说情，宝玉伤心落泪地说"这却怎么好"，表明了他面对王夫人的淫威是无能为力、毫无办法的。司棋听了，也就不再说什么了。

　　即使能够对求助者给予臂助，也不宜在话语中夹杂数落的词句。例如《红楼梦》第42回中，王夫人资助刘姥姥一百两银子，让她"或者做个小本买卖，或者置几亩地"，但同时又说了句"以后再别求亲靠友的"。在刘姥姥听来，这句话似乎暗示以后别再到贾府来

"打秋风"，带有数落的意味，可以说，这句话立即再度拉大了几天来缩小了的她与女主人间的心理距离。在曹雪芹所写的前 80 回中，刘姥姥此后再也没叩贾府的门。

求助者的心里总是火烧火燎、心急如焚的。不论能否相助，话语的语意取向以"宽慰"为主，才有益于听话人冷静下来。例如《红楼梦》第 7 回中，周瑞家的女儿急如星火地找到周瑞家的说："你女婿因前儿多喝了点子酒，和人分争起来，不知怎么叫人放了把邪火，说他来历不明，告到衙门里，要递解还乡。所以我来和你老人家商量商量，讨个情分。不知求那个可以了事？"周瑞家的宽慰女儿道："这算什么大事，忙的这么着！""小人儿家没经过什么事，就急的这么个样儿。"周瑞家的女儿在母亲的宽慰下情绪安定下来，先回家了。

求助者在心理上往往处于一种应激状态，心理压力很大。被求助者话语的语意取向对求助者来说是影响其情绪走向的重要外部因素。数叨求助者，会加重其内心压力，强化应激状态，造成不良的言语交际后果，甚至使听话人言行失控。宽慰求助者，能减轻其心头压力，减轻乃至摆脱心理上的应激状态，冷静交际，适宜行事。这不仅有助于言语交际双方取得圆满的交际效果，而且有益于求助者切实地迈上排除困厄之路。

# 话语的一致性准则
## ——薛姨妈的话为何引得王夫人吐露心声？

王夫人向凤姐指示，将袭人"内定"为宝玉之妾，"待遇"与赵姨娘、周姨娘相同。一旁的薛姨妈听了点头说："早就该这么着。那孩子模样儿不用说，只是他那行事儿的大方，见人说话儿的和气，里头带着刚硬要强，倒实在难得的。"这几句话竟引得王夫人"含泪"吐露心声说："你们那里知道袭人那孩子的好处？比我的宝玉还强十倍呢！宝玉果然有造化，能够得他长长远远的服侍一辈子，也就罢了。"薛姨妈普普通通的话为何有如此魔力呢？这是因为薛姨妈的话遵循了言语交际中的"一致性准则"，即在言语交际中，应尽量减少与对方观点的分歧，尽量增加与对方观点的相同之处。（见《红楼梦》第36回）

一致性准则有利于营造良好的交际氛围。有一个典型例子，在《红楼梦》第50回。园中姐妹联诗，请凤姐起头儿，凤姐说："你们别笑话我，我只有了一句粗话……"姐妹们说："越是粗话越好。"，大伙儿又评议凤姐说的"一夜北风紧"："这句虽粗，不见底下的，这正是会作诗的起法，不但好，而且留了写不尽的多少地步与后人。"联诗活动在和谐、亲切的气氛中进行下去。一致性原则有时还可使交际氛围十分热烈、活跃。例如第 40 回，在大观园的宴会上，刘姥姥称自己的话语为"庄稼人""现成的本色儿"，并说了句"大火烧了毛毛虫"。众人赞许地说："这是有的，还说你的本色。"这样，宴会便在欢快、热烈的氛围中继续进行。

一致性准则也有利于言语交际的顺利进展。例如第 56 回，探春提出了大观园管理改革的方案，说："不如在园子里所有的老妈妈中，拣出几个老成本分，能知园圃的，派他们收拾料理。也不必要他们交租纳税，只问他们一年可以孝敬些什么。"这一建议立即得到宝钗和李纨的认可。宝钗说："善哉！三年之内，无饥馑矣。"李纨也称赞道："好主意！果然这么行，太太必喜欢。省钱事小，园子有人打扫，专司其职，又许他去卖钱，使之以权，动之以利，再无不尽职的了。"平儿也欣然同意。在友好协商的氛围中，四个人的讨论卓有成效地进行下去。

一致性准则还有利于人际关系的和谐。例如第 62 回，园中姐妹在怡红院中饮宴，林之孝等管家来了，对大家说："……如今吃一两杯酒，若不多吃些东西，怕受伤。"探春应对道："妈妈说的是，我们也正要吃呢。"又回头命小丫头"取点心来"。由于探春的话语与林之孝家的保持了一致性，林之孝家的也就和和气气的，没责备什么，退了出去。

在言语交际中，若能及时改变自己与对方有分歧的观点，使自己的观点与对方保持一致，则有益于避免触发人际矛盾。例如第 46 回，邢夫人跟凤姐说打算向贾母讨要鸳鸯给贾赦做妾。凤姐反对说："依我说，竟别碰这个钉子去。老太太离了鸳鸯，饭也吃不下去，那里就舍得了？"邢夫人十分生气，说："我叫了你来，不过商议商议，你先派了一篇的不是！"凤姐马上调整了自己的观点，说："太太这话说的极是。我能活了多大，知道什么轻重？"邢夫人一听，才"又喜欢起来"。凤姐遵循一致性准则及时改变了观点，才避免了与邢夫人的尖锐冲突。有时，则可在与第三方的交谈中改变自己原先的观点而与对方保持一致以避免人际摩擦。例如第 3 回，"贾母问黛玉念何书"，黛玉回答："刚念了《四书》。""黛玉又问姊妹们读何书"，贾母不屑地说："读什么书，不过认几个字罢了。"这时，黛玉发现自己的读书观与贾母的"女儿读书无用论"相左，于是在随后跟宝玉的谈话中（贾母在侧）及时改变了自己的观点：

　　宝玉便走向黛玉身边坐下，又细细打量一番，因问："妹妹可曾读书？"黛玉道："不曾读书，只上了一年学，些须认得几个字。"

　　黛玉的这一观点调整避免了与贾母观点上的对立，为自己创造了较为理想的人际环境。

　　在言语交际中如果忽视一致性准则，易引发不良后果。例如第 62 回，黛玉谈到探春的"改革"，说："要这样才好。咱们也太费了。我虽不管事，心里每常闲了，替他们一算，出的多，进的少，如今若不省俭，必致后手不接。"宝玉听了，却以阔少爷的态度发表了与黛玉歧异的观点，说"凭他怎么后手不接，也不短了咱们四个人的"。这一违背一致性准则的话语立刻导致了对话的中断。"黛玉听了，转身就往厅上寻宝钗说笑去了。"又如第 8 回，宝玉在薛姨妈家饮酒，宝钗、黛玉相伴，宝玉不由多喝了几杯。李嬷嬷却竭力劝止宝玉，薛姨妈忍不住说："老货！只管放心喝你的去罢！我也不许他喝多了。就是老太太问，有我呢。"然而李嬷嬷仍一味阻止，引得薛姨妈、黛玉等十分不悦。李嬷嬷见状待不下去了，借口"换衣裳"离开了薛家。李嬷嬷顽固违忤一致性准则，迫使自己退出了交际场所。

　　在言语交际中，遵循话语的一致性准则，有益于言语交际的顺畅进行与人际关系的和谐融洽。违拗这一准则后如能及时调整，使自己的观点与对方保持一致，也能有效地避免双方发生龃龉。

## 20. 情趣评议与交际氛围

——宝玉对绿玉斗的品评为何使妙玉"十分喜欢"？

　　宝玉随宝钗、黛玉到妙玉处饮茶，妙玉给黛玉、宝钗的茶具都镌刻着古文字，精美无比。给宝玉的，却是妙玉"常日吃茶的那只绿玉斗"。宝玉不悦，说："他两个就用那样古玩奇珍，我就是个俗器了？"妙玉很不高兴地反驳道："这是俗器？不是我说狂话，只怕你家里未必找得出这么一个俗器来呢！"宝玉顿时醒悟到，妙玉的审美情趣超凡脱俗，看上去很普通的绿玉斗一定是文化品位很高的不同凡响的器具，于是忙改口赞赏起主人的审美情趣，说："到了你这里，自然把这金珠玉宝一概贬为俗器了。""妙玉听如此说，十分欢喜"。于是四人在热烈友好的氛围中继续攀谈下去。（见《红楼梦》第 41 回）对听话人某种情趣、志趣的肯定性评议有助于交际氛围的改善。再如《红楼梦》第 37 回，探春兴致勃勃地倡议起诗社，宝玉凑趣地说："这是一件正经大事，大家鼓舞起来……"黛玉、宝钗等人也纷纷赞赏这一倡议，在融洽而振奋的气氛中，交谈继续了下去。

　　对听话人未说出的情趣以某种方式予以肯定或赞赏，也有利于营造良好的交际氛围。例如《红楼梦》第 22 回，贾母给宝钗过生日，"因问宝钗爱听何戏，爱吃何物。宝钗深知贾母年老之人，喜热闹戏文，爱吃甜烂之物，便总依贾母素喜者说了一遍"。这一来，贾母十分喜悦，交际氛围更为欢快、愉悦了。

说话人对听话人情趣的理解和赞赏不仅有助于交际氛围的改善和"升温"，还往往反映出说话人对听话人的理解。例如《红楼梦》第 23 回，众姐妹要搬进大观园，宝玉便问黛玉："你住那一处好？"黛玉盘算后说："我心里想着潇湘馆好。我爱那几竿竹子，隐着一道曲栏，比别处幽静些。"宝玉一听，欣喜地拍手笑道："合了我的主意了！我也要叫你那里住。"从这一选择居处的情趣可以窥知，宝玉对黛玉知之甚深。

对听话人的某种情趣予以否定或讥刺会严重损害交际氛围。如果说话人和听话人有某种特殊关系，他对听话人情趣的否定往往折射出说话人的某种心态。例如《红楼梦》第 36 回，贾蔷买了只"会衔旗串戏"的鸟儿来给龄官解闷儿，不料龄官气恼地说："你分明弄了来打趣形容我们，还问'好不好'！"贾蔷和龄官是一对恋人，她对贾蔷逗鸟情趣的否定折射出龄官对贾蔷不关心自己病状的怨艾。

人的某种情趣是人的某种美感，能给人以喜悦、享受的体验。当对方给这种体验火上加柴时，会引发出听话人更为愉悦的情怀，从而营造出更为融洽、热烈的交际氛围；当对方破坏这种美感，火上浇水时，则会使听话人的美感顿减乃至消失，并导致交际氛围骤然降温，给言语交际带来破坏性的干扰。

# 21. 话语所指的忽略与影射
## ——柳湘莲的话为何使宝玉生了气？

　　柳湘莲在平安州许诺与尤三姐定亲，并把自己祖传宝剑托贾琏交给尤三姐，作为定亲之礼。柳湘莲回到京城后，找宝玉打听尤三姐根底，觉得"细细问了底里才好"。当听说尤三姐是贾珍之妻尤氏继母的女儿时，脱口而出道："这事不好！断乎做不得！你们东府里，除了那两个石头狮子干净罢了。"此言一出，顿使曾有过"不干净"行为的宝玉"红了脸"。湘莲也"自惭失言，连忙作揖"，说："我该死胡说！——你好歹告诉我，他品行如何？"余气未消的宝玉不悦地说："你既深知，又来问我做甚么？连我也未必干净了！"湘莲再次解释，但被他话语"误伤"的宝玉仍怏怏不乐。这表明，在言语交际中，提说某种说话人所贬损的作为、状态时，应避免无意中把听话人牵涉进去。上例中，柳湘莲情急之中话语里的贬义所指上的忽略，使听话人宝玉心理上受到伤害。（见《红楼梦》第66回）

　　说话人提说他所贬损的行为、状态，有时还须注意不伤害听话人以外的第三方。例如第46回，誓死抗婚的鸳鸯对她嫂子说："怪道成日家羡慕人家的丫头做了小老婆，一家子都仗着他横行霸道的，一家子都成了小老婆了！"鸳鸯的嫂子看到平儿和袭人在一旁，便挑拨地说："'当着矮人，别说矮话'……这二位姑娘并没惹着你，小老婆长，小老婆短，人家脸上怎么过得去？"多亏平儿和袭人跟鸳鸯关系甚好，她俩主动驳斥说："……他也并不是说我们，你倒别拉三扯四的……我们犯不着多心！"鸳鸯随即对二人不无歉意地解释说："原是我急了，也没分别出来，他就挑出这个空儿来！"鸳鸯嫂子固然是有意挑拨，但从言语交际策略来说，假如鸳鸯把她嫂子拽到一边再说或说时避开"小老婆"，大约就不会发生这一小小的"事故"了。

有时候，说话人提说他所贬损的行为或状态时，有意影射他人，这种言语行为具有若干种言语功效。例如第54回，贾母说："一个小姐……通文知礼，无所不晓……只见了一个清俊男人，不管是亲是友，想起他的'终身大事'来，父母也忘了，书也忘了，鬼不成鬼，贼不成贼，那一点儿像个佳人？"这显然是对众人谈"女先儿"故事的"俗套"时，借机对黛玉行为的含沙射影的指责。也可以说，这一影射是对黛玉行为的严重警告。

再如第75回，中秋节宴会上，贾赦讲了一个笑话："一家子，一个儿子，最孝顺，偏生母亲病了，各处求医不得，便请了一个针灸的婆子来。这婆子原不知道脉理，只说是心火，一针就好了。这儿子慌了，便问：'心见铁就死，如何针得？'婆子道：'不用针心，只针肋条就是了。'儿子道：'肋条离心远着呢，怎么就好了呢？'婆子道：'不妨事。你不知天下做父母的，偏心的多着呢！'"平素对贾母看重弟弟贾政、重用贾政之妻颇为不满的贾赦，这时讲的笑话并非出于无心。贾母也觉察到了影射自己的意味，笑道："我也得这婆子针一针就好了。"这里，贾赦是借这个笑话来"批评"贾母的"偏心"。第54回，贾母讲的笑话则影射了凤姐：

"一家子养了十个儿子,娶了十房媳妇儿。唯有第十房媳妇儿聪明伶俐、心巧嘴乖,公婆最疼,成日家说那九个不孝顺。这九个媳妇儿委屈,便商议说:'咱们九个心里孝顺,只是不像那小蹄子儿嘴巧,所以公公婆婆只说他好。这委屈向谁诉去?'有主意的说道:'咱们明儿到阎王庙去烧香,和阎王爷说去,问他一问:叫我们托生为人,怎么单单给那小蹄子儿一张乖嘴,我们都入了夯嘴里头?'那八个听了,都喜欢说:'这个主意不错!'第二日,便都往阎王庙里来烧香。九个都在供桌底下睡着了。九个魂专等阎王驾到。左等不来,右等不到。正着急,只见孙行者驾着筋斗云来了,看见九个魂,便要拿金箍棒打来。吓得九个魂忙跪下央求。孙行者问起原故来,九个人忙细细地告诉了他。孙行者听了,把脚一跺,叹了一口气道:'这原故幸亏遇见我,等着阎王来了,他也不得知道。'九个人听了,就求说:'大圣发个慈悲,我们就好了!'孙行者笑道:'却也不难:那日你们妯娌十个托生时,可巧我到阎王那里去,因为撒了一泡尿在地下,你那个小婶儿便吃了。你们如今要伶俐嘴乖,有的是尿,便撒泡你们吃就是了。'"

贾母刚讲完,尤氏、娄氏都说:"咱们这里头谁是吃过猴儿尿的,别装没事人儿!"薛姨妈也说:"笑话儿在对景就发笑。"显然,众人都听出了贾母影射的对象。这里,贾母是借这个笑话来"打趣"凤姐的"嘴巧"。

在言语交际中,提说某种说话人所贬损的行为、状态时,应避免无形中关涉听话人,造成听话人心理上的伤害。而提说说话人贬损的行为、状态时,有意影射某人则往往具有警告、批评、打趣等言语功效。

# 22. 区分话语的表征与内蕴
## ——宝玉的一句话为何使黛玉雷霆顿息？

黛玉得知宝玉是从宝钗处来的，十分不悦，讥刺他道："我说呢！亏了绊住，不然，早就飞来了。"宝玉忙解释说，自己是"偶然到"宝钗处，黛玉反而更加生气，闹个不休。宝玉又表白自己决不会因宝钗而"远"黛玉。不料黛玉一听火气更大，怒气冲冲地说："我难道叫你远他？我成了什么人了呢？"

这时，面对如此盛怒的黛玉，宝玉只轻轻说了一句话，竟然产生了化电闪雷鸣、雨急风骤为虹销雨霁、晴空万里的奇效。他针对黛玉的话说："我也为的是我的心，你难道就知道你的心，不知道我的心不成？"黛玉闻听此语，火气顿消，"低头不语"，甚至接着说了句温存的体贴宝玉身体的话。（见《红楼梦》第20回）

这是为什么呢？从黛玉开初说的话看，似乎是为宝玉去了宝钗处而大动干戈。其实这只是话语的表征而并非话语的内蕴。黛玉并不反对宝玉去宝钗处，她真正担忧的是宝玉接近宝钗后影响跟自己的情感关系，这才是黛玉话语的内蕴。宝玉一开始只是就黛玉话语的表征做文章，一个劲儿议论自己该不该去宝钗处，使得黛玉越听越火。及至最后宝玉倾吐衷肠，道出自己处处是为了"我的心"，即始终把维护与黛玉的情感关系放在首位，这才搔到了痒处，说到了黛玉话语内蕴的话题上。黛玉明白了宝玉对爱情的坚定信念，意识到她与宝玉之间的感情纽带依然牢固如初，心中的疑虑涣然冰释，胸中怒火也就烟消火灭了。

如果始终从话语表面词语上着眼，不留心体察话语的内蕴，则会影响对说话人言语意图的理解。例如《红楼梦》第44回，林之孝家的听了凤姐一连串的厉害话，既未看到凤姐表情也未深究话语含意，便"非常为难"，不知如何去处理鲍二媳妇的丧事。其实凤姐话语的内蕴是给几个钱，赶快了结，省得家丑张扬出去。贾琏给林之孝家的使了眼色，她才"心下明白"。

有时还须将话语与说话人相联系，才能迅速寻绎出话语的内蕴。例如《红楼梦》第35回，丫头玉钏给宝玉送来莲叶汤，宝玉问玉钏："你母亲身上好？"玉钏半天才说了一个"好"字。宝玉又问："谁叫你替我送来的？"玉钏说："不过是奶奶太太们！"宝玉联想到，此前不久，金钏因与自己说了几句亲昵的话，被王夫人一巴掌打得投了井。玉钏是金钏之妹，自然对自己有气。洞悉了玉钏冰冷话语的内蕴，宝玉便"一些性气也没有，凭他怎么丧谤，还是温存和气"。这样，玉钏脸上渐渐有了"三分喜色"，情绪终于扭转了过来。再如《红楼梦》第64回，贾琏对贾蓉说了一堆尤二姐"举止大方，言语温柔，无一处不令人可敬可爱"等语。贾蓉联想到说话人贾琏平日里的所作所为，立即"揣知"了他想娶尤二姐做二房的话语内蕴。

总之，捕捉隐含在言语链条中的话语内蕴，首先要把反映说话人本质意图的话语跟其他话语细心区分开来；其次要注意联系说话人的有关情况体味表面词语。这样，话语的内蕴便洞若观火了。

# 留意说话时的语境

　　说话时总是处于某种语境之中，除听话人之外，往往还有第三方。留意说话时的语境，不光使话语得体，还能使您避免种种话语失误……

# 23. 语体与语境要相符
## ——周瑞家的为何用眼色制止刘姥姥的话？

乡村老妇刘姥姥头回进荣国府，就得了白花花二十两银子的资助，这对平日里衣食无着、艰难度日的刘姥姥一家来说，不啻是天上掉下肉馅儿饼。刘姥姥喜出望外，高兴得"眉开眼笑"。她絮絮叨叨地向执掌贾府家政大权的凤姐说了一车感激不尽的话。然而，站在一旁帮她"打入"贾府的女管家周瑞家的，对刘姥姥的话却越听越不是味儿，越听越别扭。她终于忍不住了，一个劲儿朝刘姥姥使眼色，阻止她再说下去。（见《红楼梦》第6回）

这是为什么呢？

先听听刘姥姥说了些什么："我们也知道艰难的，但只俗语说的：'瘦死的骆驼比马还大'呢。凭他怎样，你老拔一根寒毛比我们的腰还壮哩！"

贾府是"白玉为堂金作马"的贵族大家庭，既属上流社会，又是诗书人家。刘姥姥满嘴的俚语村言，如果是在她的村儿里，自然十分得体、顺耳。但如今她是站在"鲜花着锦之盛"、气派非凡且文化氛围极为浓厚的皇亲国戚贾府的内宅，是在与贾府的大总管凤姐对话，言辞就显得十分粗俗、极不协调、格格不入了。

在社会生活中，话语的语体差异主要表现为口语语体与书面语语体的分野。从说话人的角度看，应当根据语境，调整自己话语的语体，使之与说话时的场景相契合。《红楼梦》中的贾政是封建礼教的卫道士，整天总是板着一副道学家的面孔，操着冷冰冰的书面语体，然而在第 75 回中，他的话语却因语境而发生了改变：

> 贾政见贾母喜欢，只得承欢。方欲说时，贾母又笑道："要说得不笑了，还要罚。"贾政笑道："只得一个，若不说笑了，也只好愿罚。"贾母道："你就说这一个。"贾政因说道："一家子——一个人，最怕老婆。"
>
> 只说了这一句，大家都笑了，——因从没听见贾政说过，所以才笑……

中秋之夜，阖府团圆，贾政的话语在这一场合中不由自主地变为口语语体，以适应节日的喜庆气氛。

有时场合未变，但言语交际的对象变了，话语的语体也要随之改变。《红楼梦》第 18 回有这样一个片段：

> 又有贾政至帘外问安行参等事。元妃又向其父说道："田舍之家，齑盐布帛，得遂天伦之乐；今虽富贵，骨肉分离，终无意趣。"贾政亦含泪启道："臣草芥寒门，鸠群鸦属之中，岂意得征凤鸾之瑞……"贾妃亦嘱以"国事宜勤，暇时保养，切勿记念"。
>
> ……小太监引宝玉进来，先行国礼毕，命他近前，招手揽于怀内，又抚其头颈笑道："比先长了好些——"一语未终，泪如雨下。

　　这里描写的是元春回贾府省亲的一个场面。元春是皇帝的妃子，在封建秩序的制约与封建皇权的威慑之下，她父亲贾政跟她说话时毕恭毕敬，要先问安，有如君臣。在这一场合，元春与其父的对话弥漫着一派文绉绉的书卷气，是典型的书面语语体。随后，元春与从小照看着长大的幼弟宝玉会面。一母同胞之情使她抛弃了书面语语体，改换为亲切自然的口语语体。一句极为口语化的"比先长了好些"与抑制不住的悲伤相伴自胸中涌泻而出。这里的口语语体的"大白话"真实地流露出元春心底骨肉分离的痛苦。谈话对象变了，元春语体也迅速发生了变化，如果她仍用书面语语体跟宝玉说话，宝玉一定会感到诧异。

# 话语的语境调整
## ——金氏想好的话为何不说了？

　　金氏得知侄儿在学堂中被宁府子弟欺负了，气得大动肝火，她不顾劝阻，急急巴巴乘车赴宁府兴师问罪，非要讨个"说法"不可。

　　及至到了宁府，见了女主人尤氏，金氏肚子里的气话却不翼而飞。她先是跟尤氏拉家常，然后又献殷勤地询问尤氏儿媳秦可卿的病情。进宁府前后的金氏简直判若两人。这是为什么呢？（见《红楼梦》第10回）

　　金氏平日依靠凤姐、尤氏的资助度日，此次驱车到宁府问罪，不过是一时之怒。车到宁府后，进门，下车，与尤氏寒暄，她的头脑渐渐冷静下来，醒悟到孩子们在学堂的吵闹毕竟是鸡毛蒜皮的小事，倚仗两府财势度日，才是关乎生计的大事。于是怒气平息、嫌怨消歇，好似云散日出，一脸怒容变为和颜悦色，质问语变成了热肠话。

　　假若金氏入府后依然怒形于色，将胸中之怒哗啦啦来个竹筒倒豆子，那她的殷实日子可就付诸东流了，金氏自己也只能落得个泪洒宁荣街，追悔莫及。正是由于金氏进入具体语境后，对"预制"

的话语作了重大的语境调整，才避免了一场飞灾横祸。

《红楼梦》第46回，鸳鸯的嫂子在相连的两次言语交际中，一次不做语境调整，一次做语境调整，言语效果有霄壤之别。她得知贾赦欲取鸳鸯做小老婆后，满心欢喜，赶紧跑去向鸳鸯"报喜"。一接谈，鸳鸯的话语表明她已知晓了这桩肮脏的逼婚，且应答愠怒，坚决抗婚之志已明。她嫂子却一条道儿走到黑，仍按"预制"的话语眉飞色舞地哄劝鸳鸯就范，结果碰了一鼻子灰，被鸳鸯痛快淋漓地怒骂了一顿。鸳鸯骂道："你快夹着你那毡嘴，离了这里，好多着呢！什么'好话'？又是什么'喜事'？怪道成日家羡慕人家的丫头做了小老婆，一家子都仗着他横行霸道的，一家子都成了小老婆了！看的眼热了，也把我送到火坑里去。我若得脸呢，你们外头横行霸道，自己封就了自己是舅爷；我要不得脸，败了时，你们把王八脖子一缩，生死由我去！"

鸳鸯嫂子脸上红一阵、白一阵，又气又恼，去给邢夫人回话。她本想把给鸳鸯帮腔的平儿也告上一状，见凤姐在一旁，便迅速对话语作了调整，不提平儿，只说"袭人也帮着抢白我"。甚至当凤姐追问平儿是否在场时，她也遮遮掩掩地说："平姑娘倒没在跟前，远远的看着倒像是他，可也不真切。不过，我白忖度着。"这样一来，她便避免了凤姐的记恨，不被其淫威所伤了。

在言语交际中，预先设计好的话语，到了具体语境后，还必须根据当时当地诸多因素，对话语进行一定的甚至是重大的调整，才能扬弃有害之词，增添奏效之语，取得最佳的言语交际效果。倘若意气用事，不顾客观语境，直通通地把想好的话原模原样地端出来，一吐为快，就可能引发不妙的甚至是恶性的言语交际后果。

# 25. 把握良好语境中的话语分寸

## ——听了宝玉的话，黛玉为何要去告状？

　　宝玉悄悄带了一本《西厢记》来到沁芳闸边，坐在桃树下读了起来。一会儿黛玉姗姗而至，她先是教宝玉如何"葬花"，接着赏阅起《西厢记》，而且"越看越爱"，非常喜欢。宝玉笑问"好不好"时，黛玉由衷地"笑着点头儿"。此时，两人交谈的气氛极为融洽、亲切。然而正是为这一融洽、亲切的氛围所陶醉，宝玉情不自禁脱口说了句玩笑话。他万万没想到，就这么句玩笑话，一霎时便毁坏了眼前大好的交际情势。只见黛玉"登时竖起两道似蹙非蹙的眉，瞪了一双似睁非睁的眼"，"指着宝玉道：'你这该死的，胡说了！好好的，把这些淫词艳曲弄了来，说这些混账话，欺负我。我告诉舅舅、舅母去！'说完转身就走。"

　　宝玉对黛玉说的玩笑话是："我就是个'多愁多病的身'，你就是那'倾国倾城的貌'。"这是以《西厢记》中的张生和莺莺来比喻二人的关系。从宝、黛此时的情感纽带来看，黛玉是完全能够接受的；但她又为封建礼教所束缚，不肯接受宝玉对自己略有"越轨"、有伤"体面"的亲昵话语。宝玉跟黛玉朝夕相处，稔知黛玉的性格特点，平时他的话语是很有分寸的。只是因为这会儿两人的话语往还十分亲密投契，他才得意忘形，一时间竟忘了跟黛玉交谈应有的顾忌，冲口说出了那句玩笑话。可见，把握话语的分寸，是保持良好的交际氛围的重要一环。（见《红楼梦》第 23 回）

除听话人外，还有其他人在场的语境中，也须注意这一问题。例如《红楼梦》第 28 回，宝玉、薛蟠、冯紫英、蒋玉函等人一起饮酒，气氛愉悦、兴致勃勃。薛蟠听到他人酒令中有"袭人"二字，便借机当众说出丫头袭人是宝玉的"宝贝"。这一过当的话语使宝玉颇为赧然和不悦。

话语分寸把握得当，有助于交际氛围的持续和发展。例如《红楼梦》第 63 回，园中姐妹们晚上在怡红院兴冲冲地"开夜宴"给宝玉过生日。有人怕被訾议为"夜饮"，"大嫂子"李纨对此没有说"理他呢"之类的话，而是说："一年之中，不过生日节间如此，并没夜夜如此，这倒也不怕。"这一很有分寸的话语，使祝寿的夜宴既尽兴又有节制。

在极为融洽的语境中把握住话语的分寸有时还显现出一种人格的魅力。例如《红楼梦》第 77 回，宝玉与晴雯诀别，两人情深意厚，但晴雯坦露胸怀时，除了对无端罪名的抗争外，没有说过分的"体己话"。恰恰是这分寸适度的话语，映现出她那高洁而自尊的人格。

在和谐、轻松的语境中一时兴起，口无遮拦，是缺乏言语自制力的表现，会给交际带来意外的严重损害。善于控制自己的话语，在随意的谈笑中话语有节度，方能获得最佳的言语交际效果。

# 26. 勿忘言语交际中的"第三者"
## ——黛玉的说法为何前后矛盾？

　　在现代社会生活中，言语交际往往不是只在说话人、听话人两个人的语境中进行的。在言语交际过程中，常常有"第三者""第四者"……因此，摆在说话人面前的一个问题是：言语交际中须顾及第三方的存在。

　　《红楼梦》第 3 回中有这样一个引人思索的情节：黛玉刚来到贾府，贾母十分疼爱，让她跟自己一起进餐。饭后闲聊，贾母问黛玉读什么书，黛玉回答："刚念了'四书'。""四书"是孔孟之道的"经书"，读"四书"是完全合乎封建道德规范的，是无可挑剔的。然而片刻之后，黛玉对自己读书一事的说法却发生了根本性的变化。宝玉来与黛玉相见，叙谈中宝玉又问起黛玉读书的事："妹妹可曾读书？"黛玉的回答发生了根本的逆转，说："不曾读书，只上了一年学，些须认得几个字。"

　　黛玉的说法为何前后抵牾？

　　这是由于聪慧细心的黛玉注意到了言语交际中第三方的存在，也就是说，她顾及到了听话人宝玉之外的"第三者"贾母。

在宝玉来之前，黛玉回答了贾母"念何书"的问话后，有礼貌地顺话题回问迎春三姊妹"读何书"，贾母漫不经心地说："读什么书，不过认几个字罢了！"

话虽是漫不经心地说的，却引起了黛玉的注意和重视。这句话清楚明白地向饱读诗书、学识渊博、才情超拔的黛玉传达出这样一个信息：贾母的脑筋中完全承袭了封建社会绵延下来的"女子无才便是德"的传统观念，这位老太太是根本反对家族中的女孩子们读书的。

母亲去世、抛离父亲、寄居外婆家的黛玉自然对贾母这位外婆家的主宰者的思想意识格外留意。为了能够平平安安在这里待下去，她当然不想当面悖逆贾母之意。所以，当宝玉问及黛玉读书一事时，她迅速对刚才的答话作了重大调整。反过来说，如果黛玉一味跟一见如故的宝玉寒暄，对一旁坐着的贾母不管不顾，甚至大侃自己读完了"四书"等，势必引起贾母的不悦和反感，不可避免地给刚刚起步的祖孙关系、给自己在贾府的处境蒙上一层阴影。

《红楼梦》中的黛玉似乎对言语交际中的"第三方"特别敏感。她曾多次借与别人对话之机含沙射影地讥讽"第三方"宝玉；当她自己处于言语交际"第三方"的位置时，对交际双方的话语也很留意。例如第22回，她听到宝钗跟宝玉很热乎地议论《寄生草》，就不客气地向宝玉"开了一炮"。从黛玉的角度看，这固然是因她在贾府的孤寂处境和自身的性格特点所致，但从言语交际技巧来看，却是不可忽视的一个方面。

在现代社会生活的各种言语交际情境中，清醒地注意到"第三方"，有利于在言语设计时，使语意的表述更加周到、更加完满，在语词的选择上，也势必更加稳妥、贴切、适度。注意到"第三方"还能避免匆忙中吐出个别不当的词语激发不必要的矛盾，避免导致"第三方"片面的误解及链锁式的"以讹传讹"。

# 27. 言语数量与交际中的第三方

## ——宝玉跟彩霞的对话为何激怒了贾环?

宝玉宴饮后回到王夫人处,王夫人让他躺下休息,令丫头彩霞给他捶打。宝玉便跟彩霞说笑,彩霞不大搭理,宝玉仍说个没完。一旁的贾环气不打一处来,故作失手,将"一盏油汪汪的蜡烛,向宝玉脸上只一推",登时烫得宝玉"左边脸上起了一溜燎泡"。(见《红楼梦》第25回)

宝玉挨烫固然与粗俗无赖的贾环对宝玉心怀嫉恨有关,但从说话人宝玉一方来说,则是由于他未察贾环与彩霞的亲密关系而言语数量失控所致。彩霞素与贾环两心相悦,宝玉当着贾环的面与彩霞谈笑不辍,自然引起了贾环的不快。可见,在言语交际中,有时须虑及与交际第三方相关的言语数量的控制。

不顾及言语数量往往会冷落言语交际中的第三方。例如《红楼梦》第27回,宝钗、探春、黛玉一起观赏白鹤。探春见宝玉来了,叫住他倾谈起来。她先是托宝玉"出门逛去的时候"给她买些"好字画儿,好轻巧玩艺儿",继之又斥责赵姨娘"糊涂到什么田地"……长长的一席话使宝钗萌生冷落之感,她终于憋不住了,冲探春说："显见是哥哥妹妹了，撂下别人，且说体己去。"再如《红楼梦》第8回，黛玉对宝玉不辞而别；第35回，袭人拉莺儿去外屋"吃茶说话"，都是宝玉未适当控制言语数量而冷落第三方造成的后果。

当第三方是与说话人有权势关系的长辈等时，言语数量失控于"冷落"之外，又会平添"不敬"的负面效应。例如《红楼梦》第17回，宝玉就园林建筑中的"天然"风格对众清客发表长篇大论惹恼了一旁的父亲：

众人忙道："哥儿别的都明白，如何'天然'反要问呢？'天然'者，天之自成，不是人力之所为的。"宝玉道："却又来！此处置一田庄，分明是人力造作成的：远无邻村，近不负郭，背山无脉，临水无源，高无隐寺之塔，下无通市之桥，峭然孤出，似非大观，那及前数处有自然之理、自然之趣呢？虽种竹引泉，亦不伤穿凿。古人云'天然图画'四字，正恐非其地而强为其地，非其山而强为其山，即百般精巧，终不相宜……"未及说完，贾政气得喝命："扠出去！"

不顾念第三方的过量之语有时对第三方形成了"噪音轰炸"。例如《红楼梦》第49回，湘云整日对香菱谈诗，引起宝钗不满：

如今香菱正满心满意只想做诗，又不敢十分啰唆宝钗，可巧来了个史湘云，那史湘云极爱说话的，那里禁得香菱又请教他谈诗？越发高了兴，没昼没夜，高谈阔论起来。宝钗因笑道："我实在聒噪的受不得了……一个香菱没闹清，又添上你这个话口袋子……痴痴癫癫，那里还像两个女儿家呢？"

在"一对一"的语境中，说话人的话语只能引致听话人一方心态的变异。在"一对多"的语境中，说话人的话语同时还会引致听话人以外第三方的心态变异。从言语数量的角度说，第三方与说话人或听话人存在某种良性人际关系时，说话人话语数量失控会引发第三方的"失落感"（包括不快、冷落、失敬等）。此外，由于交际空间的制约，数量失控的话语往往使第三方感到"聒噪"。

# 28. 闲谈话语数量的场景控制
## ——端阳节午宴上，迎春姐妹为何都不说笑？

　　端阳佳节，王夫人办了酒席宴请众人。席间，"宝玉见宝钗淡淡的，也不和他说话，自知是昨日的原故。王夫人见宝玉没精打采，也只当是昨日金钏儿之事，他没好意思的，越发不理他。黛玉见宝玉懒懒的，只当是他因为得罪了宝钗的原故，心中不受用，形容也就懒懒的。凤姐昨日晚上王夫人就告诉了她宝玉金钏儿的事，知道王夫人不喜欢，自己如何敢说笑，也就随着王夫人的气色行事，更觉淡淡的。"奇怪的是，迎春姐妹并无缘由，为何也不说笑呢？原来，"迎春姐妹见众人没意思"，也就不说笑了。从言语策略的角度看，"迎春姐妹"的言语处置说明，应注意根据交际场景的特点来限制闲聊漫议的言语数量，众人心绪郁闷时，如果口若悬河地闲聊会遭到众人冷眼。（见《红楼梦》第31回）

　　当众人的注意力专注于某一方面时，也须控制闲谈的言语数量。例如《红楼梦》第22回，众人一起看戏，宝玉听宝钗念了首曲子，"喜得拍膝摇头，称赏不已——又赞宝钗无书不知。黛玉把嘴一撇道：'安静些看戏罢！还没唱"出门"，你就"妆疯"了。'说得湘云也笑了。于是大家看戏，到晚方散"。宝玉不顾及说话的场景对言语数量的制约，信马由缰地穷侃，所以挨了黛玉的"剋"。

有客人造访时，也宜控制"陪客"者的闲话数量。黛玉进贾府时是"远客"，贾母携众人相见时，邢夫人、王夫人及"三春"姐妹闲话数量均甚少，所以不拘礼的凤姐出场时，黛玉不禁喟叹："这些人个个皆敛声屏气如此，这来者是谁，这样放诞无礼？"

长辈、师长等在座时，闲谈话语的数量也要有所控制。例如《红楼梦》第40至41回，贾母两宴大观园，黛玉因贾母、王夫人在座，笑谈极为有限。第24回黛玉在李纨处与园中姐妹们聚首时，黛玉则谈笑风生、妙语连珠，话语量激增。

闲谈往往弥散出一种轻松感与愉悦的情味。言语数量较多的闲谈如果施之于喜庆的家宴、亲朋好友的欢聚等场景中，不仅无碍，还会平添几分乐趣。但在不相宜的场景中它往往变成了一种有"杀伤力"的"重磅炸弹"，能"摧毁"交际场景中许多人的心境；能伤害长辈、长者、客人的自尊心；能严重干扰心神专注于某方面的人们。

闲谈本身是轻松的，随意的，但操作起来却不能是随意的，必须有鲜明的选择性，否则将产生与言语目的南辕北辙的言语效果。

# 29. 创设融洽交际氛围的一种方法
## ——凤姐说的是自己的感受吗？

　　林黛玉进贾府后，众位女眷都来相见。凤姐一见黛玉，先是称赞黛玉"标致"，接着又叹惜黛玉母亲去世。说着，用手帕抹起泪来。贾母忙阻拦她说："我才好了，你又来招我。你妹妹远路才来，身子又弱，也才劝住了，快别再提了。"凤姐听了，当即"转悲为喜"，说："正是呢！我一见了妹妹，一心都在他身上，又是喜欢，又是伤心，竟忘了老祖宗了，该打，该打！"（见《红楼梦》第3回）

　　细一品味，会发现：贾母是黛玉的外祖母，凤姐是黛玉大舅的儿媳，两相比较，贾母跟黛玉的亲属关系要比凤姐近得多。见了黛玉"一心都在他身上，又是喜欢，又是伤心"的，显然是为女儿病殁悲痛、见了外孙女分外怜爱的贾母，而不是黛玉大舅的儿媳凤姐。可见，凤姐对贾母所说见黛玉后的"喜欢"和"伤心"是贾母初见黛玉时的心态，而不是凤姐自己初见黛玉时的心态。

　　凤姐为何把贾母的心态说成是自己的心态呢？因为这么说能使刚刚见了外孙女并为亡女伤感的贾母产生情感上的共鸣，感到说出了自己内心的感受而十分畅快，从而使贾母在心理上、情感上跟凤姐接近起来。也就是说，如此说法不过是凤姐为取悦于贾母而采取的一种言语策略而已。

从言语交际技巧的角度来看，凤姐的话语对我们有这样的启发：在现代社会生活的言语交际中，有时候人们需要在交际双方之间创设一种和谐、融洽的交际氛围，以便使言语交际能够在愉悦的气氛中顺利而有成效地进行下去。这时候，如果交际的一方主动说出听话人一方也同样具有的某种感受，并略事铺陈、点染，就能使听话人产生心理共鸣，产生一种"认同感"，缩短双方心理上、情感上的距离。这样能迅速改善、"优化"言语交际氛围，为接下去的言语交际提供一个良好的开端，预设下"春光明媚、风和日暖"的言语交际的客观环境。

反之，在创设理想的言语交际氛围的努力中，只顾宣泄自己的真情实感，而不顾及听话人一方，即使话语再真实、态度再恳切，也难以唤起对方的同感，落得个事倍功半甚至适得其反。假如凤姐初见黛玉时只是一个劲儿跟贾母絮叨对黛玉的印象，例如美貌、瘦弱、举止娴雅等等。那么，不管她怎么滔滔不绝，谈笑风生，也不会博得贾母内心的共鸣。

在各种各样的言语交际中，例如在与初次见面的朋友晤谈时，在扭转僵持的对话局面时，说出对方同样具有的某种感受并加以强调、"渲染"，都会给言语交际注入一股暖流，融化疙疙瘩瘩的话语芥蒂，创设出暖意融融的言语交际氛围。

## 30. 人物评议的排斥性
### ——宝钗为何笑湘云"太直了"?

　　大观园里新来的薛宝琴很惹人喜欢，被王夫人认作干女儿，贾母也疼爱异常。湘云见宝琴身披贾母赠送的鸭绒斗篷，不禁说："可见老太太疼你了：这么着疼宝玉，也没给他穿。"接着，她诚恳地劝告宝琴："你除了在老太太跟前，就在园里：来这两处，只管玩笑吃喝。到了太太（指王夫人）屋里，若太太在屋里，只管和太太说笑，多坐一回无妨；若太太不在屋里，你别进去。那里人多心坏，都是要咱们的。"她这几句话，引得宝钗、宝琴、香菱、莺儿等咧嘴笑起来。宝钗对湘云憨语的评价恰如其分："说你没心却有心，——虽然有心，到底嘴太直了。"（见《红楼梦》第 49 回）

　　宝钗的话告诉我们一个言语交际的重要策略：涉及对人物的评议，如蕴含贬责意味时，具有对其他听话者的排斥性，不宜在大庭广众中宣示。湘云"人多心坏"的话是指贾环、彩霞等说的。如果让贾环等或与其熟稔者听到，必产生言语交际的负效应。湘云说话时的语境中虽然不包含那些人，但也以单独对宝琴相告为宜。湘云的人物评议话语排斥的范围还比较小，此类话语排斥的范围有时很大。例如第65回，贾琏的小仆人兴儿跟尤二姐闲聊时，用几句熟语评议了凤姐，既形象又贴切："'嘴甜心苦，两面三刀'，'上头笑着，脚底下就使绊子'，'明是一盆火，暗是一把刀'：他都占全了。"这些尖锐的评议具有强烈的排斥性，且范围较大，不能让贾府的人们听到，只能在与贾府隔绝的小花枝巷的特殊小天地里说。

有时，人物的评议语则只排斥一个人。例如第6回，周瑞家的穿针引线，介绍刘姥姥入贾府。她向刘姥姥交底："……如今有客来，都是凤姑娘周旋接待，今儿宁可不见太太，倒得见他一面，才不枉走这一遭儿。"这话虽是好意，但其中的人物评议对王夫人有明确的排斥性。刘姥姥投奔贾府，主要是找王夫人认亲。周瑞家的却说不一定见王夫人，非见凤姐不可。设若王夫人有所耳闻，周、刘二人都要遇上麻烦，所以此话也只能在周瑞家的私宅秘语。再如第3回，黛玉刚刚入府王夫人就叮嘱她："我就只一件不放心：我有一个孽根祸胎，是家里的'混世魔王'，今日因往庙里还愿去，尚未回来，晚上你看见就知道了。你以后总不用理会他，你这些姐姐妹妹都不敢沾惹他的。"这一席话对宝玉具有强烈的排斥性，宝玉若知母亲对"神仙似的妹妹"如此说，会很不愉快，所以王夫人选择了宝玉不在的当口儿说此番话。

不论是排斥某些人也好，还是排斥某一个人也好，人物评议语都只应在无第三方在场的语境中说，这样才能杜绝被排斥者的误解或反感。着急说话而忽略了人物评议语的排斥性，会造成言语失误，给交际带来意外的损失。例如第22回，宝钗看戏时说扮小旦的小演员"活像一个人"，众人心里明白，却都不明说，唯有心直口快的湘云冲口而出："我知道，是像林妹妹的模样儿。"宝玉忙给湘云使眼色，制止她的话头儿，湘云不悦。宝玉解释说："林妹妹是个多心的人。别人分明知道，不肯说出来，也皆因怕他恼。谁知你不防头就说出来了，他岂不恼呢？我怕你得罪了人，所以才使眼色。"宝玉的话包含了对黛玉的人物评议，"林妹妹是多心的人"一句对自矜自重的黛玉有强烈的排斥性。宝玉没留神回避黛玉，被黛玉听在耳里，气得将来访的宝玉推出门外，而宝玉竟丝毫未察觉自己的言语失误，对黛玉的举动"不解何故"，只"呆呆地站"在黛玉门外。及至黛玉点破，他才猛然醒悟自己的话被黛玉听见了。

有时，于随意闲谈之中不注意人物评议话语的排斥性，会引发意想不到的严重后果。例如第67回，贾琏偷娶尤二姐，仅几个心腹小仆人知道。其中两个小仆人在闲聊中随口说："这个新二奶奶比咱们旧二奶奶还俊呢，脾气儿也好。"言者无心，听者有意，一个贾府二门内的小丫头听见此话，马上报告了平儿。平儿又禀报了凤姐。这下不得了，立即在贾府内掀起了一场轩然大波，导致了凤姐对尤二姐的残酷迫害及最终尤二姐的忧郁惨死。

带有贬责性的人物评议具有强烈的排斥性，有时排斥一部分人，有时排斥某一个人，一旦让被排斥者得知，会生发这样那样甚至是恶性的后果。这类人物评议应尽量控制在对话双方在场的狭小的相对封闭的语境中。这样，才能避免被排斥者直接或间接耳闻而引发或激化人际矛盾。

## 31. 避免引发对第三方的"炮火"
### ——莺儿的话为何使春燕挨了打？

莺儿和春燕等在大观园中边走边说笑，莺儿顺手折了些柳条编花篮。春燕姑妈来了，埋怨春燕不干活儿。莺儿未及细思，跟春燕姑妈开玩笑说，是春燕折柳让自己编篮儿。这下子立即触怒了承包园内花柳且早对春燕心怀不满，一直憋着劲儿想整她的姑妈。春燕姑妈抢起拐杖往春燕身上边打边骂。莺儿忙解释说自己是开玩笑。可不管她怎么解释，春燕姑妈充耳不闻，还扩大事态，向春燕妈告状，春燕妈的怒火又烧向春燕，由此引发了一场冲突。一句玩笑话，竟然引发出春燕姑妈对春燕如此"开火"，这是莺儿万万没想到的。这表明，在言语交际中，要注意避免自己话语引发听话人对第三方的"炮火"。（见《红楼梦》第59回）

引发对方对第三方的"炮火"，往往与听话人对第三方的"积怨"有关。两者间种种"积怨"，常易于诱发此种"炮火"。例如第25回，贾环故意将蜡烛推到宝玉脸上，凤姐一边给宝玉收拾一边说："这老三还是这么'毛脚鸡'似的。我说你上不得台盘！——赵姨娘平时也该教导教导他。"凤姐"一句话提醒了王夫人，遂叫过赵姨娘来"，痛骂不止。王夫人和赵姨娘因"嫡""庶"身份的缘故，素来不睦。凤姐的话引发了"嫡""庶"间的宿怨，点着了王夫人对赵姨娘的"排炮"。凤姐的话语从主观上说或许是有意的，但从言语交际的策略来说，忽视听话人与话语提及的第三方的"身份"差异导致的宿怨，易引发听话人对第三方的"炮火"。

再如，第 71 回，邢夫人和凤姐因属不同"派系"，矛盾很深。费婆子是邢夫人的陪房，她的亲家不服尤氏指挥，被凤姐捆在马圈里。费婆子对邢夫人说了些不满、挑唆的话，邢夫人很快被点着了，当众向凤姐"发炮"："我想老太太好日子，发狠的还要舍钱舍米，周贫济老，咱们先倒挫磨起老奴才来了？"邢夫人的"炮火"给了凤姐沉重的打击。这是因话语触动"派系"积怨而引发的对第三方的"炮火"。

使听话人联想到不满的某一事件，也会引发对第三方的"炮火"。例如第 74 回，王善保家的一番话引得王夫人狠狠地对晴雯开了火：

王善保家的道："别的还罢了，太太不知，头一个是宝玉屋里的晴雯那丫头，仗着他的模样儿比别人标致些，又长了一张巧嘴，天天打扮得像个西施样子，在人跟前能说惯道，抓尖要强：一句话不投机，他就立起两只眼睛来骂人。妖妖调调，大不成个体统！"

王夫人听了这话，猛然触动往事，便问凤姐道："上次我们跟了老太太进园逛去，有一个水蛇腰，削肩膀儿，眉眼又有些像你林妹妹的，正在那里骂小丫头；我心里很看不上那狂样子。因同老太太走，我不曾说他；后来要问是谁，偏又忘了。今日对了槛儿。这丫头想必就是他了？"

王夫人马上派人传来晴雯，当面怒叱道："好个美人儿，真像个'病西施'了。你天天作这轻狂样儿给谁看！你干的事，打量我不知道呢！我且放着你，自然明儿揭你的皮！"王善保家的话使王夫人联想起与晴雯有关的事件，引发了王夫人对晴雯的"炮火"。

话语提及听话人平日里道德评价颇低的第三方时，也易引发听话人对第三方的"炮火"。例如，贾母平日里对贾赦道德评价颇低。第46回中凤姐的话语曾这样透露出贾母对贾赦的批评："如今上了年纪，做什么左一个右一个的放在屋里？头宗耽误了人家的女孩儿，二则放着身子不保养，官儿也不好生做，成日和小老婆喝酒。"此后，鸳鸯向贾母哭诉贾赦逼婚，登时气得贾母"浑身打战"，一再怒诉贾赦是"算计"自己，是"由着……性子闹"。

有时，话语提及的第三方虽然听话人与之素无恩怨，但由于听话人的性格特点，也会对第三方"开火"。例如第52回，宝玉告诉晴雯坠儿偷"虾须镯"的事，晴雯对坠儿并无爱憎，然而她疾恶如仇的"爆炭"般的性格，驱使她叫了坠儿来边用"一丈青"扎坠儿的手边骂："要这爪子做什么？拈不动针，拿不动线，只会偷嘴吃！眼皮子又浅，爪子又轻，打嘴现世的，不如戳烂了！"

言语交际的效应有时表现在听话人对第三方的言语上。说话人涉及第三方的话语因不经意会引发听话人对第三方的"炮火"。这不仅给听话人与第三方的人际关系带来负面影响，还可能恶化说话人与第三方的关系。这种言语交际中引发听话人对第三方"炮火"的后果，是言语交际中较严重的一种失误现象。

# 32. 分析言语状况，确立言语策略
## ——探春的辩解为何立即被贾母接受？

　　鸳鸯向贾母哭诉了贾赦逼婚丑行，"贾母听了，气得浑身打战，口内只说：'我通共剩了这么一个可靠的人，他们还要来算计！'"这时贾母看见王夫人在一旁，便冲王夫人发起火来，说："你们原来都是哄我的！外头孝顺，暗地里盘算我！有好东西也来要，有好人也来要，剩了这个毛丫头，见我待他好了，你们自然气不过，弄开了他，好摆弄我！"其实此事与王夫人毫不相干，完全是贾赦之妻邢氏所为，但贾母是荣府的"老祖宗"，无人敢驳一字，"王夫人忙站起来，不敢还一言。"听到贾母大发雷霆，又见满堂竟无一人敢替王夫人辩白，探春大胆上前，直率地向贾母进言："这事与太太什么相干，老太太想一想：也有大伯子的事，小婶子如何知道？"此语一出，贾母顿悟，"话未说完，贾母笑道：'可是我老糊涂了……可是我委屈了他。'"（见《红楼梦》第46回）

　　探春为何能看准时机，大胆进言、点破实情呢？原来探春对这一众人语境的言语交际状况进行了分析，看到贾母的误会和众人噤若寒蝉的样子，她想："王夫人虽有委屈，如何敢辩；薛姨妈现是亲妹妹，自然也不好辩；宝钗也不便为姨母辩；李纨、凤姐、宝玉一发不敢辩：这正用着女孩儿之时——迎春老实，惜春小——"在这一对言语状况正确分析的基础上，探春制定了"大胆进言"的言语策略。这一策略十分奏效，转瞬间将紧张对峙、阴云笼罩的交际氛围扭转为欢愉、融洽的言语气氛。

在言语交际中，如果只顾"实事求是""坦诚"地抒发主观情怀，一厢情愿地挥洒宣泄，而不细察客观言语状况，就会对言语交际中的种种内涵听而不闻。观察思考、积极分析客观言语状况，才能看破言语交际中的种种情势，制定正确的言语交际策略，取得好的言语交际效果。迎春、惜春没有能力观察、分析言语状况，所以虽同探春一起站在窗外听话，却呆若木鸡、毫无建树。

分析言语状况的直接效益是多方面的，以下试谈几点。先看第31回一段有趣的描写：

> 这日正是端阳佳节，蒲艾簪门，虎符系臂，午间王夫人治了酒席，请薛家母女等过节。宝玉见宝钗淡淡的，也不和他说话，自知是昨日的原故。王夫人见宝玉没精打采，也只当是昨日金钏儿之事，他没好意思的，越发不理他。黛玉见宝玉懒懒的，只当是他因为得罪了宝钗的原故，心中不受用，形容也就懒懒的。凤姐昨日晚上王夫人就告诉了他宝玉金钏儿的事，知道王夫人不喜欢，自己如何敢说笑，也就随着王夫人的气色行事，更觉淡淡的。迎春姐妹见众人没意思，也都没意思了。因此大家坐了一坐，就散了。

这里逐一交代了宝玉、王夫人、黛玉、凤姐等都是从观察、分析他人的言语状况入手而确定自己的言语策略的。结果，聚会虽沉闷了些，却未发生任何不愉快的言语冲突。这段描写生动地说明，分析言语状况对维系和谐的人际关系，避免不必要的矛盾或摩擦具有十分积极的作用。

分析言语状况还有益于把握言语交际的某种机遇，抓住难得一遇的适当时机表达某一特定语义。例如宝玉跟黛玉虽然志趣相投、心心相印，却从未面对面倾诉过爱慕之词，因为这是封建礼教所不容许的。第32回，黛玉对宝玉说："我有什么不放心的？……你倒说说，怎么放心不放心？""我真不明白放心不放心的话。"这实际上是黛玉一再鼓励、催促、启发宝玉说出袒露心迹的情话。宝玉注意到了这一言语状况，把握住了这一稍纵即逝、难得一遇的倾吐衷肠的良机，诉说了肺腑之言，终于使两颗长期互相试探、互相猜疑的心彻底沟通了。

分析言语状况也有助于发现他人交际中隐藏的问题。例如第73回，探春听到女仆柱儿媳妇跟迎春的两个丫头在迎春卧房里争执不休，探春略一留意，稍作分析，便知晓了争执话语中隐藏的"秘密"，她气愤地对平儿说："如今这柱儿媳妇和他婆婆，仗着是嬷嬷，又瞅着二姐姐好性儿，私自拿了首饰去赌钱，而且还捏造假账，逼着去讨情，和这两个丫头在卧房里大嚷大叫，二姐姐竟不能辖治。所以我看不过，才请你来问一声……"由于探春对言语状况的细心观察和举措果断，很快顺利地解决了迎春处潜伏的"危机"。

细心观察言语状况中传递出的各种信息，包括言语数量、语气、态度等，并加以分析、判断，有益于确立正确的言语交际策略，有益于避免言语行为失误及提高言语交际效率，是言语交际中时时处处应予重视的一条重要策略。

# 33. 他人言语交际频繁时不宜打断

## ——周瑞家的给王夫人回话，为何见了面又躲到一边？

　　刘姥姥一进荣府自始至终都是女管家周瑞家的跑前跑后张罗的：周瑞家的先是设法将刘姥姥引见给凤姐，继而又去向王夫人请示"接待意向"，随后又安排刘姥姥吃客饭，最后送刘姥姥出府。望着刘姥姥远去的背影，她转身去向王夫人——对刘姥姥点头认亲的女主人汇报资助银两等接待情况。她来到王夫人住所，一瞧王夫人不在，问丫头们，才得知王夫人去薛姨妈处了。"周瑞家的听说，便出东角门，过东院，往梨香院来。刚至院门前，只见王夫人的丫鬟金钏儿和那一个才留头的小女孩儿站在台阶上玩呢。看见周瑞家的进来，便知有话来回，因往里努嘴儿。周瑞家的轻轻掀帘进去……"

　　周瑞家的一进去，就瞅见了王夫人，她本应立即向王夫人作汇报，但她却马上退出来，转到另一间屋子跟宝钗聊天去了。好容易找着女主人，周瑞家的为什么望而却步了呢？

　　原来，她一跨进门槛，就见王夫人和薛姨妈这老姐儿俩正亲亲热热"长篇大套"地说些家务人情话。两人你一言、我一语，侃得

正热乎呢。周瑞家的当即知趣地暂时避开，到里屋找宝钗闲聊去了。（见《红楼梦》第7回）

在言语交际中，当某两个人的话语如开闸的急流奔泻而出、哗哗不断时，不应轻易去干扰、打断。频繁、连续的言语交际不单是信息的双向传递，同时还伴随着双方情感的双向"流动"。就是说，情感的交织、融汇是与言语交际共生的。如果不顾及这一点，随意打断他人频繁、连续的言语交际，势必切断正在双向"流动"的情感之波，引起交谈双方不悦。周瑞家的是深谙上层社会生活的女管家，具有与上层人物打交道的娴熟的言语交际技巧，见王夫人姊妹俩聊得正热乎，就得体地先予回避，躲到另一间屋里去了。

假如交际双方不是聊得正起劲，而是正气呼呼地相互攻讦，大声传递着气恼的信息与情感，也不宜随意插话，更不宜插入争执之语。《红楼梦》第80回中，薛姨妈生气地训斥儿子说："不争气的孽障，狗也比你体面些！谁知你三不知的把陪房丫头也摸索上了！叫老婆说霸占了丫头，什么脸出去见人？"她正说在气头上，儿媳夏金桂忽然插嘴说："你老人家只管卖人，不必说着一个、拉着一个的。"薛姨妈听了"气得身战气咽"，说："这是谁家的规矩？婆婆在这里说话，媳妇隔着窗子拌嘴！亏你是旧家人家的女儿！满嘴里大呼小喊，说的是什么！"在薛家母子不愉快地对话时，儿媳夏金桂只宜回避，横插一刀、介入争执，只会把水搅浑，并激发更尖锐的矛盾，不利于迅速平息争端。

当交谈的双方有意躲开他人到一旁进行言语交际时，也不宜随意插话。《红楼梦》第33回，平儿到怡红院把麝月叫到一边谈小丫头坠儿偷窃金手镯的事。宝玉得知二人说"悄悄话"，也只是在石窗外听了一阵，并未轻易插话发表自己的看法。躲开他人的言语交际具有"排他性"，"第三者"随意插话会使交谈双方感到不便甚至尴尬。

　　总之，当他人言语交际频繁时，不论是"友好态""气恼态"还是"保密态"，都不宜随意插话。

# 劝说语的策略

生活中常常需要劝说他人，讲究劝说策略，

会使您大大减少碰壁的次数……

# 34. 说出对方最担忧处，劝阻效果好
## ——李嬷嬷两番劝阻为何效果迥异？

　　一个大雪天，宝玉去看宝钗，工夫不大黛玉也来了，宝、黛、钗三人在梨香院相聚。室外漫天飞雪，寒风刺骨；屋里暖意融融，宛如阳春。薛姨妈安排了一桌"细巧茶食"，又特意摆上了宝玉爱吃的鹅掌。面对如此美食，又有钗、黛相陪，宝玉十分惬意，高兴地饮起酒来。(见《红楼梦》第8回)

　　宝玉的奶妈李嬷嬷是个爱唠叨的老妪，极力劝阻宝玉饮酒。李嬷嬷的话言真意切、句句在理，然而宝玉却毫不在意。不但酒兴丝毫未减，而且还命人烫酒。李嬷嬷的话为何效果为"零"呢？且看她是如何说的：

　　李嬷嬷上来道："姨太太，酒倒罢了。"宝玉笑央道："好妈妈，我只喝一盅。"李嬷嬷道："不中用，当着老太太、太太，那怕你喝一坛呢！不是那日我眼错不见，不知那个没调教的，只图讨你的喜欢，给了你一口酒喝，葬送的我挨了两天骂！……何苦我白赔在里头呢？"

从劝说语的技巧来看，这段话有一个根本性的失误，即话语的出发点不对头。

宝玉三杯酒下肚后，李嬷嬷二次上来劝阻，话语比上一次少得多，只说了一句，却产生了奇效。话音刚一落地，正喝在兴头上的宝玉心里咯噔一沉，不由自主慢慢放下了酒杯，耷拉下脑袋，一口也不喝了。

这次李嬷嬷说的是："你可仔细今儿老爷在家，提防着问你的书！"

将李嬷嬷前后两次劝阻的话语相比较，就会发现，前一次话语是从自身遭际着眼，出发点在说话人一方。劝阻话语的对象是听话人，出发点却放在说话人一方，岂不是南辕北辙、缘木求鱼吗？无怪乎连一旁的薛姨妈都觉得此话苍白无力，嘲弄地说："老货！只管放心喝你的去吧！我也不许他喝多了。就是老太太问，有我呢。"薛姨妈针对李嬷嬷对自己挨骂的担心，提出了应急办法，顷刻间瓦解了她的第一次劝阻"攻势"。

见首次"攻势"未奏效，李嬷嬷发起第二次"攻势"时便改换了出发点，选择了宝玉内心最惧怕的"贾政盘问功课"作为话题。话一出口，宝玉就一下子被掀入愁苦的泥潭，心情忧郁，无心再饮了。从听话人着眼，常可出奇制胜，如凤姐对犯错儿的下人向来心狠手辣、决不宽容，但第 61 回，平儿一席劝阻之语，就使她放弃了一次残酷的逼供。平儿说：

何苦来操这心？"得放手时须放手"，什么大不了的事，乐得施恩呢。依我说，纵在这屋里操上一百分心，终究是回那边屋里去的，没的结些小人的仇恨，使人含恨抱怨。况且自己又三灾八难的，好容易怀了一个哥儿，到了六七个月还掉了，焉知不是素日操劳太过、气恼伤着的？如今趁早儿见一半不见一半的，也倒罢了。

平儿没有把着眼点放在对下人行为的遮掩或袒护上，而是放在了凤姐一方，从"结怨""伤身"两点说开去。她的话顿生奇效：凤姐听了不觉笑了起来，主动放弃了酷刑。

说劝阻之语时，所选择的话题要从对方的利害关系出发，道出对方的隐忧。利害攸关，必有所悟。这样的话语会立即引起听话人极大的关注，并使之感到某种威胁，往往主动停止某种行为。

# 35. 劝阻鲁莽行为的"极端化"语句
## ——袭人一句话为何就劝住了盛怒的宝玉?

宝玉回到住处,兴冲冲地跟宠爱的丫头晴雯说,特意给她留了一盘儿"豆腐皮儿包子"。不料,晴雯不高兴地告诉他,包子被李嬷嬷给孙子吃了,宝玉挺生气。接着,宝玉要喝早上沏的"枫露茶",丫头茜雪说被李嬷嬷喝了。宝玉一听,气得跳了起来,把茶杯摔了个粉碎。一边骂,一边起身去报告贾母,要把李嬷嬷从贾府撵出去。(见《红楼梦》第8回)

面对盛怒的宝玉,袭人是很难劝解的:自己是个丫头,说浅了,等于没说;说深了,宝玉不爱听,还会给自己招来不虞之祸。但是,这难不倒工于心计、巧于应变的袭人。她只轻轻说了一句话,就奇迹般地使怒火冲天、抬脚要走的宝玉像被打了一针镇静剂一样,蔫儿了下来,一声不吭了。

袭人说了一句看似很平常的话:"你诚心要撵他也好,我们都愿意出去,不如就势儿连我们一起撵了,你也不愁没有好的来服侍你。"

宝玉当然不会连丫头们一起撵走,他要撵李嬷嬷的起因之一,恰恰是出于对丫头们的宠幸。但袭人这句看似平淡无奇的话使宝玉立刻意识到：一、袭人等丫头不乐意他这么做；二、为一点小事撵走老仆确实有些过分。

袭人的话不是正面"阻击"，对宝玉之举加以批判，而是"开顺风船"，把对方的说法推向了极致。这么一来，反而使听话者猛然醒悟到自己行为欠妥，难于实施。

这种"极端化"的言语技巧在《红楼梦》中不乏其例。

譬如第33回，贾政对违背家规庭训，"荒疏学业""流荡优伶""逼淫母婢"的宝玉恨之入骨、气冲斗牛，亲手抡板子狠命抽打。就是这样，他还不解气，竟然要找绳子来勒死宝玉。在这紧要关头，王夫人说："既要勒死他，索性先勒死我，再勒死他！"就这么一句"极端化"语句，使得暴跳如雷、焦躁狂怒的贾政长叹一声，跌坐椅上，停止了"杖刑"和"绞刑"。再如第34回，平日里无法无天的薛蟠被母亲和妹妹怀疑与宝玉挨打有牵连，性急如火的薛蟠有口难辩，胸中蹿火，"眼急的铜铃一般"，干脆抄起一根门闩要去大观园打死宝玉。他母亲只说了一句"你打谁去？你先打我来。"这句"极端化"语句一出，薛蟠就不再嚷嚷出门打人了，放下了手里的杠子。

"极端化"的语句有一种"放大"作用，它仿佛把对方的举动忽地置于高倍放大镜之下，毫发毕现，举动的谬误性顿时清晰地显现出来。对方闻听此语有所触动，有所醒悟，往往会主动放弃过激之举。与单一的正面"轰炸"比较起来，"极端化"的语句具有独特的诱导启发作用，能在瞬息之间促使对方猛醒回头、不再恣意妄为。

# 36. 从对方某种观念切入劝说易收效

## ——凤姐为何两句话就使宝玉下了马？

宝玉骑马跟随给秦可卿送葬的浩浩荡荡的队伍出了城。马车里的凤姐忽然想到：宝玉乍一出城，又骑在马上，仆人的话这会儿对他都成了耳旁风。万一落马，自己可怎么向贾母、王夫人交代呢？她赶紧派人去叫宝玉。

久居深宅大院的宝玉，乘马漫步在蓝天下广阔的田野上。他左顾右盼，远近的村庄、人物、美丽的大自然风光像磁石一样吸引着他。这会儿不让他骑马，真比劝他读书还难。

但是，当宝玉策马来到凤姐车旁时，话语机巧的凤姐和风细雨地说了两句话，宝玉就服服帖帖下了马，上了她的车。这是为什么呢？且看凤姐是如何说的：

凤姐笑道："好兄弟，你是个尊贵人，和女孩儿似的人品，别学他们猴在马上。下来，咱们姐儿两个同坐车，好不好？"

凤姐的话语完全抛开了与自身利害攸关的宝玉安全问题，话题从与此毫不相干的宝玉那"女尊男卑"的妙论切入。

宝玉素来好说:"女儿是水做的骨肉,男子是泥做的骨肉,我见了女儿便清爽,见了男子便觉浊臭逼人!""日月山川之精秀,只钟于女儿,须眉男子不过是些渣滓浊沫而已。"凤姐的话语便是从这一与当时社会一般男子决然不同的,带着极鲜明的个性特色的好恶观念出发的,宝玉听了,顿觉意顺气爽,不愿再像"渣滓浊沫"那样继续"猴"在马上,欣然爬上了凤姐的马车。(见《红楼梦》第15回)

假如凤姐不是从宝玉这一好恶观着手,而是"诚实"地从内心的担忧出发,恐怕正在兴头上而又心性固执的宝玉说声"摔不着"等语,就纵马飞驰而去了。

再如,《红楼梦》第25回,专在侯门府第胡诌邪魔外道以骗取钱财的马道婆迎合赵姨娘谋夺家私和继承权的观念,对赵姨娘说:"也亏了你们心里不理论", "不是我说句造孽的话:你们没本事!——也难怪。明里不敢罢咧,暗里也算计了!还等到如今!"马道婆这些话的真实目的是要借施诅咒术"魇魔法"来诱骗钱财,"翻身"观念强烈的赵姨娘一听就上了钩,"忙将一个小丫头也支开,赶着开了箱子,将首饰拿了些出来,并体己散碎银子,又写了五十两欠约,递与马道婆"。马道婆并未说"你出钱,我出力"之类的话,而是从赵姨娘积久的观念出发,所以才达到了目的。

有时,话语无意中与对方某种观念巧合,也会引起对方关注。例如《红楼梦》第39回,刘姥姥随口编了个故事,说:"就像旧年冬天,接连下了几天雪,地下压了三四尺深,我那日起的早,还没出屋门,只听外头柴草响……""原来是一个十七八岁极标致的个小姑娘儿,梳着溜油儿光的头,穿着大红袄儿,白绫子裙儿",来抱柴火。这个信口编出来的故事,立即引起了"女孩儿尊贵论"者宝玉的极大关注，他一个劲儿缠住刘姥姥问："那女孩儿大雪地里做什么抽柴火？倘或冻出病来呢？"当刘姥姥哄他说是庙里的塑像变的时，宝玉竟信以为真，派人到城外寻庙。

劝说语从对方观念切入，以对方观念为出发点来劝导对方，易于使听话人从自身固有的观念出发去理解话语，去思索问题，去进行推理，自己得出与劝说语相一致的结论。从对方观念切入，还能够避免因新观念的引入而导致对方产生逆反心理与抵触情绪，绕过这一暗礁，往往能比较顺利地使听话人听从劝说。

# 37. 比较的力量

## ——宝玉为何爽快地接受了袭人的劝告？

宝玉平日里在贾府内宅与丫头们厮混，纵情游乐，不喜欢读四书五经等圣贤之书。从王夫人到宝钗，众人不知劝诫过多少次，宝玉却总是置若罔闻。这天，大丫头袭人探家后回到怡红院，她旧话重提，再次劝谕宝玉，而且还提出了三点具体意见。这次，宝玉不但没像平时那样不理不睬，而且说："都改！都改！再有什么快说罢。"袭人的劝说之语为何有如此奇效呢？（见《红楼梦》第 19 回）

因为袭人的话语中隐含着一种比较：不听劝告，袭人将离他而去（尽管她只是口头上这么说说而已）；听从劝告，袭人将留下长相厮守。面对这一话语中隐含的比较，宝玉选择了后者。宝玉与袭人的关系极为亲密融洽。这位终日与宝玉相伴的大丫头已成了宝玉精神上十分依恋的密友。袭人正是基于这一情状，才运用了比较的手法，成功地劝导了宝玉。

袭人的比较手法是在话语中隐含的，而话语中显明的两相比较的语句言语效果往往更佳。例如《红楼梦》第 69 回，凤姐逼死了尤二姐。悲伤不已并且一心要把丧事办得像个样子的贾琏在住处不管不顾地大放悲声。侍妾平儿没有简单地正面劝阻贾琏，而是巧妙地采取了比较的手法，说："你要哭，外头有多少哭不得？又跑了这里来点眼！"平儿将"在外头哭"跟"在家里哭"的利害得失作了比较，一语点破。贾琏一听，立即收敛了哀凄，离去了。

上面说的是劝阻话语中比较手法的运用，在劝说对方接受某种安排时，比较手法同样能发挥独到的功效。例如《红楼梦》第 45回，宝钗建议黛玉每天早上喝一碗燕窝粥，并打算送些燕窝给黛玉。但她又生怕性情孤傲的黛玉不肯接受，于是运用了比较的手法，说："……只怕燕窝我们家里还有，与你送几两。每日叫丫头们就熬了，又便宜，又不惊师动众的。"黛玉听后一比较，意识到接受宝钗的馈赠比跟贾府去要而惊动上上下下强得多，便点头依允了。再如《红楼梦》第 32 回，宝玉向丫头金钏儿调情，王夫人发觉后却对金钏儿连打带骂，致使金钏儿投井自尽。王夫人深为懊悔。宝钗为了宽慰王夫人，便要拿出自己的两套新衣裳给金钏儿装裹。为了让王夫人接受，她也运用了比较的技巧，说："姨娘这会子何用叫裁缝赶去，我前日倒做了两套，拿来给他，岂不省事？"这里的"省事"除了指省得赶制外，也指以免因让裁缝给丫鬟金钏儿赶制衣裙引人议论。两相比较，王夫人当即选择了后者，接受了宝钗的好意。

听话人在听到某种意见或建议时，一般是凭主观经验与习惯方式去处理问题的。当对方的意见或建议与其主观经验相左时，听话人往往不易接受。而当说话人摆出不同的情况或结果加以比较之后，听话人便很容易在比较中洞见对方意见的可取之处，而乐于接受对方的主张。

## 38. 好恶观念与言语效果
——贾芸的话为何使凤姐收下了礼物？

　　贾蓉通过凤姐替贾蔷争取到了"下姑苏请聘教习，采买女孩子，置办乐器行头"的美差。事成之后，贾蓉向凤姐献媚道："你老人家要什么，开个账儿带去，按着置办了来。"不料遭到凤姐厉声呵斥："别放你娘的屁！你拿东西换我的人情来了吗？我很不稀罕你那鬼鬼祟祟的！"然而当贾芸送冰片、麝香给凤姐讨好她时，凤姐却笑眯眯地命丫头丰儿："接过芸哥儿的来，送了家去，交给平儿。"

　　凤姐对贾蓉、贾芸截然相反的态度与两位送礼者的话语密切相关。贾芸深知凤姐爱奉承，见了面先说："婶娘身子单弱，事情又多，亏了婶娘好精神，竟料理得周周全全的。要是差一点儿的，早累的不知怎么样了。"凤姐一听，"满脸是笑，由不得止了步"，跟贾芸搭上了茬儿。贾芸的话，正合凤姐心性所好，她听得十分顺耳、惬意，乐于跟贾芸聊下去。趁凤姐心境极佳之机，贾芸找了个借口，将礼物呈上，凤姐也就收下了。而贾蓉露骨的"以物换情"的做法，使凤姐有一种"被利用"的感觉，这正是她所深恶痛绝的，于是断然拒绝了贾蓉的"好意"。（见《红楼梦》第16、24回）

这可以说是听话人性格上的好恶对言语交际的影响。听话人的好恶观念是多方面的，均给予言语交际以深刻的影响。例如，王夫人喜欢温良驯顺的丫头，所以在《红楼梦》第36回薛姨妈称赞了袭人几句时，王夫人竟含泪叹道："你们那里知道袭人那孩子的好处？比我的宝玉还强十倍呢！"说着，她便向凤姐交代内定袭人为宝玉的妾；王夫人恼恨爽利聪明的丫头，所以第74回王善保家的恶语中伤晴雯时，王夫人应声说晴雯是"我一生最嫌这样的人"，随即派人唤来晴雯，狠狠训了一通。再如，宝玉痛恨封建科举制度，对仕途极为厌恶。宝钗、湘云、袭人等劝他读圣贤书，"考举人进士"时，他常常是"不管人脸上过不去，'咳'了一声，拿起脚来就走"。另一方面，宝玉当众称赞黛玉从不对自己说劝勉仕进的"混账话"。从言语交际的角度看，宝钗、湘云、袭人等的话语之所以碰壁，是因为未充分注意到听话人对仕途的反感；黛玉之所以被宝玉称赞，是由于她蔑视权势的意识与宝玉对仕途的否定合拍，所以话语始终未违逆宝玉对仕途的好恶观念。

就同一客体而言，好、恶观念是互相排斥的。在言语交际中，顺着对方的好恶观选择话语的"弹着点"，会得到对方的赞同甚至强烈共鸣；逆着对方的好恶观选择话语的"弹着点"，会遭到对方的反对，甚至使言语交际陷入难以打破的僵局。

 **39.** ## 横向援例的功效

——马道婆的话为何使贾母"点头思忖"?

马道婆得知宝玉脸被烫伤了，就乘机蛊惑贾母说：这是"促狭鬼"闹的，"促狭鬼"老跟着"王公卿相人家的子弟"，"得空儿就拧他一下，或掐他一下，或吃饭时打下他的饭碗来，或走着推他一跤，所以往往的那些大家子孙多有长不大的。"贾母一听慌了神，忙问："这有什么法儿解救没有呢？"善于胡诌骗钱的马道婆煞有介事地声称，只消供奉"大光明普照菩萨"，就"可以永保儿孙康宁"。贾母追问："倒不知怎么供奉这位菩萨？"马道婆指点她"一天多添几斤香油，点个大海灯"。贾母进一步追问："一天一夜也得多少油？我也做个好事。"马道婆于是（横向）列举了其他贵妇人捐油的数量："……南安郡王府里太妃，他许的愿心大，一天是四十八斤油……；锦乡侯的诰命次一等，一天不过二十斤油；再有几家，或十斤、八斤、三斤、五斤的不等……"步步叮问的贾母闻听此语，忽然缄默无言，"点头思忖"起来，这是为什么呢？（见《红楼梦》第 25 回）

像贾母这样在世家望族中颇有影响的贵妇人，一举一动是要看

"左邻右舍"的。油捐多了，不光白扔钱，还会被讪笑不识轻重、小题大做；油捐少了，又不合自己尊贵的身份，同样落人褒贬与嗤笑。贾母内心便反复掂量起来。可以说，马道婆横向援例的话语一出口，贾母就无形中被"推"到了一个非得进行比较、抉择的社会网络的交叉点——她非捐不可了，而且数量还得相宜。贾母最后决定每日捐五斤油。

横向援例不仅在上述劝说类话语中，而且在评议性话语中也显现出难以辩驳的力量。例如《红楼梦》第 51 回，平儿没跟凤姐商量，就擅自决定将凤姐的一件"半旧大红羽缎""雪褂子"送给邢岫烟，而凤姐竟爽快允诺。原来平儿在评议性话语中横向举出了园中姐妹们的衣着与邢岫烟相比较："昨儿那么大雪，人人都穿着不是猩猩毡、就是羽缎的，十来件大红衣裳，映着大雪，好不齐整！只有他穿着那几件旧衣裳，越发显的拱肩缩背，好不可怜见的！如今把这件给他罢。"平儿话语中的横向援例使凤姐几乎无法回绝，她便顺水推舟，应许了平儿的馈赠。

横向援例在为说话人自己辩解时，尤能发挥奇效。例如《红楼梦》第 53 回，庄头乌进孝缴租，贾珍嫌少，乌进孝申辩说："回爷说：今年年成实在不好。从三月下雨，接连着直到八月，竟没有一连晴过五六日；九月一场碗大的雹子，方近二三百里地方，连人带房，并牲口粮食，打伤了上千上万的……"听了乌进孝对严重灾情的诉说，贾珍依然不满，"皱眉"抱怨说："我算定你至少也有五千银子来，这够做什么的……真真是叫别过年了！"这时乌进孝蕴含了横向援例的话语顿时扭转了对话的语意走向。乌进孝说："爷的这地方还算好呢！我兄弟离我那里只一百多地，竟又大差了。他现管着那府八处庄地，比爷这边多着几倍，今年也是这些东西……"贾珍听了，不但不再说一句追索地租的话，而且说："正是呢。我这边倒可已，没什么外项大事，不过是一年的费用……比不得那府里……"

横向援例首先增强了话语的可信度。由于横向援例举出或列举了在同一关涉空间存在的同类事物，因而给听话人提供了某种或多种信息，在不同信息的比较中，听话人大大增强了对说话人所述主体事物的相信程度。更重要的是，在这一比较中，听话人往往能够根据说话人所揭示的事实和语意引导，自己得出或承认某种结论。

# 40. 劝慰语的设计
## ——赵姨娘的劝慰为何遭到贾母的唾骂？

　　马道婆暗施"魇魔法"，整得宝玉谵妄烦躁、胡言乱语。三天光景，"连气息都微了"，"合家都说没了指望了"，甚至将"后事都治备下了"。贾母等人"哭得死去活来"。赵姨娘上前劝慰贾母，然而话一出口，却招来贾母的迎头唾骂，这是为什么呢？只听赵姨娘说："老太太也不必过于悲痛：哥儿已是不中用了，不如把哥儿的衣服穿好，让他早些回去，也省他受些苦；只管舍不得他，这口气不断，他在那里，也受罪不安——"宝玉是贾母的心肝儿宝贝，贾母此时正为生命垂危的孙子而五内如焚、日夜不安，急切地盼望孩子的病情出现转机。赵姨娘劝贾母撒手不管的话与贾母的希冀恰相撞车，贾母怎能不火冒三丈呢？她怒不可遏地朝赵姨娘脸上"啐了一口唾沫"，骂道："烂了舌头的混账老婆！怎么见得不中用了？你愿意他死了，有什么好处？你别做梦！"（见《红楼梦》第25回）

　　设计劝慰语时，须注意到被劝说者的情思纽结，注意到听话人的忧思所在。贾母心心念念地巴望宝玉活命，而赵姨娘却口口声声说死了算了，这便是赵姨娘劝慰语设计的关键谬误。

　　劝慰语顾及被劝慰者的忧思所在才能产生效力。例如《红楼梦》第45回，面对为自己寄人篱下的凄凉景况而悲伤的黛玉，宝钗劝慰道："你放心，我在这里一日，我与你消遣一日。你有什么委屈烦难，只管告诉我，我能解的，自然替你解。"这段话使黛玉如同沐浴熏风，孤寂的心境顿时得以排遣。黛玉情不自禁地邀宝钗当夜再来聚谈。

　　如果劝慰语不仅切中对方忧思所在，而且能搬掉其心头思虑忧愁的大石头，则能使对方忧虑顿除，心胸豁然开朗。例如执着追求真挚爱情的黛玉曾对宝玉进行了多次试探，但又为礼教所缚不敢明确表达恋情，甚至当宝玉借机吐露衷肠时，她反而生气地责难宝玉"学了这些混账话来欺负我"。黛玉整日生活在对爱情与命运的担忧之中，历尽了情感磨难。针对这一忧思所在，宝玉劝慰黛玉说："你放心。""你皆因都是不放心的原故，才弄了一身的病了。但凡宽慰些，这病也不得一日重似一日了。""你放心"等语使黛玉感到"比自己肺腑中掏出来的还觉恳切"，她明了了宝玉的心迹，郁结心中的"疙瘩"蓦然消释，心灵获得了莫大抚慰。（见《红楼梦》第32回）

　　有时，被劝慰者的忧思所在不宜点破，但只要以暖人的情怀说出关心听话人的某些道理，也会使之感受到慰藉。例如《红楼梦》第67回，黛玉目睹宝钗送来的家乡玩物，联想起亡故的父母、家乡、自身处境，不由潸然泪下。丫头紫鹃不敢点破，便说："今儿宝姑娘送来的这些东西，可见宝姑娘素日看着姑娘很重，姑娘看着该喜欢才是，为什么反倒伤起心来……就是宝姑娘听见，反觉脸上不好看……又这样哭哭啼啼，岂不是自己糟蹋了自己身子，叫老太太看着添了愁烦了么？"这些话虽未齿及忧思所在，但使黛玉感受到阵阵暖意，她默默地接受了紫鹃的劝慰。

　　在这种情况下，甚至善意的"打岔"也会产生劝慰的奇佳效果。

例如上述情节后宝玉边翻弄小玩意儿边对黛玉说："这是什么，叫什么名字？""那是什么做的，这样齐整？""这是什么，要它做什么使用？"言语之间，流露出股股温馨的柔情，终于慰释了黛玉心头的苦痛。

不留心体味听话人心态，劝慰话的着眼点会偏离对方忧思所在，甚至会与之发生抵牾；留心体味听话人的心态，找准其忧思所在，并从心底涌出热诚关心的话语——这样的劝慰语才会具有打动听话人、宽慰听话人的魅力。

**41.** 开导语的一个角度
——宝玉的话为何使怒气冲天的黛玉冷静
下来？

黛玉晚饭后信步来到怡红院，一叩门，跟人生气的丫头没给开，黛玉又高声说："是我，还不开门么？"丫头没听出来，气嚷嚷地喊："凭你是谁，二爷吩咐的，一概不许放进人来呢！"寄居外祖母家而多愁善感的黛玉立时"气怔在门外"，躲在"墙脚边花阴之下"，悲泣不止。次日，怨怼之火直冲九霄的黛玉见了宝玉理也不理。不知底里的宝玉几次赔话均碰壁。无计可施时，他憋出了一段话，竟然使满腹怨艾、执拗难劝的黛玉肝火顿息，吐露了原委。且看宝玉是怎么说的：

当初姑娘来了，那不是我陪着玩笑？凭我心爱的，姑娘要，就拿去；我爱吃的，听见姑娘也爱吃，连忙收拾得干干净净收着，等着姑娘回来……丫头们想不到的，我怕姑娘生气，替丫头们都想到了。我想着：姊妹们从小儿长大，亲也罢，热也罢，和气到了儿，才见得比别人好。……

但只任凭我怎么不好，万不敢在妹妹跟前有错处。——就有一二分错处，你或是教导我，戒我下次，或骂我几句，打我几下，我都不灰心。谁知你总不理我，叫我摸不着头脑儿，少魂失魄，不知怎么样才好。就是死了，也是个'屈死鬼'……还得你说明了原故，我才得托生呢！

宝玉这段话没有沿着"询问生气原因"这一理所当然的思路展开，而是细细剖白心迹：对黛玉的体贴照顾、内心的希图与迷惘等。这段出乎黛玉预料的话把她带入了自己未顾及的宝玉的情感世界，她这才真切地感触到宝玉柔情似水的关怀和无处陈诉的苦痛。恰似在一片燃烧的草地上洒下一阵清凉的细雨，黛玉心头之火渐渐熄灭，冷静下来，一场误会终于瓦解冰消了。（见《红楼梦》第28回）

从他人一面切入的话语还能使受屈者减轻怨尤、稳定心态。例如《红楼梦》第44回，平儿无故挨了凤姐的打，"哭得哽噎难言"。宝钗劝导说："你是个明白人，你们奶奶素日何等待你，今儿不过他多吃了一口酒，他可不拿你出气，难道拿别人出气不成？别人又笑话他是假的了！"袭人也劝她："二奶奶素日待你好，这不过是一时气急了。"听了这些话，平儿的怨气小了下来，说："二奶奶倒没说的……"

这一角度的开导语有时还能推动听话人采取某种行动。例如《红楼梦》第29回，宝玉跟黛玉拌了嘴，一肚子委屈。袭人劝导道：

往日家里的小厮们和他的姐姐妹妹拌嘴，或是两口子分争，你要是听见了，还骂那些小厮们蠢，不能体贴女孩儿们的心肠；今儿怎么你也这么着起来了？明儿初五，大节下的，你们两个再这么仇人似的，老太太越发要生气了，一定弄的大家不安生。依我劝你，正经下个气儿，赔个不是，大家还是照常一样儿的，这么着不好吗？

袭人谈及"女孩儿"、贾母、"大家"的心态。宝玉一听坐不住了，匆匆赶往潇湘馆向黛玉赔礼。

抱屈者往往把目光盯在憋气的事件或话语上，并为此而心绪萦回、郁结不舒。对其开导的话语从他人一面（如他人的委屈、难处、平日的作为等）切入，能够使听话人从沉溺于怨嗟悲咤的狭小空间中解脱出来，使注意指向的客观内容由片面的变为全面的，从而重新审视自己的情怀所系，调整乃至改变对某一事件或人物的态度。

# 42. 劝解语的语意指向
## ——袭人的劝解为何引发了更大的冲突？

袭人听见晴雯跟宝玉小有口舌之争，忙上前劝解，说："好好儿的，又怎么了？可是我说的：'一时我不到就有事故儿'。"（见《红楼梦》第 31 回）此言一出，适得其反，立时点燃了晴雯的无明火，晴雯马上回嘴："姐姐既会说，就该早来呀，省了我们惹的生气。自古以来，就只是你一个人会服侍，我们原不会服侍。因为你服侍的好，为什么昨儿才挨窝心脚啊！我们不会服侍的，明日还不知犯什么罪呢？"由此引发了一场更大的唇舌冲突。从言语技巧的角度看，袭人的劝解之所以走入误区，固然与话语中的自诩相关，但更深层的原因是语意没有指向劝解对象，而是指向了自身。再譬如《红楼梦》第 21 回，黛玉嫌怨湘云的话"戏弄"了自己，宝钗劝解她说："我劝你们两个看宝兄弟面上，都撂开手罢。"黛玉接口便道："我不依。"宝钗话语的语意没有指向劝解对象，而指向了他人，也了无成效。

话语的语意虽指向了听话人，但未"命中"听话人的思想"症结"，也不能奏效。例如《红楼梦》第 46 回，平儿、袭人得知贾赦向鸳鸯逼婚，两人竟如此劝解鸳鸯——平儿说："你只和老太太说，就说已经给了琏二爷了，大老爷就不好要了。"袭人说："……依我说，就和老太太说，叫老太太就说把你已经许了宝二爷了；大老爷也就死了心了。"两人的劝解语远远离开了鸳鸯不畏胁迫、宁死抗婚的心志，所以鸳鸯听了"又是气，又是臊，又是急"，不满地说："人家有为难的事，拿着你们当作正经人，告诉你们，与我排解排解，饶不管，你们倒替换着取笑儿。"

语意指向被劝解者，而且直指其思想症结，劝解语才能立竿见影。例如《红楼梦》第 20 回，李嬷嬷怨愤自己得不到应有的敬重，心理不平衡，在怡红院大吵大闹。凤姐深知她这"老病"，说："妈妈别生气。大节下，老太太刚喜欢了一日。你是个老人家，别人吵，你还要管他们才是；难道你倒不知规矩，在这里嚷起来，叫老太太生气不成？你说谁不好，我替你打他。我屋里烧的滚热的野鸡，快跟了我喝酒去罢。"这番劝解语使李嬷嬷得到了充分的尊重，又隐含了止息吵嚷的威慑力，一下子使李嬷嬷没了主意，不再吵嚷，"脚不沾地，跟了凤姐去了"。

劝解语的终极目的是通过对劝解对象自身值遇的剖析，促成对方进行心态的自我调节。而这一自我调节的心理基础是重新审视经历的事件，重新分析、评价自我的主观感受。如果劝解话语的"意核"指向劝说者自己或第三方，便会使弯弓射出的劝说之"箭"脱靶而去；只有当劝解者将话语的"意核"不仅指向听话人，而且准确无误地指向牵动被劝解者心态激变的症结所在并成功地引导听话人从新的角度再度估价情感体验时，才能使劝解语立见成效，达到预计的言语目的。

## 43. 平息他人盛怒时怎样选择"突破口"

### ——王夫人劝贾政的话为何反而火上浇油？

　　在现实生活中，我们常需要劝解盛怒的人，然而劝解的话语有时并不见效，反而使对方火气更旺，这是为什么呢？我们不妨比较一下《红楼梦》中王夫人劝解大动肝火的贾政的两段话语。

　　贾政平日就对宝玉不认真诵读"四书""五经"很不满意，这天听说宝玉在外结交戏子，不由顿生恼怒。紧跟着他又听信贾环诬告宝玉"逼淫母婢"的坏话，登时气得"眼都红了"，喘着粗气，怒火冲天。气头上的贾政喝令仆人把宝玉按在凳子上抡大板重责。就这样，他还嫌不解气，干脆一脚踹开抡板子的仆人，夺过板子，狠命抽打起来。

　　王夫人闻讯急急忙忙赶来劝解。王夫人前后说了两段话。第一段话是这样说的："宝玉虽然该打，老爷也要保重。且炎暑天气，老太太身上又不大好，打死宝玉事小，倘或老太太一时不自在了，岂不事大？"不料贾政听了王夫人的话，不但怒火丝毫未减，反而似火上浇油，"呼"地一下，怒火猛蹿。他咬牙切齿地说："倒休提这话！我养了这不肖的孽障，我已不孝；平昔教训他一番，又有众人护持；不如趁今日结果了他的狗命，以绝将来之患！"说着，便要找绳子勒死宝玉。

王夫人苦口婆心的委婉劝解为何反而火上浇油，造成与言语目的恰恰相反的负面效应呢？

细察贾政动怒的缘由，可知他不光是为宝玉。平时只要他一管教儿子，贾母、王夫人等就制造各种借口阻拦他，使他对亲生儿子宝玉根本无法实施连续、有效的封建仕途思想的灌输，致使宝玉小小年纪就滋生了离经叛道的"邪念"。身为朝廷命官的贾政于是乎深感后继乏人。他寻根究底，判定这一切都是贾母、王夫人等袒护、包庇、纵容的恶果。他正越想越气，王夫人一张嘴，恰好撞在这个"生气焦点"的"枪口"上，贾政憋在心中的"火药桶"一下子被"引爆"了！（见《红楼梦》第33回）

王夫人眼见自己劝解的话碰了壁，连忙改换了话题。开始了第二段劝说。她说道："老爷虽然应当管教儿子，也要看夫妻分上，我如今已五十岁的人，只有这个孽障，必定苦苦的以他为法，我也不敢深劝。今日越发要弄死他，岂不是有意绝我呢？既要勒死他，索性先勒死我，再勒死他！我们娘儿们不如一同死了，在阴司里也得个依靠。"贾政听了这一席话，"不觉长叹一声，向椅上坐了，泪如雨下"，一场盛怒之举终于被劝住了。王夫人这段话变为以"宝玉是自己后半生的依靠"为话题。怒气冲天的贾政并未思虑及此。在封建社会中"母以子贵"，贵妇人尤甚。一旦宝玉有个闪失，王夫人在贾府的地位将受到威胁。王夫人的话可说是理由充足、情真意切。贾政听了，不由心头一震，半辈子的夫妻情分使他挥舞板子的手再也抬不起来了。

王夫人此次话语的交际效果与前相比，形成了鲜明、强烈的对照。从言语交际技巧来看，当我们劝阻盛怒、激愤情绪引起的不当之举时，为了使话语产生应急性的效果，话题不宜关涉一两句话难以说清的引发对方情绪异常的是非或事件，应避开对方的"生气焦点"，另选"突破口"。王夫人两段话语迥然不同的交际效果告诉我们，可以选择对方情绪激动时未顾及但意念、情感又较注重的某方面，晓之以理，动之以情，往往只用三言两语便会产生立竿见影的良好效果。

# 44. "由己及彼"易于服人
## ——宝钗的劝说为何使黛玉"心下暗服"？

　　黛玉在大观园的宴会上行酒令时，匆忙中脱口而出两句犯忌的话。一句是"良辰美景奈何天"，另一句是"纱窗也没有红娘报"。前一句出自明代汤显祖的《牡丹亭》，后一句出自元代王实甫的《西厢记》。《牡丹亭》和《西厢记》都歌颂了青年人冲破封建礼教的束缚，追求婚姻自主、争取美好生活的斗争精神。在《红楼梦》所描写的时代，这两个剧本是不许青年人自由阅读的，带有禁书的性质。黛玉能随口说出其中的词句，可见她对这两个剧本是很喜爱、很熟悉的。这反映出黛玉对封建社会令人窒息的传统道德观念的叛逆。在当时，一位贵族少女在大庭广众的宴会上，在众目睽睽之下说出这样的词句是有失检点的行为。幸好当场无人指出，但细心且同样饱读诗书的宝钗察觉了个中的异样。

　　第二天一大早，向贾母问安之后，宝钗将黛玉叫到自己房中施行规劝。钗、黛二人思想、性格大相径庭：宝钗贤淑明达，温和敦厚，恪守封建礼教；黛玉则心性纯真、"孤高自许"，在封建势力的压迫下显示出不屈的坚贞品格。按这种情势说，宝钗的箴言很容易落得个"话不投机半句多"的结局。然而聪慧颖悟的宝钗一番劝诫，竟然使心性孤傲的黛玉颔首默许，"心下暗服"。宝钗的话语何以具有如此魔力呢？（见《红楼梦》第42回）

宝钗一开口，没有讲大道理、没用大帽子压人，训诫该怎么样、不该怎么样，而是"说人先谈己"，先叙述了自身幼时与黛玉类似的"读杂书"经历。她娓娓而谈："你当我是谁？我也是个淘气的，从小儿七八岁上，也够个人缠的。我们家也算是个读书人家，祖父手里也极爱藏书。先时人口多，姐妹弟兄也在一处，——都怕看正经书。弟兄们也有爱诗的，也有爱词的，诸如这些《西厢》《琵琶》以及《元人百种》，无所不有。他们背着我们偷看，我们也背着他们偷看。后来大人知道了，打的打，骂的骂，烧的烧，丢开了。"

宝钗这段"自述"大大缓解了黛玉乍一听宝钗提说此事时的对立、不信任的情绪，迅速缩短了二人的心理距离，使得黛玉能以沉静、顺从的心态愿意听宝钗继续往下说。

随后，宝钗话锋一转，指向社会上的"男人们"，她从容不迫地分析道："男人们读书明理，辅国治民，这才是好。只是如今并听不见有这样的人，读了书，倒更坏了。"点透了社会上男人们"读书无用"、"读书更坏"的客观现实之后，宝钗这才"言归正传"，说到正题上，掏出了深藏心底着意规劝黛玉的几句良言："至于你我，只该做些针线纺绩的事才是；偏又认得几个字。既认得了字，不过拣那正经书看也罢了，最怕见些杂书，移了性情，就不可救了。"

宝钗通过叙述自身与听话人相同的经历，使话语充满了善意相劝与诚挚待人的情怀，赋予规劝的言语片段以撼人心魄、叩人心扉的力量。这段劝说话立即产生了令人惊叹的作用，只见平日里一贯善"雅谑"、才情超逸的黛玉"垂头吃茶，心下暗服，只有答应'是'的一字"。

宝钗的成功劝说显示出这样一条劝说途径："现身说法——社会现象——言及对方"。这一"由己及彼"的劝说途径之所以具有不同凡响的效力，是因为它完全是从受话人一方的心理变化和承受力出发来确定上述步骤的。这一"三步骤"最大限度地减轻了受话人的心理压力，并且巧妙、自然地诱导受话人逐步产生积极、合作的心理转变。如果打乱这"三步骤"的顺序，特别是将第三步提前到第一步，势必加重受话人的心理负担，就难以获得理想的劝说效果了。

# 45. 晓之以理还须动之以情
## ——贾珍为何能说服固执的王夫人？

    宁国府的秦可卿去世了，府中铺张扬厉、"恣意奢华"，大办丧事。然而不巧，女主人尤氏病倒了，贾珍里里外外照应不过来。他想请荣国府凤姐帮忙，于是对王夫人说："如今孙子媳妇没了，侄儿媳妇又病倒，我看着里头着实不成体统，要屈尊大妹妹一个月，在这里料理料理，我就放心了。"王夫人不乐意，说："他一个小孩子，何曾经过这些事，倘或料理不清，反叫人笑话，倒是再烦别人好。"王夫人是怕万一凤姐办事出了纰漏，府内外亲朋岂不笑自己处事轻率，让侄女儿去逞能，所以没允诺。

    焦灼不安的贾珍紧接着王夫人的话说："若说料理不开，从小儿大妹妹玩笑时就有杀伐决断，如今出了阁，在那府里办事，越发历练老成了。我想了这几日，除了大妹妹再无人可求了。"贾珍话到此处，王夫人虽然明白凤姐不会出什么大问题，但仍未点头应许。此时的贾珍理已述尽，便转为哀告。他悲痛难抑地说："婶娘不看侄儿和侄儿媳妇面上，只看死的分上罢！"说着，落下泪来。固执的王夫人终于被他的苦苦哀告所打动，同意凤姐过府相助。（见《红楼梦》

第 13 回）

贾珍的话语能达到预期的目标，除了阐明理由外，更重要的是依靠话语以情动人。所以，在言语交际中，特别是在说请求、劝告等话语时，不光要晓之以理，往往还需要动之以情。再如《红楼梦》第 28 回，黛玉生了宝玉的气，不管宝玉说什么，都不搭理他。这时，情急之中的宝玉说了一段有理有情、情理交融的话，立即产生了神奇的功效。他说："我也知道，我如今不好了；但只任凭我怎么不好，万不敢在妹妹跟前有错处。——就有一二分错处，你或是教导我，戒我下次，或骂我几句，打我几下，我都不灰心。谁知你总不理我，叫我摸不着头脑儿，少魂失魄，不知怎样才好。就是死了，也是个'屈死鬼'。任凭高僧高道忏悔，也不能超生；还得你说明了原故，我才得托生呢！"极难解劝的黛玉闻听了这番话，不觉将自己一肚子气"都忘在九霄云外了"，顿即重开金口，一场误会也就烟消云散了。

反之，就事论事、就理论理，缺乏感情的烘托与襄助，话语就显得气势委顿，缺少动人的力量。例如《红楼梦》第 21 回，宝玉不知袭人为什么跟自己生气，便就此问袭人："我又怎么了？你又劝我？你劝也罢了；刚才又没劝，我一进来，你就不理我，赌气睡了，我还摸不着是为什么。这会子你又说我恼了！我何尝听见你劝我的是什么话呢？"这些话听起来又委屈又有道理，但这样纯粹辩理的话却未产生任何效力，袭人接口便说："你心里还不明白？还等我说呢！"宝玉的一大篇话等于白说了。

在言语交际中，情意的感染对听话人是否认同话语中的语义内涵起着不可忽视的作用。当听话人一点儿也没有受到感染时，他的内心可能已经否定了对方的话语；当听话人受到一定感染时，往往会或多或少认同对方的说法；当听话人受到强烈感染时，就不仅会认同对方的说法，而且会奋力循着话语的意向想方设法，积极行动起来。

# 46. 怎样劝止气头儿话

## ——气头儿上的薛姨妈为何听从了规劝？

薛姨妈之子薛蟠是个终日斗鸡走狗的膏粱子弟，他误认柳湘莲是轻佻之徒，肆意调戏，被柳湘莲在苇坑旁狠狠揍了一顿。薛姨妈见儿子脸上身上净是伤痕，又疼又气，声言要告诉王夫人，派人捉拿柳湘莲。一旦付诸实施，无辜的柳湘莲将惨遭不测，贾府的名声势必更为狼藉，薛家特别是薛蟠在亲朋中将陷入遭人唾弃的孤立境地。薛姨妈正在气头上，一意孤行。女儿宝钗却很冷静，她的一段出色的规劝话语十分成功地劝住了母亲：

这不是什么大事，不过他们一处吃酒，酒后反脸常情。谁醉了，多挨几下打，也是有的。况且咱们家的无法无天的人，也是人所共知的。妈妈不过是心疼的原故，要出气也容易：等三五天，哥哥好了，出得去的时候，那边珍大爷琏二爷这干人，也未必白丢开手，自然备个东道，叫了那个人来，当着众人替哥哥赔不是认罪就是了。如今妈妈先当件大事，告诉众人，倒显得妈妈偏心溺爱，纵容他生事招人，今儿偶然吃了一次亏，妈妈就这样兴师动众，倚着亲戚之势，欺压常人。

这段话包含了三项内容：

（1）原因分析。指出并非柳湘莲故意寻衅，而属"酒后反脸"，是"常情"。这就从根本上揭示了报复行动的无理性。

（2）解决办法。指出完全可以妥善处理，不必采取过激的行动。

（3）薛姨妈主张的害处。将造成舆论上的重大损失，招致"倚着亲戚之势欺压常人"的恶名。（见《红楼梦》第47回）

"原因分析"使薛姨妈的气渐渐消退，知晓并非他人作恶。"害处"使薛姨妈醒悟，自己气头上的主张实际上得不偿失。"解决办法"也让薛姨妈觉得合情合理，切实可行。宝钗的这三件"法宝"可谓规劝气头话的一剂良方。其中最重要的是对听话人起心理和措施上的疏导作用的"解决办法"。规劝者只有拿出一套比对方更有效、更周到、更圆满的解决办法，才能彻底劝止对方的气头话。假如只有"原因分析"和"害处"，而没有找到更好的解决矛盾的途径，气头上的听话人可能听不进循循善诱的规劝而固执己见。单有"解决办法"，有时也能达到言语目的。例如第80回，"搅家精"夏金桂用毒计坑害香菱，搅得全家不得安宁。薛姨妈气得喝命即刻叫人牙子卖了香菱，说："多少卖几两银子，拔去肉中刺、眼中钉，大家过太平日子！"果真如此，将使才貌双全、心地纯洁、善良的香菱再度陷入灭顶之灾。宝钗对母亲的这一气头话，主要采取了另辟蹊径，提出新的"解决办法"的言语策略。她说："哥哥嫂子嫌他不好，留着我使唤，我正也没人呢。""他跟着我也是一样，横竖不叫他到前头去。从此，断绝了他那里，也和卖了的一样。"这一合理、可行的主张，当即得到了薛姨妈的认可。

劝止气头话时，话语设计还须注意到自己的身份。例如薛蟠挨柳湘莲打后，气急败坏，命仆人去拆他的房子，打死他，和他打官司。薛姨妈听见此话，立刻"喝住小厮们"，令小厮们对薛蟠说："湘莲一时酒后放肆，如今酒醒，后悔不及，惧罪逃走了。"薛姨妈的"喝止"是与她的"母亲"身份相吻合的。再如第31回，宝玉听了晴雯挖苦袭人的话，十分生气，说："我何曾经过这样吵闹？一定是你要出来了；不如回太太，打发你去罢。"袭人等见劝说无效，便一齐跪下，这才劝住了宝玉的气头话和过激行为。袭人的"跪止"是与她的"女仆"身份相吻合的。又如第33回，气头上的贾政欲勒死宝玉，说："不如趁今日结果了他的狗命，以绝将来之患！"王夫人一边抱住宝玉，一边哭道："……索性先勒死我，再勒死他！""贾政听了此话，不觉长叹一声，向椅上坐了，泪如雨下。"王夫人的"哭止"是与她的"妻子"身份相吻合的。

　　劝止气头话要正确分析"事故"原因，指出气头话涉及的过当举动的危害性，最后，还必须拿出妥善处理"事故"的良策，一步一步疏导对方胸中的火气。这样才能有效地劝止气头话，消除隐患。其次，劝止话语的设计要符合自己的身份特点，选择相宜的劝说方式和词语，让劝止的话语发挥最大的功效。

## 47. 顾及两面说服力强
### ——舐犊的薛姨妈为何放薛蟠远行？

薛蟠被柳湘莲痛打后，羞于见人，想去南方跑趟生意，便禀告母亲。薛姨妈听说儿子欲离家南下，很不放心，说："你好歹跟着我，我还放心些，况且也不用这个买卖，等不着这几百银子使。"然而薛蟠的妹妹宝钗跟母亲一念叨，薛姨妈便欣然依允。这是为什么呢？原来二人的说服方式有很大不同。先看薛蟠是怎么说的：

薛蟠……说："天天又说我不知世务，这个也不知，那个也不学；如今我发狠把那些没要紧的都断了，如今要成人立事，学习买卖，又不准我了……况且那张德辉又是个有年纪的，咱们和他是世家，我同他，怎么得有错？我就有一时半刻不好的去处，他自然说我劝我，就是东西贵贱行情，他是知道的，自然色色问他，何等顺利，倒不叫我去！"

再比较宝钗是怎么说的：

宝钗笑道："哥哥果然要经历正事，倒也罢了；只是他在家里说着好听，到了外头，旧病复发，难拘束他了。——但也愁不得许多。他若是真改了，是他一生的福，若不改，妈妈也不能又有别的法了。一半尽人力，一半听天罢了。这么大人了，若只管怕他不知世路，出不得门，干不得事，今年关在家里，明年还是这个样儿。他既说的名正言顺，妈妈就打量着丢了一千、八百银子，竟交与他试一试。横竖有伙计帮着他，也未必好意思哄骗他的。二则他出去了，左右没了助兴的人，又没有倚仗的人，到了外头，谁还怕谁？有了的吃，没了的饿着，举眼无靠，他见了这样，只怕比在家里省了事也未可知。"

　　比较二者就会发现，薛蟠主要强调了去的好处、顺利的一面，而宝钗则对顺利、不顺利两个方面都作了估计和分析，而且指出了不顺利的极端情况：等于"丢了一千、八百银子"。宝钗还特别点出不顺利的境遇对薛蟠的"锻炼"价值——在孤立无援、无所依赖的境地，薛蟠可能比在家安分些。薛姨妈听了这番对两方面的透辟剖析，深为信服，解除了疑虑，心中有了底，说："倒是你说的是，花两个钱，叫他学些乖来，也值。"宝钗一席话，终于使薛蟠踏上了长途贩运之路。（见《红楼梦》第48回）

　　不仅对具体事务采取正反"两面说"的言语策略说服力强，对"战略性"的安排也是如此。例如第13回，秦可卿给凤姐托梦的话令凤姐"十分敬畏"，赞叹"这话虑的极是"。秦氏的话也采取了对贾府现状作盛衰两面观的言语策略。她一方面说："如今我们家赫赫扬扬，已将百载，""眼见不日又有一件非常的喜事，真是烈火烹油、鲜花着锦之盛。"同时她又说："万不可忘了那'盛筵必散'的俗语。若不早为后虑，只恐后悔无益了！""莫若依我定见，赶今日富贵，将祖茔附近多置田庄、房舍、地亩，以备祭祀、供给之费皆出自此处；将家塾亦设于此……便是有罪……这祭祀产业，连官也不入的。便败落下来，子孙回家读书务农，也有个退步，祭祀又可永继。"秦氏的"战略性"两面观确实精当，可以说是贾府唯一正确的长远筹谋。

自我辩白的话语作两面分析时，也具有极强的说服力。例如第74回，王夫人误认"绣春囊"是凤姐遗落在山石上的，盛怒之中的王夫人听不进辩解，但凤姐一番"两面分析"却发挥了扭转话语颓势的惊人力量。她先说："这香袋儿是外头仿着内工绣的，连穗子一概都是市卖的东西，我虽年轻不尊重，也不肯要这样东西。"这是说自己不会有。接着又说："……我纵然有，也只好在私处搁着，焉肯在身上常带……倘或露出来……我有什么意思？"这是说即使有也不会带在身上失落在外。这么一来，终于将王夫人强大的"批判攻势"瓦解了。王夫人不由说："我也知道你是大家子的姑娘出身，不至于这样轻薄……"

甚至警诫之语作两面分析也具有不可抗拒的效力。例如第61回，彩云偷了王夫人的玫瑰露，平儿为了让彩云"招供"，先说了如能"招供"，将采取息事宁人的处置方案，接着又说了如不"招供"，将采取的严厉的处置方案。在"两面说"的强大攻势下，彩云"不觉红了脸"，老实交代了偷窃行为。

对某一事物的两个相关的对立方面都进行分析，而不是只强调说话人主观上力图实现的某一个方面，就使话语具有了较强的客观性和思辨性，具有了雄辩的逻辑力量。这样，不论是劝说还是辩白、警告等语用场合，话语都被赋予了难以抵御的强大说服力。

# 48. 劝止吵闹的话语步骤
## ——探春的话为何使赵姨娘闭口不言了？

赵姨娘因为一点儿小事跑到怡红院，跟小丫头们大吵大闹。这场吵闹惊动了临时"执政"的探春、李纨。探春等来到怡红院"现场办公"，"问起原故，赵姨娘气的瞪着眼、粗了筋，一五一十，说个不清"。探春把赵姨娘请到议事厅，说了下面一段话："那些小丫头子们原是玩意儿，喜欢呢，和他玩玩笑笑；不喜欢，可以不理他就是了。他不好了，如同猫儿狗儿抓咬了一下子，可恕就恕；不恕时，也只该叫管家媳妇们，说给他去责罚。何苦自不尊重，大吆小喝，也失了体统。你瞧瞧周姨娘，怎么没人欺他、他也不寻人去？我劝姨娘且回房去煞煞气儿，别听那说瞎话的混账人调唆，惹人笑话自己呆，白给人家做活。心里有二十分的气，也忍耐这几天，等太太回来，自然料理。"

吵闹了大半天的赵姨娘谁都劝不住，听了这段话后，马上"闭口无言，只得回房去了"。（见《红楼梦》第 60 回）探春这段话为何有如此神效呢？不妨看一下探春劝止吵闹的话语步骤。开始说对小丫头"可恕就恕；不恕时，也只该叫管家媳妇们，说给他去责罚",是正面阐述赵姨娘应当怎样正确处理她所遇到的矛盾。说"何苦自己不尊重,大呹小喝,也失了体统",是告诉赵姨娘她这样做的弊害。最后说"心里有二十分的气,也忍耐这几天,等太太回来自然料理",是告诉她现时做法,其中也含有一定的威慑成分:如果瞎闹过分,王夫人回来会责怪的。探春的话包含了这样几个步骤:1. 指出正确做法。2. 指出对方错误做法的弊害。3. 指点现时做法。4. 威慑性话语。从劝止吵闹的言语目的说,这四项是完整的步骤。当然,因听话人不同,说话人和听话人的关系不同,这四项步骤具体实施时要有所变通。例如第20回,凤姐劝止李嬷嬷吵闹的话语虽然步骤与探春大体相同,但对步骤的具体处置却不一样:

(凤姐)笑道:"妈妈别生气。大节下,老太太刚喜欢了一日。你是个老人家,别人吵,你还要管他们才是;难道你倒不知规矩,在这里嚷起来,叫老太太生气不成?你说谁不好,我替你打他。我屋里烧的滚热的野鸡,快跟了我喝酒去罢。"

凤姐开始说:"别人吵,你还要管他们才是"等语,是指出正确做法,"在这里嚷起来,叫老太太生气不成"等语是指出对方错误做法的弊害("你说谁不好,我替你打他"是插入的抚慰之语)。最后一句"我屋里……"既是指出现时的做法——脱离吵闹语境,又是一种盛情邀请,这样的处理使这一步骤显得极为委婉。凤姐的话语没有"威慑性话语"这一步骤,因为贾府有尊重当过乳母的老女仆的风尚,这一步骤是有违家风的。凤姐正是考虑到了劝止对象的特点,才对第三、四个步骤采取了与探春不同的处理方法。

当劝说语需要时,这几个步骤中的某一个可以铺陈较长。试看第47回贾母劝止邢夫人帮贾赦向鸳鸯逼婚而吵闹的话:

贾母道："……如今你也想想：你兄弟媳妇，本来老实，又生的多病多痛，上上下下，那不是他操心。你一个媳妇，虽然帮着，也是天天'丢下耙儿弄扫帚'。凡百事情，我如今自己减了，他们两个就有些不到的去处，有鸳鸯那孩子还心细些，我的事情，他还想着一点子：该要的，他就要了来；该添什么，他就趁空儿告诉他们添了。鸳鸯再不这么着，娘儿两个，里头外头，大的小的，那里不忽略一件半件？我如今反倒自己操心去不成？——还是天天盘算，和他们要东西去？我这屋里，有的没有的，剩了他一个，年纪也大些，我凡做事的脾气性格儿，他还知道些……所以不单我得靠，连你小婶、媳妇也都省心。我有了这么个人，就是媳妇、孙子媳妇想不到的，我也不得缺了，也没气可生了。这会子，他去了，你们又弄什么人来我使？你们就弄他那么个真珠儿似的人来，不会说话也无用。我正要打发人和你老爷说去……要这个丫头，不能！留下他服侍我几年，就和他日夜服侍我尽了孝的一样。你来的也巧，就去说，更妥当了。"

这段话前一部分很长，占了整段话语的大部分，其实这只是劝止话语的第一个步骤：谈正确做法及其理由——拒绝让鸳鸯做贾赦小老婆的原因。第一个步骤的长篇大论突出了话语的"教导性"，这跟贾母与邢夫人的婆媳关系恰是相符的。"指出弊害"和"指点现时做法"这两个步骤都很简短，前面道理已讲得很充分，说到这儿已水到渠成，故不再赘言。"威慑性话语"位置虽不在最后，却十分鲜明突出，具有明显的威慑力，充分表露出说话人制止事端的不可动摇的决心。这也与贾母的长辈身份相吻合。

以上三个劝止吵闹的言语片段都很成功，虽各有特色，却都包含了下面三个基本步骤：指出正确做法，指出对方做法的弊害，指点现时做法。讲求劝止吵闹的言语策略，并根据不同劝止对象有所调整，就能成功地运用劝止话语达到满意的劝止效果。

# 49. 易使对方改变主张的话语切入点
## ——平儿的话为何使凤姐放弃了严刑苛法？

　　王夫人屋里丢了一瓶玫瑰露，牵扯了不少人，为了息事宁人，宝玉主动承担了"罪责"。不料平儿向凤姐如此汇报时，老练的凤姐并未上当，说："虽如此说，但宝玉为人，不管青红皂白，爱兜揽事情……什么事他不应承？咱们若信了，将来若大事也如此，如何治人？还要细细的追求才是。"凶狠的凤姐还提出了严刑逼供的"高招"："依我的主意，把太太屋里的丫头都拿来，虽不便擅加拷打，只叫他们垫着磁瓦子跪在太阳地下，茶饭也不用给他们吃。一日不说跪一日，就是铁打的，一日也管招了。"面对凶焰万丈的凤姐，平儿没有慌乱，她巧妙地避开了凤姐的正面"火力"，迂回千里，只字不提大观园中的是是非非，选择了出乎凤姐意料的话语切入点："何苦来操这心？'得放手时须放手'，什么大不了的事，乐得施恩呢。依我说，纵在这屋里操上一百分心，终究是回那边屋里去的。没的结些小人的仇恨，使人含恨抱怨。况且自己又三灾八难的，好容易怀了一个哥儿，到了六七个月还掉了，焉知不是素日操劳太过、气恼伤着的？如今趁早儿见一半不见一半的，也倒罢了。"在府内横行霸道、独断专行的凤姐此时竟顺从地依随了平儿的主张，笑道："随你们罢！没的怄气。"眼看就要降临在大观园丫头们身上的狂风恶浪就这样轻巧地躲避过去了。平儿的话为何有如此魔力？因为平儿选择了易于使对方改变主张的最佳话语切入点：从关照听话人自身利害出发来促使对方改变主张。平儿提出的两点理由是：1. 可免使凤姐与仆人们结下新的冤仇。2. 可免使凤姐过劳、惹气，有益于身体康复。这样的话语切入既避开了对方的"气愤点"，又抓住了对方的"利害点"，促成了听话人心态的转移，使之从对事件的气愤逐渐变为对所提方案的认同，并最终改变了自己的主张。（见《红楼梦》第61回）

反之，从跟对方无关的话题切入，难于让对方改变主张。例如第10回，金荣的母亲劝璜大奶奶别去宁府告状时，从自己一方的利害切入话题，说："这都是我的嘴快，告诉了姑奶奶，求姑奶奶快别去说罢！别管他们谁是谁非，倘或闹出来，怎么在那里站得住？要站不住，家里不但不能请先生，还得他身上添出许多嚼用来呢！"这一席与璜大奶奶自身利害无干的话，被璜大奶奶置之不理，说："那里管的那些个？等我说了，看是怎么样！"她依旧毫不在乎地上车去了宁府。

在言语交际中，劝对方改变主张的话语因切入点不对头碰壁后，如及时变换切入点，从对方着眼，往往能挽回话语"败局"，劝得对方回心转意。例如第58回，藕官在园中烧纸祭奠亡友，被一个"婆子"抓住去"见官"。宝玉替藕官辩解时，先是从"纸"切入，说："他并没烧纸，原是林姑娘叫他烧那烂字纸，你没看真，反错告了他。"然而"婆子"不吃这一套，"向纸灰中拣出不曾化尽的遗纸"，对藕官嚷道："你还嘴硬？有证又有凭，只和你厅上讲去。"宝玉赶紧转换话题切入点，说："你只管拿了回去，实告诉你，我这夜做了个梦，梦见杏花神和我要一挂白钱，不可叫本房人烧，另叫生人替烧，我的病就好的快了。所以我请了白钱，巴巴的烦他来替我烧了，我今日才能起来。偏你又看见了！这会子又不好了，都是你冲了！还要告他去？——藕官，你只管见他们去，就依着这话说！"宝玉此番话题直接涉及"婆子"的切身利害。"婆子"害了怕，反而央告宝玉说："我原不知道，若回太太，我这人岂不完了。""婆子"彻底放弃了告发行动。

实施从对方切身利害切入的言语策略，还须找准话题，这样才能有效地促使对方改变主张。否则，不痛不痒，难以奏效。例如第60回，五儿和她娘接受了芳官赠送的宝玉处的玫瑰露，很高兴。五儿娘得意忘形地要给亲戚分点儿，五儿劝说道："依我说，竟不给他也罢了。倘或有人盘问起来，倒又是一场是非。"这话虽涉及对方切身利害，但只提到"一场是非"，未提及极可能被诬为窃贼，打了个"擦边球"，所以没引起五儿娘思想上的震动，按原主张施为，终于引火烧身。

从对方切身利害出发，是导致对方改变既定主张的最佳话语切入点。实施时须找准话题，有时还要对听话人作一定的客观分析，耐心说服对方，力求促成对方的思想转变，这样就能充分发挥这一言语策略的威力。

# 50. 劝解伤感的着眼点和操作
## ——紫鹃和宝玉的劝解语为何效果大相径庭?

　　薛蟠从南方贩运货物回来,给宝钗带了许多玩意儿。宝钗将这些玩意儿分送园中姐妹。黛玉看见家乡之物,不禁伤心落泪。紫鹃劝解说:"今儿宝姑娘送来的这些东西,可见宝姑娘素日看着姑娘很重,姑娘看着该喜欢才是,为什么反倒伤心起来? 这不是宝姑娘送东西来,倒叫姑娘烦恼了不成? 就是宝姑娘听见,反觉脸上不好看。再者:这里老太太们为姑娘的病体,千方百计请好大夫配药诊治,也为是姑娘的病好。这如今才好些,又这样哭哭啼啼,岂不是自己糟蹋了自己身子,叫老太太看着添了愁烦了么? 况且姑娘这病,原是素日忧虑过度,伤了血气。姑娘的千金贵体,也别自己看轻了。"但紫鹃的劝解并未发生效力,黛玉仍哀怆不止。这时宝玉来了,他说了两段好似与黛玉心态无关的话,竟然奇迹般地劝止住了黛玉的哀戚。这是为什么呢? 且看宝玉是如何说的:

　　宝玉……道:"你们姑娘的原故,想来不为别的,必是宝姑娘送来的东西少,所以生气伤心。——妹妹你放心,等我明年叫人往江南去，给你多多的带两船来，省得你淌眼抹泪的。"

宝玉……将那些东西一件一件拿起来，摆弄着细瞧，故意问："这是什么，叫什么名字？""那是什么做的，这样齐整？""这是什么，要他做什么使用？"又说："这一件可以摆在面前。"又说："那一件可以放在条桌上，当古董儿倒好呢。"一味地将些没要紧的话来厮混。


听了宝玉的话，黛玉不仅止住了悲伤，而且心里很过意不去，主动邀宝玉一起到宝钗处闲聊。黛玉睹物思乡，想到父母双亡，自己孑然一身，孤苦伶仃，所以伤心落泪。紫鹃的劝解语包含了三点理由：

1. 别让送礼物的宝钗得知而脸上不好看。

2. 别让贾母得知平添愁绪。

3. 别因悲哀伤了身体。

这三点理由都未触及黛玉心思，所以收效甚微。

宝玉与黛玉息息相通，深知黛玉此时最需要的是关心和温暖，他的两段话处处透露出对黛玉深情的关怀。黛玉真切地感觉到了宝玉话语中的阵阵暖意，她心灵上的伤口渐渐平复，逐渐从哀伤的阴影中走了出来。可见，体贴对方心态，洞察哀伤起因，是劝解哀伤话语奏效的关键。（见《红楼梦》第 67 回）

对哀伤的劝解，除了像宝玉那样的动之以情的抚慰之外，有时还须做些解释工作。例如第 3 回，黛玉初见宝玉，就引得宝玉摔了"通灵宝玉"，黛玉很伤心。袭人劝解道："姑娘快别这么着！将来只怕比这更奇怪的笑话儿还有呢。若为他这种行状，你多心伤感，只怕你还伤感不了呢，快别多心！"这是对他人某种情况的解释。再如第 18 回，元春省亲完毕告别时，劝解哭得"哽咽难言"的贾母等说："如今天恩浩荡，一月许进内省视一次，见面尽容易的，何必过悲？"这是对某种客观情况的解释。解释的方式也有种种。例如第44回，平儿无故被凤姐打了两次，"哭得哽咽难言"。贾母派琥珀传自己的话："就说我的话：我知道他受了委曲，明儿我叫他主子来替他赔不是。"平儿听了，"自觉面上有了光辉，方才渐渐的好了"。这是借他人之口进行解释。有时，用话语解释的同时，还可辅之以行动。例如第36回，贾蔷给龄官买了一个会"衔旗串戏"的小鸟儿。唱戏的龄官见了，反倒伤心起来，说："你们家把好好儿的人弄了来，关在这牢坑里，学这个还不算，你这会子又弄个雀儿来，也干这个浪事。你分明弄了来打趣形容我们，还问'好不好'！"为了劝解伤心的龄官，贾蔷边说边行动：

贾蔷听了，不觉站起来，连忙赌神起誓，又道："今儿我那里的糊涂油蒙了心，费一二两银子买他，原说解闷儿，就没想到这上头。——罢了！放了生，倒也免你的灾。"说着，果然将那雀儿放了，一顿把那笼子拆了。

这里，贾蔷所采取的是"解释＋行动"的劝解方式。

劝解伤感之语的着眼点要准确地放在对方伤感的起因上。选准着眼点后，要针对伤感起因采取抚慰、解释乃至配以行动等劝解方式，方能迅速奏效。

## 51. 劝止语选择时机的技巧

### ——王夫人劝贾母休息的话为何能奏效？

　　中秋节之夜，贾府老少边饮宴，边赏月、品笛。夜深了，鸳鸯劝贾母休息，说："夜深了，恐露水下来，风吹了头，坐坐也该歇了。"贾母不听劝，而且说："偏今儿高兴，你又来催。难道我醉了不成？偏要坐到天亮。"过了不长时间，王夫人又来劝贾母休息，说："夜已深了，风露也大，请老太太安歇罢了，明日再赏……"这次，贾母欣然同意，问了一下时间，便乘上小轿回去歇息了。鸳鸯劝止贾母的话语跟王夫人如出一辙，都说夜深、有露水、有风，而言语效果却截然相反，这是为什么呢？（见《红楼梦》第76回）

　　时机不同。鸳鸯劝止时，贾母正与众人说笑，兴犹未尽，因此拒绝了鸳鸯善意的劝止。王夫人劝止时，"贾母已朦胧双眼，似有睡去之态。"虽然贾母解释说"我不困，白闭闭眼养神。你们只管说，我听着呢"，但显然，作为七十多岁的老人，她已经有些支撑不住了。所以王夫人劝说之语一下子就奏了效。可见，在言语交际中，须注意劝止语运用的时机。同样的劝止语，时机不同，效果有霄壤之别。再如，上述夜宴后，黛玉、湘云在凹晶馆联诗，两人诗兴很浓，一口气联了四十多句。此时夜已很深，也有些冷。正巧妙玉来了，她劝止黛玉二人说："如今老太太都早已散了，满园的人想俱已睡熟了……你们也不怕冷了？快同我来，到我那里去吃杯茶，只怕就天亮了。"此时黛玉和湘云诗兴已尽，顺从地停止了联诗，跟妙玉一块儿去了栊翠庵。假设二人"联诗大战"正酣之际，妙玉劝止，恐怕就很难有此言语效果了。

就劝止语的时机而言，当听话人热衷地从事某一活动并处在情感高潮时，劝止语往往不易奏效。例如第8回，宝玉在薛姨妈处饮酒，钗、黛相伴，正在兴头儿上，李嬷嬷硬来劝止。"宝玉正在个心甜意洽之时，又兼姐妹们说说笑笑，那里肯不吃？"在黛玉、薛姨妈的支持下继续饮了起来。再如第13回，贾珍的儿媳秦可卿去世，薛蟠向贾珍提供了一副非同寻常的棺木板。"只见帮底皆厚八寸，纹若槟榔，味若檀麝，以手扣之，声如玉石。"贾政劝止说："此物恐非常人可享；殓以上等杉木也罢了。"跟儿媳有不正当关系的贾珍正处于伤心难过的情感旋涡之中，根本不听贾政的劝止，"即命解锯造成"。又如第25回，凤姐、宝玉得了急症，"不省人事，身热如火，在床上乱说。""百般医治，并不见好。"贾赦便派人"各处去寻觅僧道"来驱邪。贾政劝止说："儿女之数，总由天命，非人力可强。他二人之病百般医治不效，想是天意该如此；也只好由他去。"心中焦虑的贾赦毫不理会，照样"百般忙乱"。

避开对方某种情感的高潮，当然是劝止的较好时机，但有时客观或主观因素使说话人不打算延宕时间，想很快劝止。这时，则可先做些话语铺垫再行劝止。例如第54回，贾府元宵节看戏、饮宴。众人兴味很浓，说说笑笑。凤姐想劝贾母早点儿休息，也想尽快结束晚宴。她并未一张嘴就说"散了吧"，而是先讲了个故事，说："一家子也是过正月节……底下就团团的坐了一屋子，吃了一夜酒，就散了。"又讲了个"聋子放炮仗——散了"的笑语。在做了这些"结束"的舆论准备之后,凤姐才对贾母说:"外头已经四更多了,依我说:老祖宗也乏了,咱们也该'聋子放炮仗——散了'罢?"这时,贾母和众人不好一味反对,放了爆竹,吃了些东西,也就散了。再如第44回,因贾琏与鲍二媳妇通奸,引发了贾琏、凤姐、平儿三人之间的激烈冲突。贾母先是派人对平儿说:"我知道他受了委曲,明儿我叫他主子来替他赔不是。"接着批评了贾琏一顿,命贾琏给凤姐赔礼道歉,指令他"乖乖的"给凤姐"赔个不是"。在这一连串话语铺垫之后,贾母才发出劝止令说:"将他三人送回房去。有一个再提此话,即刻来回我,我不管是谁,拿拐棍子给他一顿。"三个人此时都服从了贾母的劝止。假若贾母没有前面的话语铺垫,三人都怒气冲冲的,贾母的劝止语非落空不可。

说话人还应避开某些场合来劝止。例如第42回,黛玉在大观园宴会上说酒令时,没留神说出了当时被视为禁书的《牡丹亭》《西厢记》里的句子。这可以说是重大的言语失误。宝钗听出来了,但她并未在这一众人场合立即劝止黛玉,只是"回头"看了看她。次日,宝钗将黛玉叫到自己房中,慢慢推心置腹地劝黛玉勿读"杂书",黛玉心悦诚服地接受了宝钗的忠告。如果宝钗在众人场合就劝黛玉勿读"杂书",只会使黛玉难堪,也必然导致钗、黛关系骤然紧张起来。可见,运用劝止语还要注意留给对方以充分的余地,尽量选择恰当的时机和场合。

运用劝止语宜注意到时机上的技巧。最好避开对方的某种情感高潮或某种使对方难堪的场合来实施劝止。如果急需在对方某种情感处于高潮时劝止,也应有所铺垫,这样,劝止语才易获得成功。

# 52. 劝说语与听话人的价值观
## ——老尼姑为何几句话就使王夫人放了小丫头？

抄检大观园后，芳官等几个丫头执意要出家当尼姑，王夫人一听就火了，申斥道："胡说！那里由得他们起来？佛门也是轻易进去的么？每人打一顿给他们，看还闹不闹！"然而来贾府的两位老尼姑三言两语，就使得素日固执己见的王夫人当即拍板，同意放小丫头们去尼姑庵。她对两个老尼姑说："你两个既这等说，你们就带了做徒弟去，如何？"这是为什么呢？且看老尼姑是怎样劝王夫人的：

水月庵的智通与地藏庵的圆信……都向王夫人说："府上到底是善人家。因太太好善，所以感应得这些小姑娘们皆如此。虽然说'佛门容易难上'，也要知道'佛法平等'，我佛立愿，原度一切众生。如今两三个姑娘既然无父母，家乡又远，他们既经了这富贵，又想从小命苦，入了风流行次，将来知道终身怎么样？所以'苦海回头'，立意出家，修修来世，也是他们的高意。太太倒不要阻了善念。"

老尼姑的话语里包含了这样几层意思：1. 王夫人好善，所以"感应"得小丫头们愿入佛门，即小丫头愿入佛门是王夫人好善的结果。2. 佛门的规矩是"佛法平等"，小丫头们完全可以得此门而入。3. 小丫头们的愿望是"高意"，请不要阻拦她们的"善念"。这三层意思中，"感应"之说固然讨得王夫人喜欢，但最能打动王夫人的，是"佛法平等"和"勿阻善念"的佛家观念。王夫人是虔诚信佛的，不愿违忤佛家的观念，所以点了头。可以说，王夫人意见转变的根本原因，是她看重佛门观念，即头脑中的价值观起了决定性的作用。（见《红楼梦》第 77 回）这生动地表明，在言语交际中，劝对方施行某事之语须顾及到听话人的价值观念，当劝行之语与听话人的某种价值观念相吻合时，听话人易于接受劝行之语。又如第 4回，薛姨妈率全家进京，进贾府后，贾政派人说："姨太太已有了年纪，外甥年轻，不知庶务，在外住着，恐又要生事：咱们东南角上梨香院，那一所房十来间，白空闲着，叫人请了姨太太和姐儿哥儿住了甚好。"贾母也派人劝她："请姨太太就在这里住下，大家亲密些。"薛姨妈立即同意了贾氏母子的主意。此前因选择住所，薛姨妈曾跟儿子薛蟠发生争执，薛蟠力主单独居住，薛姨妈则说："我和你姨娘姊妹们别了这几年，却要住几日。"这表明，薛姨妈心中"亲情"的价值观是很重的。虽然薛姨妈从"管家"的角度也考虑到对儿子来说"同居一处，方可拘谨些儿"，但重"亲情"的价值观是她同意住进贾府最主要的思想基础。再如第 41 回，妙玉将刘姥姥喝过茶的杯子让人放到屋外，不要了。宝玉劝妙玉把这个名贵的成窑茶杯送给刘姥姥，说："那茶杯虽然腌臜了，白撂了岂不可惜？依我说，不如就给了那贫婆子罢，他卖了也可以度日。"妙玉有着惊人的清高与洁癖，在她看来，不管多贵重的杯子，一经刘姥姥之类的人使用，就肮脏不可用了。正是基于这一与众不同的价值观，她同意了宝玉的话，说："你要给他，我也不管，你只交给他，快拿了去罢。"

反过来说，劝行语与听话人的价值观相悖时，易遭拒绝。例如第32回，好心的湘云劝宝玉说："如今大了，你就不愿意去考举人进士的，也该常会会这些为官作宦的，谈讲谈讲那些仕途经济，也好将来应酬事物，日后也有个正经朋友。"宝玉听了，生硬地回绝说："姑娘请别的屋里坐坐罢，我这里仔细腌臜了你这样知经济的人！"幸亏袭人及时劝解，湘云才没动气。对此浑然不觉的宝玉余怒未息，对湘云、袭人说，劝自己走科举之路的话是"混账话"。在宝玉看来，应试中举，入仕途做官，是无价值的，因此对任何人劝自己走读书做官之路的话都大为反感。湘云未洞悉具有叛逆性格的宝玉这一价值观，所以劝行之语碰了硬钉子。又如第48回，贾珍想买石呆子手中的古扇，说"要多少银子给他多少"。然而石呆子就是不听出售之劝，说："我饿死冻死，一千两银子一把，我也不卖。"在石呆子看来，古扇比千两白银还珍贵。正是这一坚定不移的价值观，使他拒绝了"以扇换银"的劝说，贾珍购买的企图终于落了空。再如第10回，贾敬长期住在玄真观中不回家，幻想成仙。儿子请他回家过生日，贾敬拒绝道："我是清净惯了的，我不愿意往你们那是非场中去。你们必定说是我的生日，要叫我去受些众人的头，你莫如把我从前注的《阴骘文》给我好好的叫人写出来刻了，比叫我无故受众人的头还强百倍呢？倘或明日后日这两天一家子要来，你就在家里好好地款待他们就是了。"在贾敬看来，过生日及亲属间的情分一文不值，"升仙"才是头等大事。这一荒谬绝伦的价值观使他拒绝了儿子的劝说。

从言语交际的策略说，为让听话人接受施行某事的主张，不妨从听话人的立场出发来进行"价值比较"。例如第 4 回，贾雨村处理薛蟠打死人命的案件时，"门子"劝他"顺水行舟做个人情"，以取媚于贾府。贾雨村回答说："你说的何尝不是。但事关人命，蒙皇上隆恩起复委用，正竭力图报之时，岂可因私枉法，是实不忍为的。"门子劝他说："老爷说的自是正理，但如今世上是行不去的！……依老爷这话，不但不能报效朝廷，亦且自身不保：还要三思为妥。"门子从贾雨村的切身利害出发，进行了"价值比较"，终于使秉公断案意志不坚定的贾雨村同意了"徇情枉法"的处理方案。

听话人在听到劝行某事的话语时，内心的价值观念系统在暗中起着主宰作用。顾及听话人的价值观，劝行某事的话语才易于成功。在劝说中，从对方利害出发，进行"价值比较"，往往能有效地说服听话人去做某件事。

# 53. "经历共鸣"的言语效应
## ——刘姥姥的故事为何打动了贾母、王夫人？

　　刘姥姥二进荣国府时，讲了一个很普通的故事，但却深深打动、吸引住了贾母、王夫人，这是为什么呢？且看刘姥姥的故事："原来这老奶奶只有一个儿子，这儿子也只一个儿子，好容易养到十七八岁上，死了，哭的什么儿似的。后起间，真又养了一个，今年才十三四岁，长得粉团儿似的，聪明伶俐的了不得呢。"（见《红楼梦》第 39 回）

　　王夫人的长子贾珠不到二十岁就死了，后来又生了宝玉，这是她唯一的儿子，也是贾母最疼爱的孙子。刘姥姥的故事情节虽然简单，但恰与贾母、王夫人的"经历"大体相符，因而"暗合了贾母王夫人的心事，连王夫人也都听住了"。当话语中述及的某一客观事实与听话人的某种经历大致相符时，听话人便会产生一种强烈的"经历共鸣"，对话语油然而生信服之感。

　　这种"经历共鸣"有时可以用来表达不便直言的（或委婉的）批评。例如《红楼梦》第 54 回贾母说："这些书就是一套子，左不过是些佳人才子……一个小姐，必是爱如珍宝。这小姐必是通文知礼，无所不晓，竟是'绝代佳人'，——只见了一个清俊男人，不管是亲是友，想起他的'终身大事'来，父母也忘了，书也忘了，鬼不成鬼，贼不成贼，那一点儿像个佳人？就是满腹文章，做出这样事来，也算不得是佳人了！"这段话是借助"经历共鸣"对在场的黛玉进行的严厉而又不外露的批评。

在劝说话语中，"经历共鸣"能给劝说语披上一层轻情的纱帷，使之变得亲近而恳切，大大增强劝说效力。例如《红楼梦》第42回，宝钗对黛玉说："你当我是谁？我也是个淘气的……姐妹弟兄……都怕看正经书……他们背着我们偷看，我们也背着他们偷看。后来大人知道了，打的打，骂的骂，烧的烧，丢开了。"宝钗在这段话里，以自己"看杂书"的相同经历规劝黛玉，发挥出"经历共鸣"的魅力，顿使黛玉"垂头吃茶，心下暗服"。再如《红楼梦》第15回，北静王劝贾政对宝玉"不宜溺爱，溺爱则未免荒失了学业"时，加上了一句"昔小王曾蹈此辙，想令郎亦未必不如是也"之后，"训戒"的意味大为减少，话语显得亲切而恳挚。

"经历共鸣"所涉及的情状可以是自身经历的，也可以是所见所闻的。话语中与听话人某种经历大致相符的事实，能够引动听话人"由此及彼"的联想和思谋，并对说话人所阐释的事理产生共鸣，由衷信服。可以说，"经历共鸣"是一种具有强烈感染力并易于取得显著效果的言语技巧。

# 避免话语冲突的技巧

自觉把握话语走向，会避免种种话语摩擦

与冲突，使您保持好心情……

# 54. 避免言语矛盾的妙招：转换话题
## ——宝玉听了黛玉不平之语为何一言不发？

薛姨妈得了十二枝皇宫中的"新鲜花样儿堆纱花"，她派遣周瑞家的送给贾府的小姐们每人两枝、凤姐四枝。薛姨妈提出的赠送顺序是："三春"（迎春、探春、惜春）、黛玉、凤姐。周瑞家的却对这一顺序作了调整：她先就近给"三春"送去，随后直奔凤姐处，最后才把剩下的两枝给了黛玉。深知贾府"女总管"凤姐禀性的周瑞家的明白，如果凤姐因给了最后剩下的而不悦时，她可就吃不了兜着走了。

寄人篱下的生活环境使黛玉对周围的人际交往非常敏感，当她得知送给自己的是剩下的最后两枝宫花时，自觉蒙受了屈辱，愤愤不平地向周瑞家的说："我就知道么！别人不挑剩下的也不给我呀。"（见《红楼梦》第 7 回）

黛玉一进荣国府，就与宝玉朝夕相处，两人情投意合，极为融洽、亲密，"日则同行同坐，夜则同止同息，真是言和意顺，似漆如胶。"特别是宝玉对黛玉，关怀备至，体贴入微，总怕有一丝一毫不周，让黛玉受了委屈。

然而这一次，当黛玉大为不满、兴师发难之际，宝玉却置若罔闻，按兵不动。不仅如此，他还把话题轻轻一转，问周瑞家的："周姐姐，你作什么到那边去了？"这是为什么呢？

　　因为宝玉很清楚，黛玉的问罪已使周瑞家的心情紧张，"一声儿也不敢言语"，如果自己接着黛玉的话茬儿再去质问，必使这位王夫人的心腹管家无地自容。况且，顺着这一话题说下去，必然牵涉到"三春"、凤姐，问题就更复杂化了，黛玉也会更加生气。为了避免引发不必要的冲突，宝玉迅速、及时地转换话题，躲开了话语中的"地雷"。

　　转换话题之语不仅可以像宝玉那样将其楔入他人对话之中，也可用于他人对自己无关宏旨的"开火"。

　　例如《红楼梦》第 42 回，黛玉对李纨说了句玩笑话，李纨当即"开火"，说："你们听他这刁话。他领着头儿闹，引着人笑了，倒赖我的不是！真真恨的我！——只保佑你明儿得一个利害婆婆，再得几个千刁万恶的大姑子、小姑子，试试你那会子还这么刁不刁了！"李纨是园中诸姐妹的"大嫂子"，平日对黛玉很关心，于情于理，黛玉都不宜"还击"。于是黛玉运用了转换话题的技巧，拉住宝钗说起了给惜春放假令其作画的事："咱们放他一年的假罢。"

　　转换话题的妙处在于能不露声色地避免不必要的言语冲突。如果所避开的话头是无伤大体的，尽可不必再去理会；如认为需要解释，不妨另选时机交换意见。这一"掐断导火索"的言语技巧比激发一场言语"交火"，打一场"遭遇战"，能更妥帖、更有效地处理好他人话语中猛不防甩出的"炸药包"。

# 55. 言语的回避策略

## ——宝钗为何采用"金蝉脱壳"之计？

为了捕捉一对玉色蝴蝶，宝钗"香汗淋漓，娇喘细细"追来追去，撵到了滴翠亭。猛然间，她听见亭内丫头小红、坠儿对话。宝钗赶紧来了个"金蝉脱壳"，做出一副急巴巴寻觅黛玉的样子，一面高声嚷："颦儿！我看你往那里藏！"一面"故意放重了脚步""往前赶"。宝钗为何做出如此举动呢？原来她听到小红暗托坠儿私传爱情信物，意识到："……见我在这里，他们岂不臊了？……不但生事，而且我还没趣。"便设计装没听见，言语目的是为使说话人免于尴尬的处境。这是一种对他人言语的回避策略。（见《红楼梦》第27回）

这种言语的回避策略也能使回避者自身规避开某种尴尬的处境。例如《红楼梦》第7回，老仆焦大醉骂道："……那里承望到如今生下这些畜生来！每日偷狗戏鸡，爬灰的爬灰，养小叔子的养小叔子，我什么不知道？""凤姐和贾蓉也遥遥的听见了，都装作没听见。"凤姐和贾蓉与焦大骂出的丑行有涉，其言语回避的目的是使自己免于尴尬的处境。

言语回避策略还能起到避免引发听话人与说话人矛盾的作用。

例如《红楼梦》第 34 回，宝玉挨贾政毒打后，黛玉路遇宝钗，发觉她"眼上好似有哭泣之状"，以为宝钗探视宝玉而归，讥刺道："姐姐也自己保重些儿，就是哭出两缸泪来，也医不好棒疮！""宝钗分明听见黛玉刻薄他"，却予以回避，装着没听见，头也不回，"一径去了"。宝钗心下明白，自己一回嘴必得引发一场唇枪舌剑的"白刃格斗"。

此外，从言语分析的角度说，言语回避虽是不吐一词，但却往往流露出回避者内心深处的某种不满情绪。例如《红楼梦》第 40 回，刘姥姥环顾黛玉室内陈设后对贾母赞叹道："这那里像个小姐的绣房？竟比那上等的书房还好呢！"贾母却回避了这一话头，问丫头们："宝玉怎么不见？"这是为什么呢？原来黛玉自打入府后，便与宝玉日渐亲密，又喜读书作诗，贾母心中不悦。可以说，贾母对刘姥姥赞赏黛玉闺房书卷气话语的言语回避，透露出贾母对黛玉不满的心曲。再如第 62 回，黛玉忧心忡忡地对宝玉说，贾府"如今若不省俭，必致后手不接"。宝玉满不在乎地说："凭他怎么后手不接，也不短了咱们四个人的。"这一深深打上纨袴子弟烙印的话，颇令黛玉不满，她马上来了个言语回避，"转身就往厅上寻宝钗说笑去了"。

对可能导致对方、自身的尴尬心态或引发双方言语冲突的话语，宜采取言语回避的策略。实施这一策略不仅能避免某一方或双方的心绪向消极方向激变，即避开了不良的心理冲击，而且为双方此后的交际留下了充分的回旋余地。

# 56. 回绝要求时不妨提出可行性建议

## ——小红的回绝为何反而使贾芸产生好感？

　　贾芸在怡红院书房里等宝玉，谁知等了一顿饭工夫也不见宝玉人影儿，贾芸心里着实烦躁。赶巧丫头小红进屋，贾芸（和小仆人焙茗）忙托小红带信儿，请宝玉从贾母处返回。

　　小红细一思忖，回绝了贾芸的要求。

　　但贾芸闻听小红回绝之语非但没气恼，反而对小红顿生好感（后发展为爱慕），心悦诚服地说："这话倒是。"（见《红楼梦》第24回）

　　这是为什么呢？原来小红说："依我说，二爷且请回去，明日再来。今儿晚上得空儿，我替回罢。""他今儿也没睡中觉，自然吃的晚饭早，晚上又不下来，难道只是叫二爷这里等着挨饿不成？不如家去，明儿来是正经。——就便回来有人带信儿，也不过嘴里答应着罢咧。"小红不是单纯回绝了对方的要求，而是先称述了不予通报的理由，接着提出了切实可行的建议。这样，听话人贾芸就感到，小红的回绝是合情合理的，所提建议也是为自己着想的，便欣然依允。

单纯回绝对方要求与同时提出可行性建议言语效果的差异在同一语境中显现得更为分明。例如《红楼梦》第6回,刘姥姥催狗儿进城求告贾府王夫人,说:"如今王府虽升了官儿,只怕二姑太太还认的咱们,你为什么不走动走动?或者他还念旧,有些好处也未可知。"对这一要求,刘姥姥的女儿回绝道:"你老说的好。你我这样嘴脸,怎么好到他门上去?只怕他那门上人也不肯进去告诉,没的白打嘴现世的!"听了女儿这一单纯回绝之词,刘姥姥一言未发。狗儿接口道:"姥姥既这么说,况且当日你又见过这姑太太一次,为什么不你老人家明日就去走一遭,先试试风头儿去?"听了狗儿的建议,刘姥姥立即响应:"你又是个男人,这么个嘴脸,自然去不得。我们姑娘年轻的媳妇儿,也难卖头卖脚的,倒还是舍着我这副老脸去碰碰。果然有好处,大家也有益。"

　　刘姥姥跟女儿关系近,跟女婿狗儿关系远,但由于狗儿不是单纯拒绝而是同时提出了可行性建议,所以刘姥姥未搭理女儿,而与女婿商讨下去,并决定次日成行。

　　从听话人的角度看,单纯回绝和同时提出可行性建议所引动的心态不同。例如第6回,刘姥姥来到贾府门前说:"我找太太的陪房周大爷的。烦那位太爷替我请他出来。"一位家人戏弄地拒绝了她的要求,另一位家人则提出了可行性建议——"打这边绕到后街门上找就是了"。单纯拒绝对于奔波大半日,既心存畏怯又满怀希望的刘姥姥来说,无异于兜头泼了一瓢凉水;提出可行性建议,则如于云隙间窥见一丝曙光。所以刘姥姥对前者默然无语而对后者深表谢意。

　　单纯回绝只带给了听话人更为不安的心绪;提出可行性建议则给听话人带来了摆脱困境的信息和希望,引发出积极而活跃的心态。这一心态不仅直接影响到接续的言语交际,而且影响到双方的人际关系。

# 57. 话语的"冷处理"
## ——李嬷嬷的话为何使众丫头哭了起来？

宝玉听紫鹃戏言黛玉将回苏州，信以为真，急得"眼珠儿直直的起来；口角边津液流出，皆不知觉"。丫头们忙请年迈有经验的李嬷嬷来瞧瞧。李嬷嬷问了宝玉几句话，不见反应，又掐了几下"人中"穴，还不见反应，李嬷嬷登时着了慌，嚷了起来："可了不得了！""这可不中用了！我白操了一世的心了！"众丫头一听，吓得手忙脚乱，不知所措，大哭起来。（见《红楼梦》第57回）可见，遇到某种"不如意"的急事，往往需要对自己的话语进行"冷处理"，不宜"一触即发"地表达出着急甚至慌乱、害怕的情绪。"一触即发"的话语于事无补，也易对在场的众人产生情绪上的负面影响。"一触即发"式的应急之语还往往把事情搞糟。例如第71回，鸳鸯傍晚回住处时，到路边草丛中小解，忽然发现树后有两个人影，鸳鸯认出一个是司棋，喊道："司棋！还不快出来，吓着我，我就喊起来，当贼拿了。这么大丫头，也没个黑家白日只是玩不够。"鸳鸯的话语本已表明，她是误认司棋在这里玩耍。然而暗中幽会的司棋被他人撞见后，吓得要命，从暗处跑出来跪下向鸳鸯求情。善良的鸳鸯虽未向任何人泄露一字，司棋却自惊自吓，大病了一场，鸳鸯登门抚慰，才渐渐好起来。如果司棋稍冷静一些，听清楚鸳鸯的话，并对自己的应答语作些"冷处理"，顺水推舟说是出来玩，而不是"一触即溃"地主动"坦白交代"，事情的发展也许就是另一番景况了。

对生活中听到的"气人话"也要"冷处理"。一听就火，立即发作，于事不利。例如第30回，宝玉向王夫人的丫头金钏调情，金钏应了句玩笑话。王夫人听见了，火冒三丈，不分青红皂白地斥骂金钏："下作小娼妇儿！好好儿的爷们，都叫你们教坏了！"又对金钏妹妹玉钏说："玉钏儿，把你妈叫来，带出你姐姐去。"这一连串"一触即发"的呵斥，终于将金钏置于死地，金钏含愤投井自尽了。如果王夫人对自己的话语作些"冷处理"，先批评自己的儿子，批评金钏的话作适当调整，就不会发生这起人命案了。

听到"气人事"时，应答话也要作"冷处理"。一点就着，易于闹出事来。例如第33回，贾政听忠顺王府管家说宝玉与"优伶"来往，又听贾环诬告宝玉"逼淫母婢"，立时气得头脑发昏，喝命仆人将宝玉"堵起嘴来，着实打死！"又骂道："你们问问他干的勾当，可饶不可饶！素日皆是你们这些人把他酿坏了，到这步田地，还来劝解！明日酿到他弑父弑君，你们才不劝不成？"贾母、王夫人闻讯都忙出来干涉，在贾府掀起一场大风波。倘若贾政不急于发火，而是来个"冷处理"，例如先派人作点儿调查，核实宝玉"罪行"等，或许就不会掀起这场风波了。又如第10回，金荣在学堂中跟秦钟发生了冲突，金荣被迫向秦钟赔了情。金荣母亲将此事对自己小姑子金氏絮叨了一番。不料金氏听了气往上撞，连金荣母亲也拦不住：

这璜大奶奶不听则已，听了，怒从心上起，说道："这秦钟小杂种是贾门的亲戚，难道荣儿不是贾门的亲戚？也别太势利了！况且都做的是什么有脸的事！……等我到东府里瞧瞧我们珍大奶奶，再和秦钟的姐姐说说，叫他评评理！"金荣的母亲听了，急得了不得，忙说道："这都是我的嘴快，告诉了姑奶奶，求姑奶奶快别去说罢！别管他们谁是谁非，倘或闹出来，怎么在那里站得住？要站不住，家里不但不能请先生，还得他身上添出许多嚼用来呢！"璜大奶奶说道："那里管的那些个？等我说了，看是怎么样！"也不容他嫂子劝，一面叫老婆子瞧了车，坐上竟往宁府里来。

及至金氏真的到宁府见了尤氏，又是怎样一番情景呢？且看：

到了宁府，进了东角门，下了车，进去见了尤氏，那里还有大气儿？殷殷勤勤叙过了寒温，说了些闲话儿，方问道："今日怎么没见蓉大奶奶？"尤氏说："他这些日子不知怎么了，经期有两个多月没有来……我想到他病上，我心里如同针扎的一般！你们知道有什么好大夫没有？"

金氏听了这一番话，把方才在他嫂子家的那一团要向秦氏理论的盛气，早吓得丢在爪哇国去了。

金氏还不算糊涂透顶的人。她虽一时头脑发热，欲行过激言语行为，但客观语境迫使她不得不来个"冷处理"——压下了学堂纠纷不提，否则真要给金氏家靠宁荣两府"时常资助"度日的光景画上句号了。

在言语交际中，遇到急事或听到使人生气的话、生气的事时，应保持冷静头脑，不宜一触即发地宣泄心中着急、慌乱、害怕等情绪。一触即发式的应急语往往传播开某种消极情绪甚至直接把事情搞糟。如果能略作思索，审时度势，对自己的"话语反应"来一番"冷处理"，或建议作某一调查研究，或寻求解决问题的门径，或提出某种临时性处置措施等。这样，就能避免重大言语失误带来的损失。

# 58. "表述"语的委婉作用

## ——黛玉提说"呆雁"的话为何委婉批评了宝玉？

　　宝玉要看宝钗腕上的香串子，宝钗往下摘时，宝玉看见宝钗"雪白的胳膊"，"再看看宝钗形容，只见脸若银盆，眼同水杏……不觉又呆了。"这一情景恰巧被刚来的黛玉撞见。黛玉没有直接批评宝玉的"移情"之态，而是说："听见天上一声叫，出来瞧了瞧，原来是个呆雁。"这里的"呆雁"是对宝玉"移情"之态的委婉含蓄的批评。这一批评不是直接责问宝玉为何呆呆地、忘情地注视宝钗，而是表述了与此表面看来似乎无关的"天上有只呆雁"的实况。这一"表述"使得宝玉自觉失态，很不好意思。黛玉这种"表述"，可以说是一种委婉含蓄的批评方式。这种方式不是直接针对听话人的有关言行发表意见，而是表述似乎与自己所要表达的意见毫无关系的事实。这一"事实"中隐含了说话人的意见。这种批评方式比直接批评易于为听话人所接受。在表达批评意见时，这种"表述"往往带有比喻的性质。（见《红楼梦》第28回）

　　在言语交际中，这种对表面看起来似乎与说话人主观要表达的意思无关的事物、现象、状况等的"表述"，还可以委婉地表达对听话人的某种祈使意。例如第 36 回，宝玉跟袭人闲谈，说："比如我此时若果有造化，趁着你们都在眼前，我就死了，再能够你们哭我的眼泪，流成大河，把我的尸首漂起来，送到那鸦雀不到的幽僻去处，随风化了，自此再不托生为人，这就是我死的得时了。"袭人忽见说出这些疯话来，忙说："困了。"宝玉一听，也就不再说"疯话"，合眼睡了。这里，袭人没说"你别说疯话了，睡吧"之类祈使语，而是表述了表面上似乎与"疯话"不相干的自己的"疲倦"，这样，便委婉地表达了对宝玉话语内容的否定和制止宝玉再说下去的祈使意。

这种"表述"还可以起到委婉拒绝的作用。例如第 63 回，怡红院的丫头们给宝玉过生日，半夜邀请黛玉，黛玉没直接说去不去，只说"身上不好"。这一看似与赴宴无直接关系的表述委婉地表达了谢绝赴宴的意向。第 47 回，同样是谢绝赴宴，薛姨妈的话就显得十分生硬，她说："我才来了，又做什么去？你就说我睡了。"两相比较，显然黛玉"表述式"的谢绝比薛姨妈直白的谢绝更易于为听话人所接受。

这种"表述"还可以委婉地表达自己的某种愿望。例如第 35 回，宝玉挨打后养伤，薛姨妈问他想吃什么。宝玉没有直接说"我想吃××"之类的话，而是说："倒是那一回做的那小荷叶儿小莲蓬儿的汤还好些。"宝玉在这里表述了自己对一种汤的口感，从而较委婉地表达出想喝这种汤的主观愿望。

对表面看来似乎与话题无关的事物、现象、状况等的"表述"，具有委婉表达的作用。它有助于避免因话语直白生硬而引发的与听话人之间的矛盾。这种"表述"有时还具有幽默的话语功效。运用这种"表述"必须从团结的愿望，从把事情办得更合理的愿望出发，否则，这种"表述"易沦为破坏交际氛围的讥讽。

# 59. 话语中必要的"隐瞒"
## ——袭人为何没说实话？

　　言语交际中，有时也需要来点儿"隐瞒"。这是为什么呢？先看下面的例子：

　　袭人进了房门，转过集锦槅子，就听的鼾齁如雷，忙进来，只闻见酒屁臭气满屋。一瞧，只见刘老老扎手舞脚的仰卧在床上。袭人这一惊不小，忙上来将他没死活的推醒。那刘姥姥惊醒，睁眼看见袭人，连忙爬起来，道："姑娘，我该死了，好歹并没弄腌臜了床。"一面说，用手去掸。袭人恐惊动了宝玉，只向他摇手儿，不叫他说话。忙将当地大鼎内贮了三四把百合香，仍用罩子罩上。所喜不曾呕吐。忙悄悄地笑道："不相干，有我呢。你跟我出来罢。"刘老老答应着，跟了袭人，出至小丫头子们房中，命他坐下，因教他说道："你说'醉倒在山石上，打了个盹儿'就完了。"刘老老答应"是"。又给了他两碗茶吃，方觉酒醒了。因问道："这是那个小姐的绣房？这么精致！我就像到了天宫里的似的。"袭人微微地笑道："这个么——是宝二爷的卧房啊！"那刘姥姥吓得不敢做声。袭人带他从前面出去，见了众人，只说："他在草地下睡着了，带了他来的。"众人都不理会，也就罢了。

这段文字描写刘姥姥在大观园的宴会上多饮了几杯，去厕所后，误入宝玉卧室。袭人没敢说实话，随口编了句"在草地下睡着了"，就哄过了众人。试想，如果袭人不"隐瞒事实真相"，"实事求是"地向大伙儿连说带比划地笑谈刘姥姥的"丑态"，那就不但会招致贾母、王夫人对刘姥姥的不悦，破坏欢愉、悠游的家宴气氛，还会招来主人们对袭人自身的指斥。这样看来，袭人在话语中的"隐瞒"是完全必要的。（见《红楼梦》第 41 回）

有时，说话人不光自己要守口如瓶地"隐瞒"，还须特意叮嘱他人一起来"隐瞒"。例如第 52 回，宝玉处小丫头坠儿偷了"虾须镯"，平儿不仅自己"隐瞒"了事实，还登门叮嘱麝月也一起"隐瞒真情"，勿向晴雯"泄密"。她说："所以我倒忙叮咛宋妈，千万别告诉宝玉，只当没有这事，总别和一个人提起。第二件，老太太、太太听了生气。三则袭人和你们也不好看……你们以后防着他些，别使唤他到别处去。等袭人回来，你们商议着，变个法子打发出去就完了……晴雯那蹄子是块爆炭，要告诉了他，他是忍不住的，一时气上来，或打或骂，依旧嚷出来，所以单告诉你留心就是了。"平儿的处置是得宜的，若果"诚实"道出，坠儿必遭祸殃，还会闹得满城风雨。

"隐瞒"这一言语策略的运用，往往还要求说话人具备较好的言语道德修养。例如第 71 回，大丫头司棋与表兄潘又安在大观园山石后幽会，正情浓意切，被鸳鸯无意中撞见。司棋惧怕"秘密"暴露，忧心忡忡，病倒了。鸳鸯得知后，"心下料定是'二人惧罪之故，生怕我说出来。'因此，自己反过意不去，指着来望候司棋，支出人去，反自己赌咒发誓，与司棋说：'我若告诉一个人，立刻现死现报！你只管放心养病，别白糟蹋了小命儿！'"鸳鸯果真始终未向任何人走漏一个字。她深深懂得，一旦有意或无意泄露出去，司棋必遭横祸，甚至命丧九泉。由此可见鸳鸯有较好的言语道德。

在复杂多样的现代交际中，"隐瞒"这一言语策略有多项用途。对某些无关宏旨而易于产生副作用的事宜采取"隐瞒"策略；有些事情在适当处理的同时，有必要采用"隐瞒"的言语策略。尤其值得注意的是，泄漏后会诱发严重后果的事，更不能掉以轻心，于不经意中顺嘴说出而"祸从口出"。"隐瞒"是保持良好的交际氛围与和谐的人际关系的一条值得注意的言语策略。

# 60. 话语的褒贬准则
## ——李纨为何不满凤姐的话？

李纨要凤姐资助园中姐妹的"诗社"。凤姐声称自己忙，说："才要把这米账合他们算一算，那边大太太又打发人来叫……还有你们年下添补的衣裳，打点给人做去呢。""况且误了别人年下的衣裳无碍，他姐儿们的要误了，却是你的责任。老太太岂不怪你不管闲事，连一句现成的话也不说；我宁可自己落不是，也不敢累你呀。"这一席话处处褒扬自己、贬抑对方，引起李纨不悦。她当即反驳凤姐："你们听听，说的好不好？把他会说话的！——我且问你：这诗社到底管不管？"可见，言语交际中应避免褒扬自己、贬抑对方；反之，应尽量褒扬对方、贬抑自己，这可以说是话语的褒贬准则。（见《红楼梦》第45回）

褒贬准则在言语交际中能发挥积极的作用，有益于化解与听话人的内心芥蒂。例如第45回，黛玉对宝钗说："你素日待人，固然是极好的，然我最是个多心的人……往日竟是我错了，实在误到如今。"这些自贬、称扬对方之语，大大缓解了钗、黛之间的对立情绪，为双方倾吐肺腑之言，进一步进行情感交流，做了极好的铺垫。

褒贬准则还有益于缓和拘谨的空气。例如第 3 回，黛玉刚到贾府，与众人陌生，交际气氛拘束。凤姐一见黛玉就说："天下真有这样标致人儿！我今日才算看见了！" "我一见了妹妹，一心都在他身上……竟忘了老祖宗了，该打，该打！"这些褒扬对方、贬损自己的话，一下子就使初次见面的拘谨空气烟消云散了。褒贬准则还有益于改变某种紧张的交际氛围。例如第 46 回，贾母误以为王夫人帮着贾赦向鸳鸯逼婚，气恼地斥责王夫人，室内气氛骤然紧张起来。探春向贾母点明后，贾母马上说："可是我老糊涂了！姨太太别笑话我！"贾母的自贬立即化解了紧张的交际氛围，使屋里重新洋溢起轻松、怡然、和谐的气氛。

褒贬准则还有益于处理好各类人际关系。例如第 16 回，凤姐的丈夫贾琏刚从外地回来，凤姐说："我……见识又浅，嘴又笨，心又直，'人家给个棒槌，我就拿着认作针'了。脸又软，搁不住人家给两句好话儿。况且又没经过事，胆子又小，太太略有点不舒服，就吓得也睡不着了。"凤姐这些包含自贬意味的话，使夫妻关系极为和谐融洽，充满了欢悦之情。褒贬准则还有益于改善处于权势关系之中的言语交际氛围。例如第 55 回，凤姐对平儿说："若按私心藏奸上论，我也太行毒了，也该抽回退步，回头看看……"凤姐自贬之语大大缩短了她和平儿的心理距离，使处于权势关系"上峰"一方的凤姐跟处于权势关系"下级"一方的平儿的交际氛围极为亲切、自然，从而使得双方随后的交谈卓有成效。褒贬准则对处于恋爱关系中的交谈双方的交际氛围也有积极影响。例如第 36 回，贾蔷跟龄官"谈恋爱"，贾蔷给龄官买了个小鸟儿，龄官不喜欢，说是"分明弄了来打趣形容我们"，贾蔷忙自贬道："今儿我那里的糊涂油蒙了心，费一二两银子买他，原说解闷儿，就没想到这上头。"这么一来，加深了二人的情感交流，两人的情感纽带更牢固了。

破坏言语交际中的褒贬准则，会造成不良的人物印象。例如宝玉的奶妈李嬷嬷动不动就对怡红院的人说："难道他（指宝玉）不想想怎么长大了？我的血变了奶，吃的长这么大……"这类自吹自擂的话语惹人生厌，人们背地里都称她"老背晦"，贬责她是"好一个讨厌的老货"（见《红楼梦》第19回）。破坏褒贬准则还会破坏良好的交际氛围。例如第20回，湘云、黛玉、宝玉来在一起高高兴兴地说笑，黛玉忽然打趣湘云说："偏是咬舌子爱说话，连个'二'哥哥也叫不上来，只是'爱'哥哥'爱'哥哥的。回来赶围棋儿，又该你闹么'爱'三了。"当湘云提道"你敢挑宝姐姐的短处，就算你是个好的"时，黛玉又说："我当是谁，原来是他！我可那里敢挑他呢？"这两处话语带有明显的贬抑湘云、宝钗的意味，造成交际氛围迅速向消极方向转化。为扭转这一局面，"宝玉不等说完，忙用话分开"，避免了交际氛围的恶化。

　　遵循褒贬准则是创造良好的交际氛围的一剂良方，破坏这一准则，不仅会给交际氛围带来消极影响，而且会给人际关系投下难以抹去的阴影。

# 61. 与自身心态相关的话语回避
## ——宝玉为何说了半截话就打住了？

　　宝玉去看望黛玉，当他来到潇湘馆时，只见香炉飘着几缕残烟，丫头们正在收拾祭奠用的陈设。宝玉进入内室，"只见黛玉面向里歪着，病体恹恹，大有不胜之态。"宝玉恐黛玉因祭奠而过度哀伤，劝慰说："只是我想妹妹素日本来多病，凡事当各自宽解，不可过作无益之悲。若作践坏了身子，使我——""刚说到这里，觉得以下的话有些难说，连忙咽住。"（见《红楼梦》第 64 回）这是为什么呢？宝玉的话是他深切关怀黛玉的真情实感的流露，因而话语中透露出一股柔情蜜意，但这样的真情话往往被黛玉视为"造次""胡说"，并由此而掀起了一次次波澜。多次挨"批"之后，宝玉终于明白真情表达须有"度"的控制。此时把话说了一半，宝玉猛然记起了"度"，为避免黛玉气恼，赶紧急刹车，把话头儿打住了。这里，宝玉对自己真情话语的回避，是为了避免听话人的不悦。在言语交际中，留意与自身心态相关的话语的回避，有种种功效。以下举例说明几种。

　　第 63 回，众丫头给宝玉过生日，一直闹到四更天才睡，次日一大早，袭人跟芳官有这样一段对话：

袭人笑道："不害羞！你喝醉了，怎么也不拣地方儿，乱挺下了？"芳官听了，瞧了瞧，方知是和宝玉同榻，忙羞得笑着下地说："我怎么……"却说不出下半句来。

芳官一觉醒来，才发现昨夜随便睡下，竟是与宝玉同床而卧。她咽下后半截话，回避了自己的含羞之语，这样便避免了众人的笑话和打趣。

第23回，宝玉等搬入大观园之前，贾政把他和贾环、探春等叫来，叮嘱了一阵：

贾政一举目见宝玉站在眼前，神采飘逸，秀色夺人；又看看贾环人物委琐，举止粗糙，——忽又想起贾珠来。再看看王夫人，只有这一个亲生的儿子，素爱如珍；自己的胡须将已苍白：因此上，把平日嫌恶宝玉之心，不觉减了八九分。半晌说道："娘娘吩咐说，你日日在外游嬉，渐次疏懒了工课，如今叫禁管你和姐妹们在园里读书。你可好生用心学习；再不守分安常，你可仔细着！"宝玉连连答应了几个"是"。

在与贾环的比较之下，贾政顿觉宝玉聪颖，气质不凡，颇为欣喜。但如果口吐爱怜、夸赞之语，又怕宝玉不守规矩放纵自己，于是贾政回避了怜爱的话语，对宝玉又训戒了一番。贾政对映现心态话语的回避，是为了避免对听话人宝玉的"误导"。

第6回，刘姥姥初入荣府，她正与凤姐对话，贾蓉进来了。只见凤姐对贾蓉欲言又止：

贾蓉……说着便起身出去了。

这凤姐忽然想起一件事来：便向窗外叫："蓉儿回来。"外面几个人接声说："请蓉大爷回来呢。"贾蓉忙回来，满脸笑容的瞅着凤姐，听何指示。那凤姐只管慢慢吃茶，出了半日神，忽然把脸一红，笑道："罢了，你先去罢。晚饭后你来再说罢。这会子有人，我也没精神了。"贾蓉答应个是，抿着嘴儿一笑，方慢慢退去。

从凤姐的话语和表情可以看出，她跟贾蓉之间，有着不正常的情感关系。凤姐这时回避反映自己心态的话语，显然是为了避免众人场合中失语而引起人们议论。也就是说，凤姐的话语回避是为了避免引起听话人之外第三方的议论。综上所述，可知在言语交际中留意与自身心态相关的话语的回避，可以起到避免对方不悦、讥嘲及可能产生的对听话人的误导的作用，有时还有益于避免第三方的非议。

在言语交际中，有时直接点明这种话语回避，往往具有传递某种带有强烈感情色彩的信息的作用。例如第 21 回，平儿和贾琏隔着窗户对话，凤姐来了，跟平儿有这样的对话：

……凤姐走进院来，因见平儿在窗外，便问道："要说话，怎么不在屋里说，又跑出来隔着窗户闹，这是什么意思？"贾琏在内接口道："你可问他么，倒像屋里有老虎吃他呢。"平儿道："屋里一个人没有，我在他跟前作什么？"凤姐笑道："没人才便宜呢！"平儿听说，便道："这话是说我么？"凤姐便笑道："不说你说谁？"平儿道："别叫我说出好话来了！"说着，也不打帘子，赌气往那边去了。

平儿回避的，显然是气话，点明回避，则传递出一种"警告"的信息，晓示听话人凤姐不要欺人太甚，否则将说出对其不利的话语。

再如第 31 回，袭人、宝玉与晴雯发生口角，袭人对晴雯说："又不像是恼我，又不像是恼二爷，夹枪带棒，终究是个什么主意？——我就不说，让你说去。"说着便往外走。袭人点明了自己对"气话"的回避，传递出这样的信息：对方是在胡搅蛮缠。

又如第 24 回，贾芸的舅舅不仅不帮外甥一把，还说了许多训斥的难听话。"醉金刚"倪二一听此事，气得说："要不是二爷（指贾芸）的亲戚，我就骂出来。真真把人气死！"倪二点明了自己对骂语的回避，表达出他对贾芸舅舅行为的痛恨。

在言语交际中，对与自己心态相关话语的回避，常可起到避免某种不良的话语后果的作用；说话人点明自己对"气话"的回避，则往往能较委婉地传达出带有强烈不满情绪的语义。

# 62. 话题的规避
## ——袭人为何"忙掩住口"？

袭人被告知"内定"为宝玉的侍妾后，很兴奋，跟宝玉叙谈起来。她"只拣宝玉那素日喜欢的，说些春风秋月，粉淡脂红，然后又说到女儿如何好。——不觉又说到女儿死的上头"。刚说到这儿，袭人"忙掩住口"不说了。这是为什么呢？原来在前面的对话中，袭人刚提到自己之死，宝玉就拦阻她："罢，罢！你别说这些话了。"袭人这里的"忙掩住口"，是从听话人的好恶出发，实行话题规避，以使对话顺畅地进行下去。（见《红楼梦》第36回）

得当地规避话题，不仅有利于继续对话，还能避开矛盾，圆满地处置某一难题。例如《红楼梦》第54回，王夫人提出袭人"有热孝"，不便参加元宵夜宴。贾母一听很恼火，驳斥道："跟主子，却讲不起这孝与不孝。"面对尴尬的局面，善于辞令的凤姐避开"守孝"这一话题，强调怡红院需要袭人"照看"，宴会后宝玉"回去睡觉，各色都是齐全的"。贾母听后怒气顿消，欣然允诺，连称"你这话很是"，"快别叫他了"。凤姐的话题规避，机智地绕过了王夫人与贾母之间允许不允许丫头"守孝"的矛盾，使王夫人对袭人的许诺得以圆满实现。

以上的话题规避可以视为被动的话题规避，是获悉对方的语义倾向后有所警悟而实施的。在言语交际中，更值得注意的似乎是主动的话题规避，即说话人预计某一话题可能引发对方的消极反应而主动予以规避。例如《红楼梦》第10回，寄人篱下的金氏进宁府见了贾珍之妻后，话语中对子弟"闹学堂"一事予以规避，避免了双方的矛盾。话题的主动规避还益于避免对方的某种误解。例如《红楼梦》第24回，贾芸为了讨差事，给凤姐送了些香料。凤姐得了香料，一高兴，本想马上告诉贾芸派给他种花木的差事，但转念"一想，又恐他看轻了，只说得了这点儿香料，便许他管事了。因而把派他种花木的事，一字不提，随口说了几句淡话，便往贾母屋里去了"。对差事话题的规避，免除了潜在的贾芸对凤姐的误解。

有时，话题的规避不是从听话人的角度着眼的，而是从说话人、听话人之外的第三方着眼的。例如《红楼梦》第7回，周瑞家的给黛玉送"宫花"时发生了如下的对话：

……黛玉只就宝玉手中看了一看，便问道："还是单送我一个人的，还是别的姑娘们都有呢？"周瑞家的道："各位都有了，这两枝是姑娘的。"黛玉冷笑道："我就知道么！别人不挑剩下的也不给我呀。"

周瑞家的听了，一声儿也不敢言语。宝玉问道："周姐姐，你作什么到那边去了？"周瑞家的因说："太太在那里，我回话去了……"

宝玉对"宫花"话题的规避显然不是针对听话人周瑞家的，而是针对"第三方"黛玉的。这一言语策略是为了避免激化黛玉对"送宫花"的争竞和气恼。如果某一话题非说不可，又须回避第三

方，话题的规避则演化为"语境的转换"。例如《红楼梦》第 52
回，平儿要妥善处理怡红院小丫头坠儿偷窃金手镯一事，又担心晴
雯"是块爆炭"，"一时气上来，或打或骂，依旧嚷出来"，所以悄
悄把麝月叫到一边，暗暗嘱咐道："你们以后防着他些，别使唤他到
别处去。等袭人回来，你们商议着，变个法子打发出去就完了。"这
里，语境的转换保证了话题的限定性。

话题在传递新信息的同时，还产生了种种心理作用，有时是正
面的，有时是负面的。对可能产生某种负面效应的话题予以规避，
不仅有利于言语交际的顺利进行，而且对维系说话人与听话人乃至
"第三者"的人际关系都甚有襄助。

# 批驳语的妙诀

申说自己的主张和理由时，往往需批驳对
方观点，适宜的批驳术将带您走向成功……

**63.** **从对方论据入手反驳易于奏效**
——薛姨妈为何三言两语就说得"呆霸王"
回了头?

家财万贯的薛姨妈母子三人举家乔迁入京。赴京途中,薛姨妈跟儿子薛蟠之间发生了一场有趣的争执。

薛家独生子薛蟠父亲已去世,母亲几乎管不住他,被人称为"呆霸王",恣肆任性,在外浪荡惯了。他生怕到京后受舅舅、姨父管束,给自己平添上一副笼头,故此执意要躲开亲戚,极力撺掇母亲单住另过。他煞有介事地跟薛姨妈说了一串貌似有理的大道理:"如今舅舅正升了外省去,家里自然忙乱起身,咱们这会子反一窝一拖的奔了去,岂不没眼色呢?"

面对娇纵难劝的儿子,薛姨妈词锋犀利,一语破的,顷刻之间,就令"呆霸王"的"攻势"土崩瓦解,缴械投降,乖乖跟着自己奔荣府而去。薛姨妈的话语何以有如此功效呢?

薛姨妈首先来了个釜底抽薪,说:"你舅舅虽升了去,还有你姨父家。况这几年来,你舅舅姨娘两处每每带信捎书接咱们来。"这句话一下子就使薛蟠"舅舅正忙于起身"的借口失去了依托。接着,薛姨妈趁热打铁道破机关，点明了薛蟠话语的就里："你的意思我早知道了：守着舅舅姨母住着，未免拘谨了，不如各自住着，好任意施为。"薛姨妈一句话就使薛蟠遮遮掩掩的言语目的暴露无遗，她连续作战，发起攻击，冲薛蟠半虚半实晃了一枪："你既如此，你自去挑所房子去住，我和你姨娘姊妹们别了这几年，却要住几日，我带了你妹子去投你姨娘家去，你道好不好？"薛蟠是薛姨妈唯一的儿子，薛蟠之父已殁，不管从当时的社会道德规范来说，还是从家庭生活实际需要出发，薛蟠都不能抛开母亲、妹妹独自过活，他本人主观上也不情愿那么做。这一切，薛姨妈是很清楚的，她之所以这样说，是向薛蟠表明自己投奔亲戚家的不可动摇的决心。

薛姨妈的"釜底抽薪"使薛蟠的论点丧失了论据，话语失去了立足点，站不住了；"一语道破"又挑明了薛蟠内心的企盼。薛姨妈的话说到这儿，薛蟠已没有还手之力，只有招架之功了。最后"虚晃一枪"于情于理薛蟠都无法抵御，只剩下举手投降一条路了。归纳起来，薛姨妈的话包括三个步骤：

1. 从论据入手驳倒对方。

2. 一语道破对方内心企盼。

3. 虚晃一枪迫其就范。

前两个步骤是"攻破对方防线"、彻底驳倒对方，后一个步骤则是摆出对方难以逾越的"一字长蛇阵"，使其归顺自己。（见《红楼梦》第4回）

不过，采用薛姨妈的话语策略需要有两个条件：一是说话人必须有充足的理由，话语站得住；二是说话人跟听话人有较密切的关系，有较强的情感纽带，例如亲属关系、亲密的朋友等。因为这一言语策略的最后一步实际上是使对方感到"情理难容"而自行退让，鸣锣收兵。

# 64. 批驳语须造成言语声势
## ——凤姐处罚迟到的仆人为何分三次发话？

　　凤姐受宁府之托全权料理宁府规模宏大的丧事。一天，一个管"迎送亲友"的仆人迟到了。凤姐生气地训斥他："原来是你误了！你比他们有体面，所以不听我的话！"迟到的仆人以初犯为由，央求免于处罚，说："奴才天天都来得早，只有今儿来迟了一步，求奶奶饶过初次。"值得思索的是，生性狷急、办事麻利干脆的凤姐此时却不立即发落这个触犯了规矩的仆人，而是先办了几桩公事，随后再次对仆人加以训斥，最后才予以惩处：

　　凤姐便说道："明儿他也来迟了，后儿我也来迟了，将来都没有人了。本来要饶你，只是我头一次宽了，下次就难管别人了，不如开发了好。"登时放下脸来，叫："带出去打他二十板子！"众人见凤姐动怒，不敢怠慢，拉出去照数打了，进来回复；凤姐又掷下宁府对牌："说与赖升革他一个月的钱粮。"

　　从言语效果看，加上这一段话后，形成了强大的言语声势，话语的分量大大增强了。宁府众仆人受到震慑，"自此俱各兢兢业业，不敢偷安"，再没人迟到了。假如凤姐只说了第一次话便处治仆人，也不再说什么，话语的威力就会锐减。可见，批驳之语须有一定的"量"，以造成一定的言语声势，才能获得理想的言语效果。（见《红楼梦》第 14 回）

《红楼梦》第 53 回，贾芹觍着脸到宁府领东西。贾珍批驳他道："我这东西，原是给你那些闲着无事没进益的叔叔兄弟们的，那二年你闲着，我也给过你的。你如今在那府里管事，家庙里管和尚道士们，一月又有你的份例外，这些和尚的份例银钱都从你手里过，你还来取这个来！太也贪了！"但是贾珍的话并未发生效力，贾芹听了辩驳道："我家里原人口多，费用大。"贾珍一听，忙追加了一段严加斥责的话，说："你又支吾我！你在家庙里干的事，打量我不知道呢！你到那里，自然是爷了，没人敢抗违你。你手里又有了钱，离着我们又远，你就为王称霸起来，夜夜招聚匪类赌钱，养老婆小子……你还敢领东西来！领不成东西，领一顿驮水棍去才罢！"

追加了这么一段话后，形成了远远超出前面一小段话的言语声势，贾芹一听，登时"红了脸"，一个字也说不出来，夹起尾巴退了出去。

要造成言语声势，除了言语的"量"，还须注意言语的"质"。"质"的内容便是摆事实和讲道理。摆出的事实应具有揭示意义，如贾珍对贾芹说的第二段话。铁证如山，揭示出某一隐匿的事实或对方力图掩盖的事实，能迅速攻破对方悖谬之词构筑的防线。讲道理应剖析并指明对方言行的危害性，如凤姐对仆人说的第二段话。讲透对方荒谬论调的严重危害，听话人就理屈词穷了。凤姐说了第二段话后，发放了仆人，仆人无一言可对，无一言可怨，只有"含羞饮泣而去"的份儿了。

扭转对方的思维定式，使对方进行逆向推理，需要一个言语操作的过程。在这一过程中，事理阐释得越透辟，越能迫使听话人进行理智的比较与判断。说话人的话语充分展开后，在强烈的比照下，相形见绌的观点使对方"自惭形秽"，也就不得不放弃自己的"阵地"。

# 65. 批评语的适度性

## ——黛玉为何气得剪了荷包？

宝玉的小仆人见他在大观园题匾额受到称赞，纷纷请赏，结果一哄而上，将宝玉身上佩带之物摘走了。黛玉发现后未及细问，就生气地说："我给你的那个荷包也给他们了？你明儿再想我的东西，可不能够了！"说着，拿起剪子，把给宝玉做的一个香袋咔嚓一下铰坏了。宝玉一见，忙从里面衣服上取下黛玉送的荷包，递给她看。黛玉看到宝玉对自己所赠如此珍重，深悔刚才莽撞，惭愧地低下头一言不发。

本来，这场小小的风波到此就风平浪静了。然而宝玉并未偃旗息鼓，他对黛玉说："你也不用铰，我知你是懒怠给我东西。我连这荷包奉还，何如？"边说边把荷包扔给了黛玉。这一过当之举使黛玉自尊心大受伤害，边哭边抄起剪子就剪。宝玉费了九牛二虎之力，"妹妹长妹妹短"赔尽了不是，才渐渐平息了这"二次战火"。（见《红楼梦》第17回）

假如宝玉在黛玉面露愧怍之色时"鸣金收兵"，自然不会再起二度烽烟。可见，在言语交际中，批评语是有适度性的。批评语的失度，不但不利于对方接受意见，还会使听话人在心理上产生反感。贾政每次见了宝玉，总是狠"剋"一顿，宝玉畏而生厌，在心理上跟父亲的距离越来越大。李嬷嬷对宝玉及怡红院的丫头们总爱絮絮叨叨数落个没完，怡红院的人都腻味这个"老背晦"。失度的批评语有时还会激化矛盾，引发新的事端。例如《红楼梦》第 59 回，春燕姑妈责备她贪玩，但话语刻薄、绵延失度，反而引出了一场新的吵闹。又如《红楼梦》第 34 回，薛姨妈和宝钗对薛蟠你一言我一语，训诫不休。如此"狂轰滥炸"使薛蟠耐不住性子，抓了根顶门杠要去打人。

把握批评语的适度性，须以听话人对批评语的反应为依据。当听话人有悔悟之意时，应及时把急风骤雨化为和风细雨，这样才有利于对方回心转意。例如《红楼梦》第 42 回，宝钗劝诫黛玉"看杂书"。说了几句，见黛玉"满脸飞红，满口央告，便不肯再往下"批评，骤然煞车，改为与黛玉喃喃细语倾心相谈，使黛玉心悦诚服。

听话人在听到批评语之前心理是平衡的，在听到批评语时，心理开始变得不平衡。这时他内心进行着思索、比较，当得出自己举措失当的结论从而否定了自己的某种行为并树立起新的观念后，内心又取得了平衡。如果批评者仍然喋喋不休地批评不止，听话人就会产生反感、厌恶的情绪，心理上再次失去平衡。当失度的批评所给予听话人的心理压力超过他的心理忍受力时，他的不满情绪就会爆发出来，产生说话人始料不及的恶性的言语交际效果。

# 66. 先有所肯定，再作驳论效果好

—— "门子"为何寥寥数语就使雨村变了卦?

贾雨村恢复官职后走马上任，刚戴上乌纱帽就碰上一件使他气涌如山的人命官司：一个阔少爷唆使家奴行凶杀人后扬长而去，一年有余，竟然还未捉拿归案。贾雨村听罢原告状词，怒火中烧，高声叱骂："那有这等事！打死人竟白白的走了拿不来的！"说着，贾雨村就发签派衙役去拘捕凶犯家属来拷问。这当口，他忽然发现一个小差役——"门子"直冲他挤眉弄眼，劝阻抓人。贾雨村心中诧异，不由暂歇了手。退堂后，"门子"悄悄向他禀告：凶犯可不是等闲之辈，是当时"四大家族"之一"薛"家的独苗公子，是万万碰不得的。

初复官职的贾雨村正雄心勃勃、宏图欲展，闻听此话，情绪激动地高声说："但事关人命，蒙皇上隆恩，起复委用，实是重生再造，正竭力图报之时，岂可因私枉法……"

贾雨村虽然慷慨激昂、振振有词，"门子"却心中有数，不慌不忙，他只用了寥寥数语，四两拨千斤，三下五除二就轰毁了贾雨村的防线，让贾雨村顺顺当当依从了他的诡计，"徇私枉法"，了结这

起凶杀案。(见《红楼梦》第4回)

"门子"是怎么说的呢？

他先宣称："老爷说的自是正理，但如今世上是行不去的！"这句话前半句首先肯定贾雨村话语的出发点是正确的，使对方得到了尊重，自尊心有所满足，从而愿意把话听下去，后半句否定了贾雨村主张的可行性，给听话人设置了一个悬念。

紧接着，"门子"没有马上解释这一悬念，而是道出了一番令贾雨村难以反驳的道理："岂不闻古人说的'大丈夫相时而动'，又曰'趋吉避凶者为君子'。"对听话人来说，这是一条与其想法大相径庭的新思路，话语中包含了产生于实际生活的哲理，促其思索、促其醒悟、促其重新审视自己原来的看法。

随后，"门子"话锋一转，针对贾雨村的想法可能导致的后果作了具体分析，指出："依老爷这话，不但不能报效朝廷，亦且自身不保：还要三思为妥。"这句话简洁明快、一针见血地点破了雨村之说将导致的不堪设想的严重后果，彻底驳倒了他的念头的可行性。

听到这里，贾雨村终于同意改弦易辙，点头依允道："依你怎么着？"这样，贾雨村这位执掌生死大权的大老爷转而亦步亦趋地按"门子"的见解办事了。在等级秩序森严、等级观念强烈的封建社会中这是很不容易的，足见"门子"话语的巧妙和说服力之大。

"门子"这段话语的切入角度是很耐人寻味的，他没有急切地先宣扬自己的主张，而是先从"肯定对方主张的出发点"着手，此后一步一步引导听话人按自己铺设的思路反思、顿悟，以致主动放弃自己的主张。假如"门子"一开始就向贾雨村大肆鼓吹自己的见解而置贾雨村的话语于不顾，恐怕贾雨村就不会如此言听计从了。"门子"劝说的全过程可以归纳为以下几个步骤：

1. 肯定说话人良好的出发点。

2. 简洁否定对方主张的可行性。

3. 说出某种阐释自己观点的哲理性话语。

4. 分析对方主张将导致的严重后果。

概括地说，"1"是"尊重"，"2"是"悬念"，"3"是"启示"，"4"是"警告"。"1"的作用是让对方能够听下去，"2"的作用是让对方想听下去，"3""4"则是引导对方思路按自己设计的路线走下去。"能听""想听""引导"这三个言语环节构成了"门子"话语的链条，也是其话语具有神奇说服力的秘诀所在。

## 67. 善意责备的效能

——贾珍的责备为何使张道士畅快地笑了起来？

贾母率众人去清虚观烧香。观中的张道士是"当日荣国公的替身"，被皇帝封为"终了真人"，完全有资格见贾母。但他老于世故，对贾珍说："论理，我不比别人，应该里头伺候；只因天气炎热，众位千金都出来了，法官不敢擅入，请爷的示下。恐老太太问，或要随喜那里，我只在这里伺候罢了。"贾珍不等他话音落地，便责备道："咱们自己，你又说起这话来；再多说，我把你这胡子还揪了你的呢！还不跟我进来呢！"贾珍的责备语非但没让张道士惶惑、疑虑，还令他舒心、惬意，畅快地"呵呵"笑了起来，跟着贾珍去见贾母了。这是为什么呢？（见《红楼梦》第 29 回）

贾珍的话语虽是责备的口气，却透露出一股春风般的暖意，使张道士感觉贾府没把他当外人看待，所以由衷地笑了起来。贾珍的话是一种善意的责备。"尊"的一方说出的善意的责备具有使"卑"的一方感到亲近、随意的效能。

"尊卑"相同，即双方在权势、长幼等关系上平等时，善意的责备能使听话人感到一种热诚的关心。例如《红楼梦》第8回，宝玉要喝冷酒，宝钗责备他说："宝兄弟，亏你每日家杂学旁收的，难道就不知道酒性最热，要热吃下去，发散的就快；要冷吃下去，便凝结在内，拿五脏去暖他，岂不受害？从此还不改了呢。快别吃那冷的了。"平日里厌烦别人数叨自己的宝玉为这段真诚体贴的责备语所感动，顺从地放下酒杯，"令人烫来方饮"。有时又能使听话人觉得分外亲昵。例如《红楼梦》第63回，小丫头也凑钱给宝玉过生日，宝玉不安地说："不该叫他们出才是。"晴雯责备道："……难道我们是有钱的？……只管领他的情就是了。"话语中透出一种浓浓的亲昵之情。宝玉闻之心醉，笑应道："你说的是。"无怪乎袭人说他："你这个人，一天不挨他两句硬话村你，你再过不去。"有时还能传达出更深层次的情感。例如《红楼梦》第45回，宝玉雨夜探望黛玉，黛玉见他身披蓑衣，脚下却"靸着蝴蝶落花鞋"，责备道："上头怕雨，底下这鞋袜子是不怕的？也倒干净些呀。"宝玉临别时黛玉又责备他没拿灯："跌了灯值钱呢，是跌了人值钱？……怎么忽然又变出这'剖腹藏珠'的脾气来！"这些善意的责备传达出黛玉那魂牵梦萦的深情。

从言语分析的角度看，"卑"的一方对"尊"的一方说出的"善意的责备"有时显露出说话人的媚意。例如《红楼梦》第46回，鸳鸯抗婚后，凤姐对贾母说："谁叫老太太会调理人？调理的水葱儿似的，怎么怨得人要？"其谄媚之意，溢于言表。

善意的责备比直率的关心话更具有打动人的魅力，更含蓄，底蕴更为丰富。

## 68. "说破"的作用

—— 贾芹为何灰溜溜退走了？

　　宁府临过年前，把乡下和各府送来的"年货"分给族中子弟。贾珍瞥见在荣府家庙中管事的贾芹也来领东西，很是生气，质问他说："你做什么也来了？""我这东西，原是给你那些闲着无事没进益的叔叔兄弟们的，那二年你闲着，我也给过你的。你如今在那府里管事，家庙里管和尚道士们，一月又有你的份例外，这些和尚的份例银钱都从你手里过，你还来取这个来！太也贪了！"然而死皮赖脸的贾芹不吃这一套，竟厚着脸皮说："我家里原人口多，费用大。"贾珍见劝说无效，干脆来了个"说破"，对贾芹冷笑道："你又支吾我！你在家庙里干的事，打量我不知道呢！你到那里，自然是爷了，没人敢抗违你。你手里又有了钱，离着我们又远，你就为王称霸起来，夜夜招聚匪类赌钱，养老婆小子。这会子花得这个形象，你还敢领东西来！"贾芹一听这话，当时就"红了脸"，一句话也说不上来，灰溜溜地夹起尾巴退走了。（见《红楼梦》第53回）

　　在言语交际中，揭露出对方隐瞒的与其相关的事实，具有强大的"制服"对方的奇效。再如第67回，凤姐已闻知贾琏在外偷娶的

"机密"，叫来给贾琏办事的兴儿详细审问。凶神恶煞的凤姐喝令："好小子啊！你和你爷办的好事啊！你只实说罢！"兴儿听了这话，虽然害怕，但未"招供"，"只是磕头"。凤姐连吓带哄地"启发"他："论起这事来，我也听见说不与你相干，但只你不早来回我知道，这就是你的不是了。你要实说了，我还饶你；再有一句虚言，你先摸摸你腔子上几个脑袋瓜子！"然而心存侥幸的兴儿仍拿不准凤姐是否洞悉小花枝巷的秘密，试探性地反问："奶奶问的是什么事，奴才和爷办坏了？"这下子激怒了凤姐，她厉声质问："你二爷外头娶了什么'新奶奶''旧奶奶'的事，你大概不知道啊？"凤姐这句揭破"秘事"的话刚出口，兴儿当即被"制服"，"连忙把帽子抓下来，在砖地上咕咚咕咚碰得头山响"，说："只求奶奶超生！奴才再不敢撒一个字儿的谎！"他才开始交代实情。

　　"说破"与听话人有关的事实，是言语交际中的"杀手锏"。以上是说，"说破"对方隐瞒的事实能获致迅速说服听话人的神效。"说破"与对方切身利害相关的事实，则能引发对方深思。例如第57回，宝玉听紫鹃假说黛玉要离贾府回南方，就发起"疯"来。紫鹃窥察出宝玉的"真情"，她诚恳地对黛玉说："宝玉的心倒实，听见咱们去，就这么病起来。""替你愁了这几年了，又没个父母兄弟，谁是知疼着热的？趁早儿，老太太还明白硬朗的时节，作定了大事要紧……倘或老太太一时有个好歹，那时虽也完事，只怕耽误了时光，还不得趁心如意呢。"这"说破"与黛玉切身利害密切相关的事实的话，深深地触动了黛玉，她心潮翻滚起伏，夜不能寐，思前想后，"直哭了一夜，至天明，方打了一个盹儿。"又如，第34回薛蟠和宝钗发生口角，口没遮拦的薛蟠莽撞地说："从先妈妈和我说：'你这金锁要拣有玉的才可配'，你留了心，见宝玉有那劳什子，你自然如今行动护着他。"这说破了部分事实的话在宝钗心中激起不小的波澜，她彻夜未眠，在"屋里整哭了一夜"，甚至第二天一早起来，也"无心梳洗"。

"说破"虽然在言语交际中有巨大威力，但必须慎用，否则易引发事端。例如第 67 回，平儿未细加忖度，就把贾琏偷娶"新奶奶"的事泄露给凤姐。凤姐一下子被"点着"了，由此引发了席卷荣、宁两府的轩然大波，最终酿成了尤二姐被害身亡的惨剧。尤二姐临死前，平儿悔悟到自己的言语失误，她歉疚地对尤二姐说："想来都是我坑了你。我原是一片痴心，从没瞒他的话。既听见你在外头，岂有不告诉他的。谁知生出这些个事来。"

"说破"由于揭示出与对方密切相关的事实，而使对方或者无可辩驳，或者陷入深深的思索，因而在言语交际中，是一把效果显著的"利剑"。但在实际的言语交际中应慎重使用，以免引发尖锐激烈的人际冲突，导致严重后果。

# 69. 对不当行为要敢于批评

## ——迎春乳母为何敢私拿首饰去赌博?

迎春的乳母私拿迎春首饰"攒珠累金凤"去赌博,迎春丫头绣橘要去追究,迎春竟说乳母是"忘了",又说"问他也无益","宁可没有了,又何必生事"云云。绣橘气愤地说:"何曾是忘记?他是试准姑娘的性格儿才这么着。"(见《红楼梦》第73回)

绣橘的话道出了言语交际中的一条重要规律:对不当行为不敢批评,势必养痈遗患。迎春平时对乳母的不当行为不敢批评,才使乳母"试准"了她的这一"言语行为缺陷",胆大妄为起来。

对某一"单位"来说,长时期对不当行为不敢批评,必然导致多种不良风气肆行无忌,习非成是。例如第13回,凤姐协理宁府之前,归纳出因管理不严、批评不力,在宁府中形成的"风俗":

这里凤姐来至三间一所抱厦中坐了。因想:头一件是人口混杂,遗失东西;二件,事无专管,临期推诿;三件,需用过费,滥支冒领;四件,任无大小,苦乐不均;五件,家人豪纵,有脸者不能服钤束,无脸者不能上进。——此五件实是宁府中风俗。

凤姐入府后，对各项工作重新作了组织安排，更重要的是，她敢于严厉批评违纪者，终于彻底革除了宁府陋习，使府内各项事务顺利运作起来。

对不当行为批评不力，也难以收到好的效果。例如第 58 回，宝玉喝汤时发生了这样一段小插曲：

（晴雯）因见芳官在侧，便递给芳官道："你也学些服侍，别一味傻玩傻睡。——嘴儿轻着些，别吹上唾沫星儿。"芳官依言果吹了几口，甚妥。他干娘也端饭在门外伺候，向里忙跑进来，笑道："他不老成，看打了碗，等我吹罢。"一面说，一面就接。晴雯忙喊道："快出去！你等他砸了碗，也轮不到你吹！你什么空儿跑到里槅儿来了？"一面又骂小丫头们："瞎了眼的！他不知道，你们也该说给他！"小丫头们都说："我们撵他不出去，说他又不信，如今带累我们受气！这是何苦呢！——你可信了？我们到的地方儿，有你到的一半儿，那一半儿是你到不去的呢。何况又跑到我们到不去的地方儿，——还不算，又去伸手动嘴的了！"

小丫头对芳官干娘批评不力时，话语毫无效果，致使芳官干娘闯入"禁区"给宝玉吹起汤来。晴雯马上呵斥起来，小丫头也加大了批评力度，芳官干娘这才退出来。

不当行为者往往对批评者怀着一种试探的心态，察言观色来窥伺是否有机可乘。这时，只有敢于批评，才能杜绝种种隐患。例如第 55 回，李纨、探春暂管家政，女管家们便萌生了试探心态：

彼时来回话者不少，都打听他二人办事如何……若少有嫌隙不当之处，不但不畏服……还说出许多笑话来取笑……

首先来试探的吴新登家的被探春点破纰缪，"满脸通红，忙转身出来"，女管家们也不敢任意胡为了。

面对飞扬跋扈的不当行为者，只有敢于大胆批评，才能有效地遏制不当行为的发展。例如第 45 回，凤姐错打平儿后，一直未公开认错，李纨勇敢地批评了这个贾府中的"霸王"，终于迫使她当众向平儿道了歉，并表示以后不再发生类似事件：

李纨笑道："昨儿还打平儿，亏你伸的出手来！那黄汤难道灌丧了狗肚子里去了？气的我只替平儿打抱不平儿。忖夺了半日：好容易'狗长尾巴尖儿'的好日子，又怕老太太心里不受用，因此没来。究竟气还不平，你今儿倒招我来了！给平儿拾鞋还不要呢！你们两个，很该换一个过儿才是。"说的众人都笑了。凤姐忙笑道："……我竟不知道平儿有你这么位仗腰子的人。想来就像有鬼拉着我的手似的，从今我也不敢打他了。——平姑娘，过来，我当着你大奶奶、姑娘们替你赔个不是，担待我'酒后无德'罢！"

对不当行为不仅要敢于批评，还要及时批评。如第 7 回，宝玉听见焦大的粗话就向凤姐打听是什么意思，登时受到凤姐的厉声批评：

宝玉在车上听见，因问凤姐道："姐姐，你听他说'爬灰的爬灰'，这是什么话？"凤姐连忙喝道："少胡说！那是醉汉嘴里胡嚷，你是什么样的人，不说没听见，还倒细问！等我回了太太，看是捶你不捶！"吓得宝玉连忙央告："好姐姐，我再不敢说这些话了。"

凤姐及时有力的批评立即使宝玉端正了对粗鄙话语的态度，他不再继续对焦大的粗话探究下去了。

对不当行为，只有敢于批评、大胆批评、及时批评，才能有效地制止其持续施为，容忍退让，往往事与愿违，遗患无穷。

# 怎样提建议才易被采纳

工作、生活中有时要提出自己的建议，怎样设计建议语，才易被对方接受呢？……

# 70. 建议语与对方的主观意念
## ——袭人的建议为何拨动了王夫人的心弦？

　　宝玉挨打之后，袭人向王夫人提出了一条建议："如今二爷也大了，里头姑娘们也大了，""以后竟还叫二爷搬出园外来住，就好了。"袭人没料到，这条建议竟然重重地拨动了王夫人的心弦。王夫人不仅对此建议大加赞赏，而且当场暗示，要"提升"袭人。这是为什么呢？王夫人一番感喟透露出个中底里："我的儿！你竟有这个心胸，想得这样周全，我何曾又不想到这里？只是这几次有事就混忘了。你今日这话提醒了我，难为你这样细心。真真好孩子！"原来袭人的话正与王夫人的积虑暗合，说到了王夫人平日潜在的意念上，引发出王夫人内心强烈的共鸣。王夫人于是作出了非同寻常的反应，说："你如今既说了这样的话，我索性就把他交给你了……自然不辜负你。"（见《红楼梦》第34回）

　　由此可见，建议语与听话人的某种潜在意念相合时，能发挥出极大的言语效益，迅速达到预期的言语目的。《红楼梦》第41回，宝玉向妙玉建议把一个名贵的瓷杯送给刘姥姥，这一建议也因与妙玉潜在的"洁癖"意念相合，当即被妙玉采纳。

当听话人遇到某种事件时，这种现象尤为显著。例如《红楼梦》第64回，贾琏遇尤二姐后有"垂涎之意"，贾蓉趁机向他建议偷娶尤二姐。这一建议正中贾琏下怀，贾琏异常欣喜地接受了建议。再如《红楼梦》第48回，薛蟠要去南方做生意，薛姨妈"恐他在外生事"，左右为难。宝钗从母亲的意念出发，建议放行，说："到了外头……有了的吃，没了的饿着，举眼无靠，他见了这样，只怕比在家里省了事也未可知。"薛姨妈立刻表示同意，说："倒是你说的是，花两个钱，叫他学些乖来，也值。"

反之，不察对方意念而贸然建议，则易碰壁。例如《红楼梦》第36回，王夫人决定每月从自己"月例"中拿出相当"姨娘""工资"的"二两银子"给袭人。巧于谄媚的凤姐顺水推舟地向王夫人建议："既这么样，就开了脸，明放他在屋里不好？"王夫人当即拒绝道："等再过二三年再说。"其实王夫人的决定中已透露出"暂不宜将袭人'姨娘'身份公开"的潜在意念。凤姐虽然伶牙俐齿，由于未察及王夫人此时意念所在，所以建议语碰了壁。

在言语交际中，设计建议语时，须注意到听话人潜在的主观意念对其行为的制约作用。当建议语与听话人潜在的主观意念相符合时，听话人易于甚至乐于接受建议；当建议语与听话人潜在的主观意念相左相悖时，则建议语往往要吃"闭门羹"。

# 71. 变革性建议宜先破后立
## ——宝钗之语为何能使湘云欣然变计？

 湘云"申办"大观园诗社的第二次聚会获准，很是兴奋。高兴得睡不着觉的湘云在灯下向宝钗高谈阔论自己的"承办计划"。不料宝钗给她的兴头上泼了瓢凉水，劝其放弃此举。自尊心极强的湘云听了毫无愠色，愉快地接受了由宝钗承办下届诗会的建议。这是为什么呢？（见《红楼梦》第37回）

 首先，宝钗对湘云承办的可行性进行了分析："你家里你又做不得主，一个月统共那几吊钱，你还不够使；这会子又干这没要紧的事，你婶娘听见了越发抱怨你了。况且你就都拿出来，做这个东也不够。难道为这个家去要不成？还是和这里要呢？"这一符合客观实际的冷静分析使湘云发热的头脑降了温，她意识到实施难度极大，有些不知所措，"踌蹰起来"。接着，在湘云心态转变的基础上，宝钗趁热打铁，向湘云摊开了自己的"承办方案"："你如今且把诗社别提起，只普同一请，等他们散了，咱们有多少诗做不得的？我和我哥哥说，要他几篓极肥极大的螃蟹来，再往铺子里取上几坛好酒来，再备四五桌果碟子，岂不又省事，又大家热闹呢？"湘云听了这一切实可行的细致安排，极口称赞道："想的周到！"也就欣然同意由宝钗来办诗会了。《红楼梦》第4回，"门子"劝贾雨村改变办案方针，也是采用先破后立的办法。他先指明"依老爷这话，不但不能报效朝廷，亦且自身不保"，使贾雨村意识到不可一意孤行，随之和盘托出自己的"妙计"，终于使贾雨村转换了思路。

值得注意的是，"破"须符合对方的行为主旨，否则准得碰壁。例如《红楼梦》第25回，宝玉病势危重，赵姨娘竟对贾母说"只管舍不得他，这口气不断，他在那里，也受罪不安"。这一"破"的说法意在劝贾母停止抢救，与贾母竭尽全力抢救的意向恰相矛盾，因而遭到贾母唾骂。

"破"还须有一定力度。例如《红楼梦》第4回，薛蟠想劝说母亲改变与亲戚同住的打算，他的"破论"是："如今舅舅正升了外省去，家里自然忙乱起身，咱们这会子反一窝一拖的奔了去，岂不没眼色呢?"这一"破论"立即被其母驳回："你舅舅虽升了去，还有你姨父家。况这几年来，你舅舅姨娘两处每每带信捎书接咱们来。"如此软弱无力的"破论"自然发挥不出"破"的功效，另居别住的方案也就无法出口了。

当说话人力图用新的方案取代听话人的旧方案时，一个较有效的言语策略是"先破后立"。即先指出原方案操作上的难题或可能导致的后果等，使听话人主观上萌生寻求新方案的意愿，这时再提出可行性强的方案，往往易被听话人所接受。

# 72. 接受建议的客观需要

## ——香菱为何接受了宝玉的"换裙"建议？

　　薛蟠的侍妾香菱和小丫头们游戏时不慎将新裙子弄脏了。恰好宝玉走来，他好心地向香菱提出用袭人的裙子换下脏裙子的建议。薛蟠是有名的"呆霸王"，为争买香菱打死了人命，他根本不许香菱跟任何男人交往，香菱自己也一贯言行谨慎。她为什么接受了宝玉的建议呢？且看宝玉是如何说的：

　　宝玉跌脚叹道："……姨妈老人家的嘴碎，饶这么着，我还听见常说你们不知过日子，只会糟蹋东西，不知惜福。这叫姨妈看见了，又说个不清！"

　　"香菱听了这话，却碰在心坎儿上"，欣然同意"换裙"。宝玉的建议被香菱接受，是因为暗合了香菱心态上的需要：怕薛姨妈唠叨。可见，当建议语契合了听话人心态上的某种需要时，建议语易被对方接受。（见《红楼梦》第 62 回）再如第 45 回，宝钗向黛玉建议每日吃"燕窝粥"，同时提出："我明日家去，和妈妈说了，只怕燕窝我们家里还有，与你送几两。每日叫丫头们就熬了，又便宜，又不惊师动众的。"黛玉应道："东西是小，难得你多情如此！"黛玉愉快地接受了宝钗的建议。黛玉看中的倒不是东西，而是"一年三百六十日，风霜刀剑严相逼"的生活境遇中难得一遇的暖人的情意。宝钗的建议恰恰迎合了黛玉心态上渴盼温情的客观需要，所以才被黛玉所接受。

又如第25回，贪财而歹毒的马道婆向赵姨娘建议"暗中算计"凤姐和宝玉，这个恶毒的建议与赵姨娘一拍即合，赵姨娘立即积极行动起来，"赶着开了箱子，将首饰拿了些出来，并体己散碎银子，又写了五十两欠约，递与马道婆……"马道婆回去便作起法来，用"魇魔法"咒凤姐和宝玉，闹得贾府上下不宁。马道婆的建议被赵姨娘迅速采纳，是因为赵姨娘早就对凤姐和宝玉恨之入骨，"暗里算计"正好迎合了她心态上的需求。

建议语与听话人某种事务上的客观需要相契合，也易于为对方接受。例如第13回，宝玉向贾珍建议请荣府凤姐来宁府帮助料理秦可卿丧事，"贾珍听了，喜不自胜"，马上找王夫人说："我看里头着实不成体统；要屈尊大妹妹一个月，在这里料理料理，我就放心了。"贾珍不仅接受建议，而且"喜不自胜"，立即行动，是因为宁府女主人尤氏"犯了旧疾"，不能管事儿，贾珍正为此事发愁。也就是说，宁府事务现实的客观需要，使贾珍"喜不自胜"地采纳了宝玉的建议。

反过来说，如果缺乏听话人的某种心态上的或事务上的需要，建议往往难于被听话人接受。先说缺乏心态需要的情况。第22回，荣府请了戏班子给宝钗过生日，宝玉向黛玉建议："就开戏了，你爱听那一出？我好点。"黛玉面有愠色地拒绝了宝玉的建议，说："你既这么说，你就特叫一班戏，拣我爱的唱给我听，这会子犯不上借着光儿问我。"黛玉不乐意点宝钗的"生日戏",也就是说,心态上没有这种要求,所以宝玉的建议碰了一鼻子灰。进一步说,如果建议语不但与听话人的心态不合,而且是针锋相对,那么,不光建议不被采纳,还会招来对方的指斥。例如第 25 回,凤姐、宝玉被马道婆"魇魔法"咒得死去活来,贾母等焦虑万分。赵姨娘竟向贾母这样建议:"老太太也不必过于悲痛:哥儿已是不中用了,不如把哥儿的衣服穿好,让他早些回去,也省他受些苦;只管舍不得他,这口气不断,他在那里也受罪不安——"这几句让宝玉"速死"的建议,跟贾母等亟盼病势好转的心态恰相抵触,结果"被贾母照脸啐了一口唾沫",狠狠臭骂了一顿。

再说缺乏事务处理需要的情况。第 46 回,挫败了贾赦对鸳鸯的逼婚后,贾母半开玩笑地向凤姐建议:"你(把鸳鸯)带了去,给琏儿放在屋里,看你那没脸的公公还要不要了!"一向对贾母言听计从、极尽阿谀逢迎之能事的凤姐,此时却公然违背了贾母的意愿,否定了这一建议,说:"琏儿不配,就只配我和平儿这一对'烧糊了的卷子'和他混罢咧。"凤姐不接受贾母建议的根本原因是她唯恐鸳鸯来了动摇自己在府中的地位。也就是说,凤姐一方根本无此需要是贾母建议语失败的原因。

听话人接受建议语,是心态上或事务处理的某种需要为根由的。如果听话人没有心态或事务方面的潜在需要,或建议语与听话人一方的心态、事务处理需要相矛盾,建议语难免碰得个"粉身碎骨"。

# 73. 所提举措被对方采纳的条件
## ——王夫人为何同意宝钗等替宝玉写字？

　　贾政快要从外省回京了，宝玉习字练习数量太少，难以应付贾政的"考核"，他每天紧赶慢赶地写毛笔字。王夫人不满而又操心地说："'临阵磨枪'也不中用！有这会子着急，天天写写念念，有多少完不了的？这一赶，又赶出病来才罢。"此时，宝钗和探春说："太太不用着急，书虽替不得他，字却替得的；我们每日每人临一篇给他，搪塞过这一步儿去就完了，一则老爷不生气，二则他也急不出病来。""王夫人听说，点头而笑"，采纳了宝钗二人提出的举措。（见《红楼梦》第70回）王夫人向来不苟言笑，做事有板有眼，宝钗二人所提"作弊"举措，为何被王夫人愉快地采纳了呢？这是因为细心的宝钗和探春从王夫人的话中听出了她的忧虑：一怕贾政生气，二怕宝玉急出病来。王夫人的话中透露出她希望宝玉平安、贾府无事的愿望。而宝钗二人所提举措恰恰符合王夫人心中所求。其次，宝钗、探春既有时间写，也写得很有水平，足以充宝玉"作业"之用。由此可见，说话人所提举措被对方采纳，有两项条件：

一、所提举措符合对方主观意向

宝钗二人所提举措与王夫人主观意向完全吻合，所以，虽有些"违法"，也博得了王夫人的点头默许。再如第 74 回，王夫人追查"绣春囊"来源，在凤姐处碰钉子后，心中更是焦急，吩咐凤姐说："吩咐他们快快暗访这事要紧！"这时，好事的女管家王善保家的提出一个恶毒的举措："如今要查这个是极容易的。等到晚上园门关了的时节，内外不通风，我们竟给他们个冷不防，带着人到各处丫头们房里搜寻。想来谁有这个，断不单有这个，自然还有别的；那时翻出别的来，自然这个也是他的了。"王善保家的所提举措恰恰迎合了王夫人的主观意向——急于查出带"绣春囊"进大观园的"罪魁祸首"，因而立即得到王夫人赞同。王夫人说："这主意很是。不然一年也查不出来！"

所提举措至少不与听话人的主观意向相违，方可能为对方所采纳。例如第 43 回，宝玉带着焙茗悄悄到城外水仙庵祭奠金钏儿，祭后，两人有这样一段对话：

> 焙茗道："……咱们来了，必有人不放心……二爷须得进城回家去才是。第一老太太、太太也放了心……不顾老太太、太太悬心，就是才受祭的阴魂儿也不安哪……"宝玉笑道："……回来你怕担不是，所以拿这大题目来劝我……这已经完了心愿，赶着进城，大家放心就是了。"

宝玉已了结了祭奠金钏儿的心愿，也无心在水仙庵逗留，所以采纳了焙茗"速回"的行动方案。

反之，如果所提举措与对方意向抵触，则势必被否决。例如第 14 回，凤姐协理宁府丧事，一个仆人迟到了，他说：

"……只有今儿来迟了一步，求奶奶饶过初次。"凤姐深知宁府管理工作混乱，早就憋着整饬纲纪，自己好"威重令行"。这碰在枪口上的鸟儿不打，只会使纪律更加松弛，她"从重从快"处置违纪者的意向很明确、很坚决。仆人所说"饶过初次"恰与此意向针锋相对，因此被凤姐严辞拒绝。

在言语交际中，觉察到自己所提举措与对方主观意向相矛盾，及时进行调整，能够挽回言语失误，获得差强人意的言语交际效果。例如第43回，在"攒金庆寿"给凤姐过生日的活动中，尤氏来收荣府凑的"份子"。当她发现凤姐替李纨交"份子"的承诺未兑现时，提出了向贾母要的举措，被否定后又进行了调整：

尤氏笑道："……怎么你大嫂子的没有？""昨儿你在人跟前做情；今儿又来和我赖，这我可不依你！——我只和老太太要去。"凤姐笑道："我看你利害，明儿有了事，我也'丁是丁''卯是卯'的；你也别抱怨。"尤氏笑道："只这一份儿不给也罢了，要不看你素日孝敬我，我本来依你么？"说着，把平儿的一份也拿出来，说道："平儿，来，把你的收了去，等不够了，我替你添上。"

尤氏由提出向贾母要，改为"对等"地也不收平儿的，这才被采纳，也避免了与凤姐的"对抗"，为此后双方的交际拆掉了一道可能导致意外羁绊的障碍。

二、所提举措具有客观上的可行性

宝钗和探春所提举措被采纳的另一个重要条件是不会引起任何副作用，具有充分的可行性。如果所提举措有某种副作用，则往往被听话人认为缺乏可行性而拒绝。例如第19回，宝玉至黛玉处，见黛玉在床上躺着，就说："我也歪着。"黛玉说："你就歪着。"然而宝玉提出下一个举措时，却被黛玉拒绝了。

宝玉道："没有枕头，咱们在一个枕头上罢。"黛玉道："放屁！外头不是枕头？拿一个来枕着。"

宝玉所提举措如被丫头、"婆子"们看见，是十分不雅的。也就是说，黛玉的拒绝主要是基于客观可行性的考虑。

再如第 3 回，黛玉初入荣府，离开贾赦处时，"邢夫人苦留吃过饭去"。黛玉笑道："舅母爱惜赐饭，原不应辞，只是还要过去拜见二舅舅，恐去迟了不恭，异日再领：望舅母容谅。"邢夫人所提举措被黛玉婉言拒绝是因为这一举措会产生副作用——耽误"拜见二舅舅"，也就是说，不是黛玉不愿给面子，而是客观上的可行性使她不得不谢绝邢夫人所提的举措。

说话人所提举措如果符合对方的语意指向，则易被对方所采纳，如与之相反，则势必被拒绝。所提举措客观上的可行性也是能否被对方采纳的一个重要条件，谋划不周，会引发某种副作用时，同样也会遭到对方否决。

# 七

# 请求与谢绝的得体

得体的请求与谢绝容易成功，即使未能如

愿，也不会造成消极影响……

# 74. 求援语的内蕴
## ——鸳鸯为何同意贾琏的请求？

　　贾琏、凤姐承办贾府的大小事务，一时资金周转不开，手头拮据。贾琏想出了一个"高招儿"：暗中向鸳鸯暂借贾母的金银器典押。这显然得让鸳鸯冒一点儿风险。由于贾琏话语巧妙得当，处事谨慎的鸳鸯依允了贾琏的计策。贾琏的话有何诀窍呢？先看贾琏是怎么说的：

　　贾琏……说道："好姐姐，略坐一坐儿，兄弟还有一事相求。"说着，便骂小丫头："怎么不沏好茶来？快拿干净盖碗，把昨日进上的新茶沏一碗来！"说着，向鸳鸯道："这两日，因老太太千秋，所有的几千两都使了。几处房租、地租，统在九月才得，这会子竟接不上。明儿又要送南安府里的礼，又要预备娘娘的重阳节，还有几家红白大礼，至少还得三二千两银子用，一时难去支借。俗语说的好：'求人不如求己。'说不得姐姐担个不是，暂且把老太太查不着的金银家伙，偷着运出一箱子来，暂押千数两银子，支腾过去。不上半月的光景银子来了，我就赎了交还，断不能叫姐姐落不是。"

……"不是我撒谎：若论除了姐姐，也还有人手里管得起千数两银子；只是他们为人，都不如你明白有胆量，我和他们一说，反吓住了他们。所以我'宁撞金钟一下，不打铙钹三千'。"

贾琏这段话首先表达了对鸳鸯的敬重，接着陈述了急需"三二千两银子用，一时难去支借"的困难，随后说出了"暂押"和归还的具体办法，最后称颂了鸳鸯的精明和胆识，可以说，这段话有三项内蕴：

1. 自己的困难处境。

2. 援助方案的可行性。

3. 人情话（尊敬、感谢、称赞等语）。

或许可以说，求援性话语中包含了这些内容，往往易于成功。如果可行性是显而易见的，重点述说第1、3两项也可见效。（见《红楼梦》第72回）例如第6回，刘姥姥向凤姐求援时说："……不过来瞧瞧姑太太姑奶奶，也是亲戚们的情分。""我今日带了你侄儿，不为别的，因他爹娘连吃的没有，天气又冷，只得带了你侄儿奔了你老来。"刘姥姥的求援语获得了成功，得了二十两银子，"眉开眼笑"地回家了。

若"自己的困难处境"是显而易见的，则将话语的重心放在"人情话"方面，也能收效。例如第72回，司棋与表兄幽会被鸳鸯撞见，吓得司棋病了一场，鸳鸯来探望，司棋"求援"道："我的姐姐！咱们从小儿耳鬓厮磨，你不曾拿我当外人待，我也不敢怠慢了你，如今我虽一着走错了，你若果然不告诉一个人，你就是我的亲娘一样！从此后，我活一日，是你给我一日。我的病要好了，把你立个长生牌位，我天天烧香磕头，保佑你一辈子福寿双全的。我若死了时，变驴变狗报答你！倘或咱们散了，以后遇见，我自有报答的去处。"她的求援语获得了成功，鸳鸯当即保证："你只放心。"

若听话人与说话人的人际关系很好，话语的重点放在"自己的困难处境"，也可获得成功。例如第 72 回，旺儿家的向贾琏夫妇"求援"，请他们"做媒"逼娶彩霞。旺儿家的说："好容易相看准一个媳妇儿……我就烦了人过去试一试，谁知白讨了个没趣儿。"贾琏"待要不管，只是看着凤姐儿的陪房，且素日出过力的，脸上实在过不去"，答应道："你放心，且去，我明日做媒，打发两个有体面的人，一面说，一面带着定礼去，就说是我的主意。他十分不依，叫他来见我。"

如果既缺乏较好的人际关系，又不介绍"自己的困难处境"，只谈及"援助方案的可行性"，则易使求援受挫。例如第 24 回，贾芸向舅舅求援说："有件事求舅舅帮衬：要用冰片、麝香，好歹舅舅每样赊四两给我，八月节按数送了银子来。"贾芸的求援被碰了回来。虽然贾芸的舅舅是个悭吝鬼，但贾芸求援语运用不当也是受挫的一个原因。

顺便提及，除求援语运用得当外，求援语成功的重要基础是"可能性"，其中包括人际关系，也包括可行性。不作"可能性"估计，也易受挫。例如第 77 回，司棋"谈恋爱"的秘密暴露后，被逐出大观园，临走时，司棋提出的请求遭到严辞拒绝：

司棋因又哭告道："婶子大娘们，好歹略徇个情儿：如今且歇一歇，让我到相好姊妹跟前辞一辞，也是这几年我们相好一场。"

周瑞家的等人皆各有事……况且又深恨他们素日大样，如今那里有工夫听他的话？因冷笑道："我劝你去罢，别拉拉扯扯的了！我们还有正经事呢……辞他们做什么？你不过挨一会是一会……快去罢！"一面说，一面总不住脚，直带着出后角门去。司棋无奈，又不敢再说，只得跟着出来。

司棋所求明明是办不到的，哀伤之中，她未能作出"可能性"估计，所以希冀化为泡影。

再如第 59 回，春燕被母亲追逐打骂，她向宝玉求援，"一行哭，一行将方才莺儿等事都说出来"。但她未虑及宝玉管老女仆是很不相宜的，所以求援落空，及至得到报告的平儿发出指令，春燕才摆脱了困境。

求援语的三项内蕴涉及自己、对方、援助措施三个方面。在具体实施中固然选择的话语着重点不同，但从人际关系来说，其中的第一项和第三项则常常是尤应予以重视的话语内蕴。

# 75. 希求语的话语效果估计
## ——贾琏为何向凤姐要不出钱？

尤二姐落入凤姐设下的陷阱后，一步步被逼向绝路，吞金自尽了。贾琏想到尤二姐对自己的百般体贴，不禁放声大哭起来。紧接着，他急乎乎地找凤姐讨要丧葬费。凤姐冷冰冰地说："家里近日艰难，你还不知道？咱们的月例一月赶不上一月。昨儿我把两个金项圈当了三百银，使剩了还有二十几两，你要就拿去。"（见《红楼梦》第69回）二十几两银子对他办丧事来说，不过是杯水车薪。最后还是平儿悄悄给了他二百两碎银子，才了结了丧事。凤姐对尤二姐的陷害，贾琏已有觉察，尤二姐死后，他伤心万分，昏了头，才去找凤姐要钱。其实，只要他冷静下来，略一掂量，或许就不会去碰这个钉子了。可见，说希求语时，应有一个大致的话语效果估计，这样就可以避免不必要的"碰撞"，对不尽如人意的结果，也可有所准备，及时另图良策。对希求语的话语效果做出大致的估计，就得关注影响这一效果的因素。常见的因素似有以下几种：

一、被求者与说话人的人际关系

当被求者与说话人有某种情感关系时，希求语易于成功。例如

第 35 回，挨打后的宝玉想喝"小荷叶儿小莲蓬儿的汤"，贾母闻听此希求，当着众人"便一迭连声的叫：'做去!'"这是老祖母对孙子的舐犊之情使她想立即满足孙子的愿望。再如同一回中，宝玉想请宝钗的丫头莺儿来帮忙"打几根绦子"，对宝钗说："宝姐姐，吃过饭叫莺儿来，烦他打几根绦子，可得闲儿?"宝钗母亲和宝钗忙应道："只管叫他来做就是了，有什么使唤的去处! 他天天也是闲着淘气。"这是亲戚情分使然。贾母和薛家母女对宝玉希求的爽快应承，可看做是"亲情"所致。第 60 回，柳家母女吃了芳官送的"玫瑰露"，还要想。芳官答应道："不值什么，等我再要些来……"芳官果然向宝玉要了剩余的"玫瑰露"，连瓶子一起送到柳家。芳官急人所求，是因为跟柳家母女关系亲密，也就是说，是"友情"起了作用。第 6 回，贾蓉向凤姐借用贵重而易碰坏的"玻璃炕屏"。这是凤姐的心爱之物，本来是不轻易外借的，这时她却让平儿"叫几个妥当人来抬去"，"贾蓉喜的眉开眼笑"。这是她跟贾蓉的"私情"起了作用。第 23 回，宝玉在树下看禁书，黛玉无意中发现了，要看，宝玉马上递给他，还说："真是好文章! 你要看了，连饭也不想吃呢!"宝玉眼皮不眨地答应了黛玉的要求，是由于他为"恋情"所左右。总之，不管是哪种情感关系，只要存在某种情感纽带，希求语常常容易成功，且效果往往令说话人十分满意。

当说话人与被求者有某种权势关系，且说话人处于"上风"的位置时，希求语也易于成功。例如第 72 回，宫中夏太监打发小太监到贾府对凤姐说："……今儿偶见一所房子，如今竟短二百两银子……有现成的银子暂借一二百，这一两日就送来。"凤姐只好应承，不敢怠慢。这是惧怕皇家权势而不敢不给。第 74 回，邢夫人向贾琏"借"二百两银子，贾琏开始没答应，邢夫人发了火，说："我白和你商量，你就搪塞我……前儿一千银子的当是那里的? 连老太太的东西你都有神通弄出来，这会二百银子你就这样难。"贾琏只好"借"给他。邢夫人是贾琏继母，在权势关系中处于"上风"，贾琏不敢得罪。

反过来说，缺乏情感关系或权势关系时，希求语往往不易成功。例如第 61 回，司棋派人到厨房要碗蛋羹，不料碰了壁：

小丫头莲花儿走来说："司棋姐姐说：要碗鸡蛋，炖的嫩嫩的。"柳家的道："就是这一样儿尊贵。不知怎么，今年鸡蛋短的很，十个钱一个还找不出来。昨日上头亲戚家送粥米去，四五个买办出去，好容易才凑了二千个来，我那里找去？你说给他，改日吃罢。"

司棋是迎春的大丫头，迎春懦弱，司棋权势很大，但出了迎春住地紫菱洲，就没人买她的账了。柳家的只把她看作"二层主子"，认为管不着自己，所以拒绝了她的要求。

如果不仅无情感关系和权势关系，而且被求者对说话人心存不满或有某种看法，希求语十有八九要落空，甚至会被对方训斥一顿。例如第 53 回，过年前贾珍给族中子弟分发东西，贾芹也来要，贾珍骂道："你在家庙里干的事，打量我不知道呢……离着我们又远，你就为王称霸起来，夜夜招聚匪类赌钱，养老婆小子。"随后把贾芹轰走了。

二、被求者的性格特点

希求语能否成功，还跟被求者的性格特点有关。如果所求之事与其性格特点相顺遂，则易于成功。例如第 48 回，香菱想学做诗，她先向宝钗请求道："好姑娘！趁着这个工夫，你教给我做诗罢！"宝钗婉言拒绝说："我说你'得陇望蜀'呢。我劝你且缓一缓，今儿头一日进来……各处各人……问候一声儿……"香菱改求黛玉："我这一进来了，也得空儿，好歹教给我做诗，就是我的造化了！"

黛玉痛快地答应道："既要学做诗，你就拜我为师。我虽不通，大略也还教的起你。"宝钗出身商家，处事往往以功利为目的，觉得给香菱教诗是徒惹麻烦，所以推托。黛玉心地善良，又乐于研讨诗文，所以欣然允诺。香菱的请求与后者的性格特点相吻合，这才拜师成功。第 28 回，凤姐看中了怡红院聪明伶俐，办事干练的小红，向宝玉讨要，宝玉马上答应："我屋里的人也多得很，姐姐喜欢谁，只管叫了来，何必问我？"凤姐的希求语恰顺应了宝玉对此种换人小事毫不介意的性格特点，因之一求即成。

若希求语与听话人的性格特点相悖，难免碰壁。例如第 24 回，贾芸为了谋取差事，跟舅舅卜世仁借香料，然而各啬庸俗的卜世仁不光没借，还数落了他一番，贾芸只好灰溜溜地离开卜家。

三、被求者对相关人物的看法

被求者对希求语所涉及的人物的看法，直接关系到希求语的成败。例如第 8 回宝玉向贾母请求让秦钟伴读。秦钟拜见时，"贾母见秦钟形容标致，举止温柔，堪陪宝玉读书，心中十分喜欢"，颇为愉快地同意了宝玉的请求。再如第 12 回，贾代儒到贾府为儿子贾瑞求要人参，凤姐憎恨贾瑞对自己动过邪念，"只将些渣末凑了几钱，命人送去"，代儒的希求语落了空。

四、被求者对相关事物的价值评价

例如第 31 回，晴雯跟宝玉戏言自己想听撕扇子的声音，宝玉就将自己的扇子递过去让她撕，还夺了丫头麝月的扇子让也撕，宝玉对扇子类物品不甚珍惜，是他满足晴雯希求语的思想基础。再如第 48 回，石呆子对家藏的古扇极为珍视，不管贾赦给多少银子他都不卖，说："要扇子先要我的命！"贾赦的求买之语自然也就竹篮打水一场空。

希求语的成功与否跟说话人与被求者的人际关系、被求者的性格特点及被求者对相关人、物的主观评价密切相关。考虑到这些因素，就会对希求语的话语效果做出大致的估计，从而更好地决策是否实施希求语；同时，对可能出现的不如意的结果也能有所准备。

## 76. 邀请话语的技巧

——凤姐一席话为何使尤二姐上了钩？

凤姐得知贾琏在外偷娶尤二姐后，气急败坏。她设圈套戕害尤二姐，这毒计的第一步便是诓骗尤二姐入园，将尤二姐完全置于自己的控制之中。尤二姐很快就上了当，落入陷阱。这除了尤二姐性格善良、单纯、懦弱外，凤姐"邀请辞"的巧妙并富有打动人心的力量，也是尤二姐上当受骗的一个重要原因。凤姐是这样说的："要是妹妹在外头，我在里头，妹妹白想想，我心里怎么过得去呢？再者叫外人听着，不但我的名声不好听，就是妹妹的名儿也不雅……我如今来求妹妹，进去和我一块儿，住的、使的、穿的、带的，总是一样儿的。妹妹这样伶透人，要肯真心帮我，我也得个膀臂……就是二爷回来一见……你我三人，更加和气。所以妹妹还是我的大恩人呢。要是妹妹不合我去，我也愿意搬出来陪着妹妹住，只求妹妹在二爷跟前替我好言方便方便，留我个站脚的地方儿，就叫我服侍妹妹梳头洗脸，我也是愿意的！"（见《红楼梦》第68回）从邀请话语的技巧看，凤姐的话包含了四项重要内涵：

1. 说明不接受邀请的坏处（主要指对方）。

2. 说明接受邀请的好处（主要指对方）。

3. 说出如不接受邀请将被迫采取的举措。

4. 贯彻话语始终的恳切态度。

这样一来，这篇邀请辞便具有了强大的说服力。这四点或许可以说是一篇完整的邀请话语应具备的四条要素。当然，在具体的话语操作中，不是必须四条俱全才能奏效，还须根据具体情况灵活处置。有时只具备第二条和第四条也能产生好的效果。例如第 26 回，薛蟠设家宴款待宝玉，他邀请宝玉赴席时说："……谁知老胡和老程他们，不知那里寻了来的，这么粗，这么长，粉脆的鲜藕；这么大的西瓜；这么长，这么大的暹罗国进贡的灵柏香薰的暹罗猪、鱼。你说这四样礼物，可难得不难得？——那鱼、猪不过贵而难得，这藕和瓜亏他怎么种出来的！我先孝敬了母亲，赶着就给你们老太太、姨母送了些去。如今留了些，我要自己吃，恐怕折福，左思右想，除我之外，唯你还配吃，所以特请你来。可巧唱曲儿的一个小子又来了，我和你乐一天何如？"这段话首先摆出了"贵而难得"的薰猪、薰鱼和罕见的鲜藕、西瓜请宝玉品尝，来享难得的口福，且又有"唱曲儿的""小子"来助兴。这些都是宝玉乐于接受的。薛蟠说的"先孝敬了母亲"，"又赶着给你们老太太、姨母送了些去"，"除我之外唯你还配吃，所以特请你来"充满了"恳切"相邀的一片真情。宝玉听了二话没说就与薛蟠相伴而行去了薛家。

再如第 44 回，平儿在凤姐和贾琏的冲突中两头受气，挨了两人的打。幸而贾母派人来安慰，心情才渐渐平复。这时宝玉邀他到怡红院换衣、梳头、理妆，说："可惜这新衣裳也沾了。这里有你花妹妹的衣裳，何不换下来，拿些个烧酒喷了，熨一熨；把头也另梳一梳。""姐姐还该擦上些脂粉，不然，倒像是和凤姐姐赌气的似的。况且又是他的好日子，而且老太太又打发了人来安慰你。"宝玉的邀请可使平儿换上整齐的衣裳，梳好头，化好妆，不致在园内造成"和谁赌气"的不良影响，又能顺应贾母抚慰的心意。想到这些"好处"，平儿欣然接受邀请，在怡红院梳洗、换衣，"依言妆饰"起来。这里，宝玉的话语处处体贴对方，"恳切"之情溢于言表。

又如第76回，黛玉和湘云离开元宵夜宴在山石间徘徊联诗，不觉间，夜已很深了。妙玉邀请二人去栊翠庵，说："如今老太太都早已散了，满园的人想俱已睡熟了，你两个的丫头还不知在那里找你们呢？你们也不怕冷了？快同我来。到我那里去吃杯茶，只怕就天亮了。"妙玉的邀请既可让二人在庵中休息一下，喝些热茶，暖和暖和，又便于二人的丫头寻找，对二人的"好处"是显而易见的。如此相邀在孤芳自赏的妙玉已属罕见，话语是很"恳切"的。黛玉、湘云高兴地接受了邀请，到庵中"歇息吃茶"，继续联诗。

四条要素的第一、二两条主要是针对听话人说的，有时也指说话人一方。例如第63回，众丫头在怡红院中给宝玉过生日，闹了一会儿，袭人、晴雯又去邀请钗、黛等人：

果然宝钗说："夜深了。"黛玉说："身上不好。"他二人再三央求："好歹给我们一点体面，略坐坐再来。"众人听了，却也欢喜……

这里袭人、晴雯强调的是对自己一方的"好处"。再如第47回，小丫头邀请薛姨妈到贾母处打牌，薛姨妈不大想去，说："我才来了，又做什么去？你就说我睡了。"小丫头急切地说："好亲亲的姨太太，姨祖宗！我们老太太生气呢！你老人家不去，没个开交了。只当疼我们罢！你老人家怕走，我背了你老人家去。"小丫头主要强调的是是否接受邀请对自己一方的"好处"和"坏处"。以说话人一方的利害为邀请话语的着眼点时，常是意在争取对方的同情，这时，话语"恳切"的意味往往比较突出。例如上例中小丫头说"你老人家怕走，我背了你老人家去"，就充分地体现出小丫头由衷的"恳切"心态。

在运用第一、二条要素时，须注意所提理由要有充分的理性依据，也就是说要站得住，否则会很快导致邀请话语的失败。例如第78回，王夫人邀请宝钗搬回大观园时说："正经再搬进来为是，休为没要紧的事反疏远了亲戚。"她的话指出了不接受邀请的"坏处"。这一话语的内涵是："不要因为抄检大观园事件而多心离去。"宝钗听后立即反驳：

> 宝钗笑道："这话说的太重了，并没为什么事要出去。我为的是妈妈近来神思比先大减，而且夜晚没有得靠的人，统共只我一个人；二则如今我哥哥眼看娶嫂子，多少针线活计，并家里一切动用器皿，尚有未齐备的……再者，自我在园里，东南上小角门子就常开着，原是为我走的，保不住出入的人图省走路，也从那里走。又没个人盘查，设若从那里弄出事来，岂不两碍……"

宝钗的话彻底推翻了王夫人的"坏处"之说，连王夫人自己也不得不承认："我也无可回答，只好随你的便罢了。"缺乏充分理据的"好处""坏处"之议，会直接导致邀请话语的失败。

邀请语的四要素主要是从被邀请人心态的改变这一角度提出的。认识到这一点，就不必在邀请语中刻意硬套四条要素，而应从听话人的客观实际出发，突出某一条或两条，完全能够顺利地获得满意的言语交际效果。

## 77. 推辞语怎样才能圆满得体

——黛玉短短的推辞语为何使大舅母欣然
接受？

初入荣府的黛玉拜见了外婆和两位舅母，接着要去见大舅、二舅，盛情的大舅母邢夫人带着黛玉，乘上大骡车，缓缓到了宁府。邢夫人挽着黛玉的手进入正房，马上派人去叫贾赦。贾赦回话说："连日身上不好，见了姑娘彼此伤心，暂且不忍相见。劝姑娘不必伤怀想家……"于是大舅母便跟黛玉亲切地攀谈起来。坐了片刻，黛玉起身告辞。大舅母死活让她吃了晚饭再走。这是与大舅母初次见面，大舅母又非留吃饭不可，而黛玉确实有事要走，她此时的推辞话怎样说才能使自己即刻脱身而又给大舅母以充分的尊重，让她高高兴兴送自己走呢？年纪虽小，但却饱读诗书、聪慧知礼的黛玉仅仅说了一句话，就使盛情留饭的大舅母丝毫无不悦之感，痛痛快快地应允了黛玉的辞谢，派车将黛玉送回了荣府。且看黛玉是如何说的：

黛玉笑回道："舅母爱惜赐饭，原不应辞，只是还要过去拜见二舅舅，恐去迟了不恭，异日再领；望舅母容谅。"

话虽简短，却包含了这样四层意思：

1. 充分肯定了大舅母的美意。

2. 申述了自己须尽快离去的正当、充分的理由。

3. 表示改日一定从命进餐。

4. 请大舅母谅解。

黛玉话语的第一层意思使听话人感到自己的热情相邀得到了充分的理解与肯定，十分欣慰，情感上获得了一定的满足感；第二层意思使听话人了解到对方确实须赶紧离去，不能从命的客观原因；第三层意思提出了调整邀请时间的建议，再次表达了对邀请者的尊重；第四层意思表达了对听话人的歉意。

概括起来，黛玉的话可以分为前后两部分，前三层意思是第一部分，是对邀请的嘉许、辞谢、调整建议；最后一层意思是第二部分，是致歉之词。这样，就使得主人的盛情得到了最大限度的理解与尊重，愉快地接受了推辞的意向。（见《红楼梦》第3回）

由于包含了这四层意思，黛玉的话显得十分完满、极为得体。把第26回冯紫英辞谢邀请的话与黛玉的话相比较，对这一点就看得更清楚了。面对薛蟠等人的盛情相邀，冯紫英说："论理，我该陪饮几杯才是，只是今儿有一件大大要紧的事，回去还要见家父面回，实不敢领。"对照黛玉的"四层意思"，冯紫英只表达了第一、第二两层意思，缺少第三、第四两层意思。因之话语于客套之中显得有些生硬、不完满。从言语技巧角度看，冯紫英的话比黛玉略逊一筹。

在现代社会生活的言语交际中，人们常常要说谢绝邀请的话，黛玉的"四层意思"是值得借鉴的。但对现代人来说，似乎有点儿欠缺，如果在第一层意思中加入向听话人表示感谢的话，语意将更加圆满，交际效果也将更佳。

# 合理、巧妙使用称谓

在现代社会交际中，各种人群对称谓都很敏感。恰如其分地使用称谓，巧妙地使用称谓，都会产生意想不到的好效果……

# 78. 亲属称谓的妙用（上）
## ——周瑞家的为何训诫刘姥姥说"你侄儿"？

刘姥姥初进荣府，就争取到二十两银子的"外援"，异常欣喜。她千恩万谢地辞别凤姐出来，心情十分兴奋。始终陪伴她的"周瑞家的"却给她兜头泼了一瓢凉水。周瑞家的训斥她："我的娘！你怎么见了他倒不会说话了呢？开口就是'你侄儿'；我说句不怕你恼的话：就是亲侄儿也要说的和软些儿。那蓉大爷才是他的侄儿呢，他怎么又跑出这么个侄儿来了呢！"

原来，刘姥姥刚见凤姐时，一张嘴就说："我今日带了你侄儿，不为别的……"刘姥姥的话一出口，就让站在一旁的女管家周瑞家的觉得非常刺耳，耿耿于怀，一直到最后送刘姥姥出来，她仍记着这茬儿。

刘姥姥是用"侄儿"向凤姐指称自己的外孙子"板儿"的。从使用称谓的角度看，是用亲属称谓向非亲属指称家人。这种用法现代社会中也有，例如"你兄弟、你大妈、你大叔"等。从语言运用的技巧来说，采用这种用法显得比较亲切。但是，采用时须顾及到听话人与说话人的关系。刘姥姥是乡村贫穷的老妇，初次到荣府，又跟荣府执掌家政大权的凤姐没有任何瓜葛且有求于凤姐。在这种背景下用亲属称谓向对方指称家人显得很勉强，也有阿谀之嫌，对方也不乐于接受。可见，没有较密切的人际关系时，不宜使用亲属称谓向对方指称家人以示亲近。（见《红楼梦》第6回）

应当指出的是，在社会生活中，人们还往往用亲属称谓称呼非亲属。例如称非亲非故的人为"叔叔、阿姨、大爷"等。有趣的是，在《红楼梦》中，具有亲属关系的不同辈分的人改用同辈的亲属称谓相称，也有"亲近"的言语交际效能。例如，宝玉跟秦钟是叔侄关系，由于二人十分要好且年龄相仿，为了显得亲近，宝玉便提出互相以"兄弟"相称。在《红楼梦》中还可以看到，同辈远亲用近亲的亲属称谓相称，也有"亲近"的作用。例如，黛玉跟宝钗的亲属关系隔了好几层，但黛玉常常直呼宝钗"姐姐"。如第42回，她说："好姐姐！饶了我吧！颦儿年纪小，只知说，不知道轻重，做姐姐的教导我。姐姐不饶我，我还求谁去呢？"

用亲属称谓表"亲近"，要服从于表情达意的需要。例如，宝玉平常总对姑姑的女儿黛玉以"林妹妹"相称，但第28回，宝玉却对黛玉说了这样一段话："当初姑娘来了，那不是我陪着玩笑？凭我心爱的，姑娘要，就拿去；我爱吃的，听见姑娘也爱吃，连忙收拾得干干净净收着，等着姑娘回来。"在这里，宝玉是向黛玉剖白心迹、解释误会，话语的基调是"郑重"而不是"亲近"，故而宝玉放弃了平日嘴边常说的"妹妹"。从主观的表意需要出发，恰如其分地运用亲属称谓于非亲属或远亲等，才有利于强化语意，提高言语表达的功效。

# 79. 亲属称谓的妙用（下）
## ——黛玉的称呼为何使贾母放了心？

贾母因参加皇室老太妃的丧事活动，请托薛姨妈照管园中姐妹。薛姨妈住黛玉处，对黛玉的饮食、医疗关心备至，黛玉感受到少有的温暖。她与薛家母女相处非常亲密。渐渐地，黛玉对她们母女的称呼也发生了变化：

> 黛玉感戴不尽，以后（对薛姨妈）便亦如宝钗之称呼，——连宝钗前亦直以"姐姐"呼之，宝琴前直以"妹妹"呼之：俨似同胞共出，较诸人更似亲切。贾母见如此，也十分喜悦放心。

贾母听到黛玉对薛家女眷的称呼，知悉黛玉与她们相处极为融洽，自然也就放心了。"妈妈、姐姐、妹妹"是亲属称谓，黛玉与薛家母女是非亲属关系，当她使用亲属称谓称呼薛家母女时，表达出一种亲昵的情感，显示出称呼者与被称呼者之间融洽无间的人际关系。（见《红楼梦》第58回）

在言语交际中，对非亲属关系的听话人使用亲属称谓，会显得亲近一些。这是亲属称谓的一种奇妙的功用。有的时候，说话人更乐意在两个人的语境中对非亲属使用亲属称谓。例如第25回，宝玉当着众人称呼黛玉为"林妹妹"，说："林妹妹，你略站站，我和你说话。"这时在场的有李纨、凤姐、赵姨娘、周姨娘等。而在第28回，当只有宝、黛二人在场时，宝玉为了充分表达出亲近的情感，用"妹妹"指称对方，说："我也知道，我如今不好了；但只任凭我怎么不好，万不敢在妹妹跟前有错处。"这里的"妹妹"显然要比"林妹妹"亲热许多。

使用亲属称谓称呼非亲属，有时则显示出对听话人尊重的语意内涵。例如第74回，探春斥责王善保家的时候说："我不过看着太太的面上，你又有几岁年纪，叫你一声'妈妈'；你就狗仗人势，天天作耗，在我们跟前逞脸。"探春说的虽是气话，然而我们却可以从中体味出，大观园里的小姐们对年长女仆称以"妈妈"是对年长女仆的一种尊重。

有时，使用亲属称谓称呼非亲属，则透露出诙谐风趣的意味。例如第31回，黛玉串门来到怡红院，见宝玉、袭人等都在抹眼泪，屋内空气窒息沉闷。为了打破僵局，黛玉开玩笑地说："二哥哥，你不告诉我，我不问就知道了。"她又拍着袭人的肩膀说："好嫂子，你告诉我。必定是你们两口儿拌嘴了？告诉妹妹，替你们和息和息。"这两段话中的亲属称谓"二哥哥""嫂子"都透露出一种诙谐幽默的意味。

有时候，对非亲属使用亲属称谓，还流露出说话人的某种主观意识。例如第55回，赵姨娘的兄弟死了，赵姨娘想多讨些"丧葬费"，对暂时当家理事的探春说："你不当家，我也不来问你。你如今现在说一是一，说二是二！如今你舅舅死了，你多给了二三十两银子，难道太太就不依你？"探春却严词回绝道："谁是我舅舅？我舅舅早升了九省的检点了！那里又跑出一个舅舅来？……既这么说，每日环儿出去，为什么赵国基又站起来？"探春在这里对亲舅舅（赵姨娘的兄弟赵国基）拒称"舅舅"，而对王夫人之兄王子腾称"舅舅"，反映出她强烈的"近嫡远庶"意识。当然，她思想深处的这种意识是那个时代她所处的贵族社会中"扬嫡抑庶"的流俗观念影响所致。

从听话人一方来说，是否乐于接受用亲属称谓对自己的称呼，往往表现出与说话人关系的亲疏远近。例如第 27 回，凤姐要认小红做干女儿，引出了下面一段对话：

（凤姐）向小红笑道："明儿你服侍我罢，我认你做干女孩儿。我一调理，你就出息了。"

小红听了，"扑哧"一笑。凤姐道："你怎么笑？你说我年轻，比你能大几岁，就做你的妈了？你做春梦呢！你打听打听，这些人比你大的赶着我叫妈，我还不理呢！今儿抬举了你了！"

这段对话中凤姐的话语生动地表明，接受他人用亲属称谓来称呼自己，是关系亲近的表现；反之，拒绝他人用亲属称谓来称呼自己，则是听话人主观上疏远他人的表现。

用亲属称谓称呼非亲属，会显得亲近一些，传达出一种亲昵的情感，有时，也表达出"尊重""谐谑"等意蕴。这一言语手段，是面对面的称谓方式的变换，因此言语效果比较显著。恰当运用，会产生理想的言语交际效果。

# 80. 背称的制约因素
## ——坠儿妈为何挑剔晴雯的背称?

坠儿妈惊闻要撵女儿出大观园,又气又急,找晴雯理论:"姑娘们怎么了?你侄女儿不好,你们教导他,怎么撵出去?也到底给我们留个脸儿。"晴雯理也不理,干脆回绝说:"这话只等宝玉来问他,与我们无干。"坠儿妈闻听此语,自知女儿难留,讥刺地说:"我有胆子问他去?他那一件事不是听姑娘们的调停?他纵依了,姑娘们不依,也未必中用!比如方才说话,虽背地里,姑娘就直叫他的名字;在姑娘们就使得,在我们就成了野人了!"这是坠儿妈尖刻地挑剔晴雯话中的背称"宝玉"。

跟人当面说话时称呼对方使用的称谓是"面称",对听话人指称其他人时使用的称谓是"背称"。晴雯等大丫头跟宝玉关系密切,每日在怡红院中尽情嬉戏,背称时说"宝玉"已成了习惯。在贾府乃至在当时整个封建社会中,封建等级观念严格主宰着人们的称谓,仆人对主人背称说"××爷"等才合常理。平日里说惯了嘴的晴雯情急之中一时忽略了背称的"社会规范",被坠儿妈攥住话柄,不依不饶地冷嘲热讽。可见,使用背称要注意社会的一般用法,注意到

社会习惯和社会观念，并照顾到社会层次的不同。也就是说，要有背称的"社会规范"意识。（见《红楼梦》第 52 回）

使用背称还要留意到听话人的"个体态度"。例如第 67 回，兴儿向凤姐坦白交代贾琏偷娶尤二姐经过时，说："……二爷同着蓉哥儿到了东府里，道儿上，爷儿两个说起珍大奶奶那边的二位姨奶奶来，二爷夸他好，蓉哥儿哄着二爷，说把二姨奶奶说给二爷——"凤姐一听就火了，骂道："呸！没脸的王八蛋！他是你那一门子的姨奶奶？"兴儿赶紧磕头说："奴才该死！"兴儿分明知道凤姐对尤二姐不共戴天地仇视，却于慌乱中未及时调整背称，仍用平时对贾琏等人说惯了的"二姨奶奶"，挨了凤姐劈头盖脸的臭骂。使用背称时根据听话人对背称所指人物的态度进行适当调整，是言语交际得以顺畅进行的一项言语策略。

在语言运用中，背称也要受到"区分需要"的影响。例如第 6 回，刘姥姥在村儿里跟女儿、女婿商议到贾府"打秋风"，提到王夫人时说："……他家的二小姐着实爽快会待人的，倒不拿大，如今现是荣国府贾二老爷的夫人……只怕二姑太太还认的咱们……"刘姥姥到贾府后，对凤姐提到王夫人时则说"姑太太"。刘姥姥在村儿里提到王夫人时，是指贾家老二的媳妇，所以用"二姑太太"；跟凤姐对话时，凤姐等人已知是来找王夫人的，所以不用加"二"，直呼为"姑太太"。

以上说的"社会规范""个体态度""区分需要"是从听话人一方来考虑的，背称的得当使用还受到主观表达因素的制约。例如第 44 回，贾琏与鲍二家的通奸被发现，贾母狠狠地训斥他说："凤丫头和平儿还不是个美人胎子？你还不足？成日家偷鸡摸狗，腥的臭的，都拉了你屋里去！为这起娼妇打老婆，又打屋里的人……你若眼睛里有我，你起来，我饶了你，乖乖的替你媳妇赔个不是儿，拉了他家去，我就喜欢了。"这段话虽不长，却有三处对凤姐的背称，而且都不一样。第一次用"凤丫头"，是强调凤姐的年轻美貌，是"美人胎子"；第二次用"老婆"，是跟"娼妇"相对而说，意在强调贾琏内外不分——为"外边"的"娼妇"打"自家"的"老婆"；第三次用"你媳妇"，是强调凤姐跟贾琏的不可替代的密切关系——是贾琏的媳妇，意在让贾琏"拉了他家去"，好好抚慰一番。说话人主观上语义强调的重心不同，背称也相应作适当变换，才能贴切地、淋漓尽致地表达好语义。

从说话人的主观表达来说，话语的褒贬色彩也对背称的使用起着制约作用。试看第 11 回，凤姐和平儿的一段对话：

平儿……说道："……还有瑞大爷使人来打听奶奶在家没有，他要来请安说话。"凤姐听了，哼了一声，说道："这畜生合该作死，看他来了怎么样！"平儿回道："这瑞大爷是为什么，只管来？"凤姐遂将九月里在宁府园子里遇见他的光景、他说的话，都告诉了平儿。平儿说道："'癞蛤蟆想吃天鹅肉'，没人伦的混账东西，起这样念头，叫他不得好死！"

这段话开始，平儿不知贾瑞的禽兽行径，所以两次背称他"瑞大爷"，得知后，语义带上了鲜明的贬损色彩，背称变为"没人伦的混账东西"，这么一个临时构成的词组。凤姐对贾瑞的背称虽只出现一次，也透露出明晰的贬义色彩——"畜生"。

从话语分析的角度说，某一背称的用或不用，往往反映出说话人的某种意识。例如第 55 回，赵姨娘兄弟赵国基死了，赵姨娘对此时理家的探春说："如今你舅舅死了，你多给了二三十两银子，难道太太就不依你？"探春决绝地回复道："谁是我舅舅？我舅舅早升了九省的检点了！那里又跑出一个舅舅来？……既这么说，每日环儿出去，为什么赵国基又站起来?"这段话里，探春对王夫人之兄王子腾背称"舅舅"，对赵姨娘兄弟，即探春的亲舅舅背称"赵国基"而不称"舅舅"，清晰地反映出探春"以嫡为亲"的封建观念。当然，这种观念是那个时代的产物。

背称的制约因素包括"听话人"和"主观表达需要"两个方面。在背称的使用中，注意到这些制约因素，选择最适切的背称，是使话语更精当、更有效的一项不可忽视的言语策略。

# 81. 使用各类称谓须有"听话人意识"

## ——宝玉为何落款时踌躇再三？

宝玉过生日，妙玉派人送来一张"贺卡"，署名"槛外人"。宝玉"回帖"落款时犯了愁。妙玉自称"槛外人"，自己如何自称才合对方心意？他先想问宝钗，后又决定问黛玉，最终还是请教了邢岫烟，才找到了适切的落款——"槛内人"。宝玉为何如此踌躇、费尽周折呢？因为宝玉深知，妙玉孤芳自赏，有着惊人的清高，如落款不当，会使妙玉不悦甚至气恼，果真如此，便辜负了妙玉祝贺自己生日的美意。（见《红楼梦》第63回）

可见，在言语交际中，不光称呼对方，就是在自称时也要有"听话人意识"。其实，使用各类称谓，都要有"听话人意识"。宝玉的落款是书面语，以下举个口语中第一人称复数的例子。第31回，袭人和晴雯发生了争执，唇枪舌剑中，袭人的一个称谓陡然成为新的"导火索"：

袭人……道："好妹妹，你出去逛逛儿，原是我们的不是。"晴雯听他说"我们"两字，自然是他和宝玉了，不觉又添了醋意，冷笑几声道："我倒不知道，你们是谁？别叫我替你们害臊了！你们鬼鬼祟祟干的那些事，也瞒不过我去。——不是我说：正经明公正道的，连个姑娘还没挣上去呢，也不过和我似的，那里就称起'我们'来了！"

袭人羞得脸紫涨起来，想想原是自己把话说错了……

袭人的言语失误恰恰在于情急之中，忘了虑及听话人一方。直接称呼对方，则更须有听话人意识。例如第6回，刘姥姥头回进荣府，凤姐与刘姥姥初见面时的话语很值得玩味：

凤姐也不接茶，也不抬头，只管拨那灰，慢慢地道："怎么还不请进来？"一面说，一面抬身要茶时，只见周瑞家的已带了两个人立在面前了，这才忙欲起身、犹未起身，满面春风的问好，又嗔着周瑞家的："怎么不早说！"刘姥姥已在地下拜了几拜，问姑奶奶安。凤姐忙说："周姐姐，搀着不拜罢。我年轻，不大认得，可也不知是什么辈数儿，不敢称呼。"

凤姐见刘姥姥时的举止、话语很活泛，很机敏，然而该称呼刘姥姥时，却"卡了壳"，"不敢称呼"。巧舌如簧的凤姐的这一言语"凝滞"，生动地说明，直接称呼对方时选用称谓须有强烈的"听话人意识"。

使用称谓时的"听话人意识"，有时还表现在"第三方意识"上。第63回，林之孝家的跟宝玉的一段有趣的对话：

林家的……笑道："这些时，我听见二爷嘴里都换了字眼，赶着这几位大姑娘们竟叫起名字来。虽然在这屋里，到底是老太太、太太的人，还该嘴里尊重些才是。若一时半刻偶然叫一声使得；若只管顺口叫起来，怕以后兄弟侄儿照样，就惹人笑话这家子的人眼里没有长辈了。"宝玉笑道："妈妈说的是。我不过是一时半刻偶然叫一句是有的。"

林之孝家的说的绝不是无中生有，是她平日亲耳听到的。从宝玉一方来说，则是在对丫头直呼其名时，未注意到在场的"第三方"，以致在他全然不觉的情况下，引起了第三方的不满，不消说，这也是一种言语失误。

使用各种称谓要有"听话人意识"，那么哪些因素制约着听话人对称谓的主观评价呢？常见的因素至少有以下几种：

1. 听话人的性格特点。上文提到的宝玉使用"槛内人"这一称谓，就是宝玉充分注意到了妙玉的性格特点对称谓评价的制约。再如第 37 回，探春给黛玉起了一个"别号"，也充分注意到了黛玉的性格特点，正因为这一点，黛玉才欣然接受了探春赠她的别号：

（探春）又向众人道："当日娥皇女英洒泪竹上成斑，故今斑竹又名湘妃竹；如今他住的是潇湘馆，他又爱哭，将来他那竹子想来也是要变成斑竹的，以后都叫他做'潇湘妃子'就完了。"

大家听说，都拍手叫妙，黛玉低了头也不言语。

2. 听话人与他人的人际关系。听话人对称谓的评价，往往与听话人跟相关人物的人际关系有关。下面举两个例子。第 9 回，宝玉跟秦钟同上学堂，宝玉对秦钟说了这样一段话：

（宝玉）又向秦钟悄说："咱们两个人，一样的年纪，况又同窗，以后不必论叔侄，只论弟兄朋友就是了。"

由于宝玉跟秦钟过从甚密，志趣相投，所以在称谓上，宝玉喜欢秦钟对自己以兄弟相称，而厌烦"论叔侄"。再如第27回，凤姐要认小红做干女儿，小红听了一笑，凤姐说："你怎么笑？你说我年轻，比你能大几岁，就做你的妈了？你做春梦呢！你打听打听，这些人比你大的赶着我叫妈，我还不理呢！今儿抬举了你了！"凤姐赏识小红的才干，乐于接受小红称自己"妈"，而对那些她瞧不上眼的人，则不接受这一称谓。

3. 听话人的思想观念。称谓往往涉及某种思想观念。当称谓所包蕴的思想观念与听话人的思想观念相矛盾时，听话人则不乐于接受这一称谓。例如第46回，平儿等听说贾赦妄图娶鸳鸯做妾，开玩笑地称了鸳鸯一句"新姨娘"，鄙视为妾、宁死不从的鸳鸯听了，不满意地说："怪道，你们串通一气来算计我！等着我和你主子闹去就是了！"这时，"平儿见鸳鸯满脸怒意"，觉察到鸳鸯厌恶为妾的观念，心里"自悔失言"。又如第47回，轻薄浪荡的薛蟠误认柳湘莲为轻佻之徒，把他称为"小柳儿"，又说了些轻薄之语，引起鄙弃此种丑行的柳湘莲极大愤怒：

柳湘莲听了，火星乱迸，恨不得一拳打死；复思酒后挥拳，又碍着赖尚荣的脸面，只得忍了又忍。

在社会语言生活中，使用称谓的频率是很高的，称谓的种类也是多种多样的。使用各种称谓时，都要树立起"听话人意识"，才能避免袭人、平儿那样的言语失误，而取得宝玉、凤姐那样令人满意的言语交际效果。

# 82. 超层次亲近化指称的负面效应
## ——袭人话语中的"我们"为何受到讥诮？

　　晴雯不慎将扇子摔坏，引起她与宝玉的口角，袭人忙赶来劝解。袭人没料到，她的劝解话语中的一个"我们"，又诱发了一场新的纷争。袭人劝说时为了缓和矛盾，对晴雯说了句"原是我们的不是"。这里的"我们"是指袭人和宝玉。晴雯一听，冷笑了几声，向袭人发起猛烈攻击："我倒不知道，你们是谁？别叫我替你们害臊了！你们鬼鬼祟祟干的那些事，也瞒不过我去。——不是我说：正经明公正道的，连个姑娘还没挣上去呢，也不过和我似的，那里就称起'我们'来了！"袭人超越权势关系用"我们"来统称自己和宝玉，这一指称隐含了一种"亲近"的意味，自然使与袭人同处于丫头层次的晴雯听来十分刺耳，当即作出了强烈的反应。超越权势关系用含有亲近意味的代词来指称他人会对同一层次的听话人产生负面影响。（见《红楼梦》第31回）再如《红楼梦》第63回，晴雯对平儿说："今儿他还席，必自来请你，你等着罢。"这里的"他"是指宝玉。在贾府这个封建贵族大家庭中，等级极为森严，处于"奴才"阶层的丫头们（平儿实质上也属于这一层次）对宝玉的背称只能用

"宝二爷""二爷",用"他"显然是一种不合礼法的含有亲近意味的指称。这一指称立即引起了平儿的驳诘与指斥:"'他'是谁?谁是'他'?""呸!不害臊的丫头!这会子有事,不和你说!"

用人物姓名超越权势层次指称时,如含有亲近意味,也会发生同样的问题。例如《红楼梦》第52回,坠儿妈与晴雯、麝月发生争执时说:"比如方才说话,虽背地里,姑娘们就直叫他(指宝玉)的名字,在姑娘们就使得,在我们就成了野人了!"大丫头背称时不用"二爷"等而用"宝玉",透露出"亲近"的意味,情绪愤懑的坠儿妈当然要抓住不放了。

纵观以上实例,会发现处于权势关系下层的听话人似乎对指称上的"亲近化"更为敏感。也就是说,当说话人面对处于权势关系下层的听话人时,尤应注意慎用超越权势关系层面的"亲近化"的指称。

言语交际中的权势关系指尊卑关系或上下关系,也可以称为"垂直关系"。在现代社会中,父子关系、上下级关系、师生关系等都属于这类关系。与权势关系相对的是一致关系,也可以称为"水平关系",如同事关系、同学关系等。在一致关系中,彼此的心理距离一般要比权势关系接近。在交际中,当处于一致关系中的说话人用"亲近化"的词语超越权势关系去指称他人时,就会骤然加大一致关系中听话人对说话人的心理距离,使听话人在情感上产生反感、厌恶的心态变化,并以讥刺、指摘的语句发泄出来。

九

# 自身修养与交际

自身修养对交际的影响常常是在不知不觉

中发生的，有时甚至影响很大……

# 83. 自诩的反作用

## ——想得到尊重的李嬷嬷为何反而惹人厌烦？

　　宝玉幼时的奶奶李嬷嬷年事已高，已经"退休"。但她仍常常去怡红院转悠。她冀望人们像当年她给宝玉哺乳时一样尊重她。几乎每次去怡红院，她都少不了提说昔日的"功劳"，跟宝玉说话一张嘴便是"把你奶了这么大"之类的训诲。（见《红楼梦》第20回）

　　然而适得其反，她愈是自诩功高，宝玉跟怡红院的丫头们愈是腻烦她，以致她一到怡红院，丫头们都带搭不理的；她一申斥丫头，宝玉就为之辩解。后来，甚至连怡红院外的人们也渐渐对她啧有烦言了，嘲诮她为"老背晦"。

　　与李嬷嬷的卖功形成鲜明对照的是，宝玉的大丫头袭人从不夸耀自己在怡红院尽心尽责，但上上下下都称道她是怡红院最得力、办事最妥靠的丫头。《红楼梦》第39回，一贯持论公允的李纨在藕香榭向众人念诵，宝玉屋里"要不是袭人，你们度量到个什么田地"。袭人是以她辛勤周到的劳作和实绩赢得人们的赞许的。

　　事实上，人们总是依据社会实践及其效果来判断他人的功过、评估他人某方面的素质的。自诩非但不能"拔高"自己的形象，反而会产生负面效应，招致非议和反感。焦大动不动就说："不是焦大一个人，你们做官儿，享荣华，受富贵！"被斥为"没王法"，最后让人塞了一嘴马粪。

反之，不靠自我标榜，而用实际行动去"表白"，不但能成功地"推销"自我，还能起到扭转他人偏见的作用。例如黛玉一直对宝钗深怀疑虑，存有戒心。宝钗虽未向黛玉主动表白过什么，但通过一次次交往，黛玉终于了解了宝钗对自己的真情。她发自肺腑地对宝钗说："你素日待人，固然是极好的，然我最是个多心的人，只当你有心藏奸。从前日你说看杂书不好，又劝我那些好话，竟大感激你。往日竟是我错了，实在误到如今。"（见《红楼梦》第45回）

言语交际中自诩的心理基础是自我评价过高。因此避免这一言语失误的根本途径是用冷静客观的目光正确看待自己，既看到成绩也看到不足，自诩之语就不会似脱缰的野马一样奔突而出了。

# 84. 自责的话语功效
## ——平儿的话为何使探春消了气？

凤姐病了，探春临时代理贾府"总管"。管事的女仆们见探春是个涉世未深的年轻小姐，有意糊弄她，被机敏干练的探春当场识破。虽然粉碎了蒙骗"攻势"，探春心中很是气恼。恰巧平儿来了，探春由平儿想到凤姐，越发气愤：凤姐调教出的管家媳妇们竟如此撒野，如此放诞无礼！探春正欲发作，平儿的话产生了魔力，使探春心情发生了戏剧性变化，她的怨气很快平息下去了。平儿的话为何有如此奇效？让我们听听探春是怎样评价平儿话语的："我早起一肚子气，听他来了，忽然想起他主子来：素日当家，使出来的好撒野的人！我见了他更生气了。谁知他来了，避猫鼠儿似的，站了半日，怪可怜的。接着又说了那些话，不说他主子待我好，倒说'不枉姑娘待我们奶奶素日的情意了'，这一句话，不但没了气，我倒愧了……"原来深察探春心态的平儿尽说的是自责性话语。她的自责，大大缓解了探春的对立情绪，探春憋了一肚子的火，在平儿的自责声中，渐渐烟消火灭了。可见，诚恳的自责有益于平息言语冲突中对方的种种怨气。(见《红楼梦》第 56 回)

自责性话语还有益于取得听话人对自己失误的谅解。例如《红楼梦》第 69 回，尤二姐被诱骗入贾府，惨遭种种迫害，受尽折磨。平儿目睹这一幕幕情景，深为懊悔当初向凤姐泄露小花枝巷的秘密，她"滴泪"对尤二姐说："想来都是我坑了你。我原是一片痴心，从没瞒他的话。既听见你在外头，岂有不告诉他的。谁知生出这些个事来。"这坦诚恳切的自责赢得了尤二姐的信任，她完全谅解了平儿当初的"误告"，真诚地说："姐姐这话错了，若姐姐便不告诉他，他岂有打听不出来的，不过是姐姐说的在先。况且我也要一心进来，方成个体统，与姐姐何干。"再如第 46 回，贾母一时糊涂，误以为王夫人是贾赦向鸳鸯逼婚的同谋和帮凶，她斥责王夫人说："你们原来都是哄我的！外头孝顺，暗地里盘算我！有好东西也来要，有好人也来要。剩了这个毛丫头，见我待他好了，你们自然气不过，弄开了他，好摆弄我！"一时间屋内空气十分紧张。探春一语道破真情后，贾母率真地连续作了自责。她先说："可是我老糊涂了！姨太太别笑话我！你这个姐姐……可是我委屈了他。"接着又说："宝玉，我错怪了你娘，你怎么也不提我，看着你娘受委屈？"老太太的自责使她的"错批"马上被王夫人等谅解，屋内顿时恢复了亲切和谐自然融洽的活跃气氛。

坦诚真挚的自责语还有消释积久的误解或前嫌的奇效。例如，自打宝钗入贾府，钗、黛之间由于思想、性格的差异，很快形成了某种对峙。双方唇枪舌剑多次交锋，相互心存芥蒂。宝钗毕竟比黛玉大些，性格上温柔敦厚、处事周到的一面也较突出，她逐步走出"对峙"阴影，主动从生活上热情关心黛玉，又好意劝导黛玉"勿读杂书"等。黛玉心中的怨艾终于冰释。她对宝钗自责地说："你素日待人，固然是极好的，然我最是个多心的人，只当你心藏奸。从前日你说看杂书不好，又劝我那些好话，竟大感激你。往日竟是我错了，实在误到如今。"这敞开心扉的自责之语，彻底拆除了横在二人之间的心理篱笆，沟通了钗、黛的思想、情感。两人的关系从此进入了一个新的阶段。

自责之语还有助于化解突发的人际冲突。例如第 44 回，因贾琏与鲍二媳妇通奸，爆发了一场贾琏与凤姐、平儿，凤姐与平儿之间的一场恶性冲突。贾琏在凤姐的吵嚷、谩骂声中，甚至拔出墙上挂的宝剑要杀凤姐，凤姐也打了平日里赤胆忠心辅佐自己的得力助手平儿两巴掌。在贾母的申斥、劝解下，三个人在经历了一场短暂、激烈的人际冲突后，来到贾母住处。在贾母的"教导"下，贾琏先作自责，先是向凤姐说："原是我的不是，二奶奶别生气了。"继而又对平儿说："姑娘昨日受了屈了，都是我的不是；奶奶得罪了你，也是因我而起。我赔了不是不算外，还替你奶奶赔个不是。"这些话说得"满屋里的人都笑了"。随后，凤姐也对平儿作了自责："我昨儿多喝了一口酒，你别埋怨。打了那里？我瞧瞧。"激烈冲突中引发的人际情感的尖锐对立，被这些自责之语消融、化解了。三人关系恢复如初。贾琏的自责固然是在贾母的重压下进行的，但这"重压"是外因，最终还是通过人物的"自责"这一言语行为的实施，才实现了人际情感的转化和关系的和解。

"自责"的话语效果产生的原因在于它不是首先从矛盾对立面去寻求解决矛盾的锁钥，而是首先求诸自己，从自己一方来寻求化解矛盾的蹊径。在这一寻求中，不是强调或寻绎自己一方的"有理"，而是反思自己一方的"无理"，检查自己言行的失误点。这一语义指向往往在听话人一方激起共鸣，引起相应的反思，也来反躬自责。这样，便有力地扭转了交际氛围与语意走向，达到了化干戈为玉帛的言语交际目的。

## 85. 捐弃成见，评议语才能公正客观
### ——赵姨娘为何挨了凤姐的训斥？

贾环在宝钗处跟丫头们玩掷子儿赌钱的游戏时耍赖，与丫头们发生争执，被宝玉劝走了。贾环之母赵姨娘只听贾环说了句"莺儿欺负我，赖我的钱；宝哥哥撵了我来了"也不细究，便恶狠狠地对贾环说："谁叫你上高台盘了？下流没脸的东西！那里玩不得？谁叫你跑了去讨这没意思？"正巧凤姐从窗外过，听见此话，当即申斥赵姨娘："兄弟们小孩子家，一半点儿错，你只教导他，说这样话做什么？"（见《红楼梦》第20回）赵姨娘听了，自知理亏，无言以对。她评议贾环之语的话之所以挨训，是因为她从对宝玉的成见出发来评议贾环之语，不仅偏听偏信了贾环的谎言，而且煽风点火，蓄意调唆贾环仇视宝玉。心怀成见，必然导致对他人的话语作出偏颇或偏私的错误评议。再如《红楼梦》第66回，柳湘莲从对贾府的成见（"你们东府里，除了那两个石头狮子干净罢了！"）出发，错误地评议了宝玉对尤氏姐妹的笼统介绍，执意退婚，终于酿成了尤三姐拔剑自戕、自己断发出家的悲剧。

捐弃对人对事的成见，以客观、公正的心态评议他人话语，才

能得出正确的结论。例如《红楼梦》第46回，邢夫人找凤姐说了一通向贾母讨要丫鬟鸳鸯给贾赦做妾的事。凤姐对邢夫人成见颇深，但她并未受此干扰，而是依据平时耳闻目睹的事实，作了适切的评议："依我说，竟别碰这个钉子去。老太太离了鸳鸯，饭也吃不下去，那里就舍得了？况且平日说起闲话来，老太太常说老爷：'如今上了年纪，做什么左一个右一个的，放在屋里？头宗耽误了人家的女孩儿，二则放着身子不保养，官儿也不好生做，成日和小老婆喝酒。'太太听听，很喜欢咱们老爷么？这会子躲还怕躲不及，这不是'拿草根儿戳老虎的鼻子眼儿去'吗？太太别恼：我是不敢去的。明放着不中用，而且反招出没意思来。"邢夫人未听从凤姐中肯的评议，果真碰了钉子。

听话人对有关人、事的好感有时也会成为一种成见，从而一叶障目导致对他人话语的评议失之偏颇乃至谬误。例如贾母偏爱二儿媳王夫人，便对她贬斥晴雯的话轻易肯定，认可了王夫人对晴雯的残酷处置。反之，即使对说话人或话语中有关的人或事有好感，对其话语也采取分析的态度，方能作出客观公正的评议。例如贾母对探春颇有好感，探春向她汇报大观园内的赌博现状时说："我因想着太太事多，且连日不自在，所以没回，只告诉大嫂子和管事的人们，戒饬过几次，近日好些了。"贾母听后未沿着探春的思路去评议，而是作了客观分析，说："你姑娘家，那里知道这里头的利害？你以为赌钱常事，不过怕起争端；不知夜间既耍钱，就保不住不吃酒，既吃酒，就未免门户任意开锁，或买东西；其中夜静人稀，趁便藏贼引盗，什么事做不出来？"听了这番话，凤姐立即实施严厉措施，扼止住了园内赌博之风。(见《红楼梦》第73回)

评议他人话语时，对说话人或话语所关涉的人或事的先入之见往往形成一种心理障碍，使评议者难以洞察方方面面的真确情形，导致评议失去客观性，坠入舛误的泥潭。打破这一心理障碍的办法是果断地将对人或事的好恶观念抛置一边，头脑清醒地纵观全局，探寻解决问题的途径。这是言语交际中良好的心理素质的一种表征。

# 86. 话语质的准则与言语效果
## ——说一不二的贾母为何欣然变计？

　　贾母一时心血来潮，想以"凑份子"的方式给凤姐过生日。她"率先垂范"，向众人宣布自己出二十两银子。薛姨妈、邢夫人、王夫人纷纷响应，报了数。当李纨承诺十二两时，贾母说："你寡妇失业的，那里还拉你出这个钱，我替你出了罢。"这时，只听凤姐笑语几句，竟使贾母欣然放弃了替李纨出钱的主意。且看凤姐是如何说的："老太太别高兴，且算一算账再揽事：老太太身上已有两分呢，这会子又替大嫂子出十二两，——说着高兴，一会子回想又心疼了！"原来凤姐推翻贾母方案的"战术"是"算细账"。听凤姐细一掐算，贾母发觉自己确乎有点儿吃亏，征询地问凤姐："依你怎么样呢？"贾母最终采纳了凤姐的主张。（见《红楼梦》第43回）

　　人们的言语交际是在合作原则支配下进行的。美国语言学家格赖斯提出合作原则中有四条准则，其中之一是质的准则，即所说的话是真实的。真实性越强，才越能达到言语交际的目的。凤姐的"算细账"从言语交际策略来说，是详细说明事情的真实状况，使听话人知所未知，博得了听话人的信任。

凤姐说的是听话人一方的"真情"，突出真实性的话题所指，也可以是言语交际之外某人的"真情"。例如第63回，宝玉收到妙玉署名"槛外人"的生日拜帖，不知自己的回帖怎么落下款。偶然路遇邢岫烟，岫烟告诉他，妙玉自认为是世外之人，"他若帖子上是自称'畸人'的，你就还他个'世人'……如今他自称'槛外之人'，是自谓蹈于'铁槛'之外，故你如今只下'槛内人'，便合了他的心了"。这道出实情的话语登时令宝玉"如醍醐灌顶"，骤然解悟，当即依岫烟的点子署了名。

　　以上例子中话语的真实性，都表现在对已然发生的事物的具体、细致的揭示方面，话语的真实性还可以体现在以客观现实为依据，对未来可能发生的事情作出的入情入理的估计上。例如第34回，袭人对王夫人说："……如今二爷（指宝玉）也大了，里头姑娘们也大了，况且林姑娘、宝姑娘又是两姨姑表姐妹，虽说是姐妹们，到底是男女之分，日夜一处，起坐不方便，由不得叫人悬心……况且二爷素日的性格，太太是知道的：他又偏好在我们队里闹。倘或不防，前后错了一点半点，不论真假，人多嘴杂——那起坏人的嘴，太太还不知道呢：心顺了，说的比菩萨还好；心不顺，就没忌讳了。二爷将来倘或有人说好，不过大家落个直过儿；设若叫人哼出一声不是来，我们不用说，粉身碎骨，还是平常，后来二爷一生的声名品行，岂不完了呢。那时老爷、太太也白疼了，白操了心了。不如这会子防避些，似乎妥当。"

　　这段符合真情、对未来的设想又合情合理的话，使得王夫人大受感动。她动情地说："我的儿！你竟有这个心胸，想得这样周全，我何曾又不想到这里？只是这几次有事就混忘了。你今日这话提醒了我，难为你这样细心。真真好孩子！——也罢了，你且去罢，我自有道理。只是还有一句话，你如今既说了这样的话，我索性就把他交给你了。好歹留点心儿，别叫他糟蹋了身子才好。自然不辜负你。"此后，王夫人便将袭人"内定"为宝玉侍妾。袭人这一席充满真实性的话语赢得了王夫人的完全信任，从而对袭人命运的轨迹产生了重大影响。

在日常生活的言语交际中，坚持话语质的准则——真实性，会获得令人惊叹的效果。贾母是贾府至高无上的主宰者，鸳鸯不过是个处于奴隶地位的小丫头。然而第 39 回李纨的一段话却着实令人扼腕叹息，她说："……比如老太太屋里，要没鸳鸯姑娘，如何使得？从太太起，那一个敢驳老太太的回？他现敢驳回，——偏老太太只听他一个人的话。老太太的那些穿带的，别人不记得，他都记得。"鸳鸯长期坚持话语的真实性，她的话在贾母跟前方才有此超乎众人的信誉。

话语质的准则，即话语的真实性，是保证言语交际顺利进行的重要条件，同时也是维系说话人和听话人之间良好的人际关系的重要保证。舍弃真实性，言语作品就沦为"假冒伪劣"产品，言语交际也就蜕变为一种欺骗，无法达到真诚交际的目的。

## 87. 无视批评语易碰壁
### ——邢夫人为何挨了贾母的训斥？

贾赦是个无耻之徒，胡子一大把了，却硬要娶贾母的贴身丫头鸳鸯为妾。贾赦之妻邢夫人不仅不加劝阻，而且推波助澜，亲自操办。她先跟凤姐商议，企图取得支持。深通事理的凤姐闻听此语，立即表示反对："依我说，竟别碰这个钉子去。老太太离了鸳鸯，饭也吃不下去，那里就舍得了？况且平日说起闲话来，老太太常说老爷：'如今上了年纪，做什么左一个右一个的，放在屋里？头宗耽误了人家的女孩儿，二则放着身子不保养，官儿也不好生做，成日和小老婆喝酒。'太太听听，很喜欢咱们老爷么？这会子躲还怕躲不及，这不是'拿草棍儿戳老虎的鼻子眼儿去'吗？太太别恼：我是不敢去的。明放着不中用，而且反招出没意思来。老爷如今上了年纪，行事不免有点儿背晦，太太劝劝才是。比不得年轻，做这些事无碍。如今兄弟、侄儿、儿子、孙子一大群，还这么闹起来，怎么见人呢？"面对合情合理的批评语，邢夫人一句也听不进去，火冒三丈地来了个反批评："我叫了你来，不过商议商议，你先派了一篇的不是！也有叫你去的理？自然是我说去。你倒说我不劝，你还不知老爷那性子！劝不成，先和我闹起来。"无视批评语的邢夫人一意孤行，直接找鸳鸯"劝婚"，想给贾母来个釜底抽薪，但遭到了鸳鸯的拼死反抗，还被贾母狠狠斥责了一顿。邢夫人终于败下阵来，狼狈不堪地缩了回去。（见《红楼梦》第46回）

听了凤姐的批评语后，邢夫人不加思索，立即加以全盘否定。这样，她便在迈出错误一步的最后关口，丢掉了纠正不当举措的机会，最终碰了壁。

不光对批评自己话语的意见不能置若罔闻，对批评自己行为的话语同样不能漠然置之，这照样会导致行为失误。例如第65回，尤二姐被贾琏偷娶后，尤三姐清醒地看到了眼前的严峻形势，她对尤老娘、尤二姐说："姐姐糊涂！咱们金玉一般的人，白叫这两个现世宝玷污了去，也算无能！而且他家现放着个极利害的女人，如今瞒着，自然是好的，倘或一日他知道了，岂肯干休？势必有一场大闹。你二人不知谁生谁死，这如何便当作安身乐业的去处？"短视的尤老娘和尤二姐丝毫不理会尤三姐的尖锐批评，因此完全意识不到自身的险恶处境，结果尤二姐最终遭凶残的凤姐迫害而惨死。

反之，对批评语采取分析的态度，听话人往往受益。例如第6回，狗儿虽贫却不愿去叩富家之门，说："我又没有收税的亲戚、做官的朋友，有什么法子可想的？就有，也只怕他们未必来理我们呢！"刘姥姥对此提出了批评意见说："这倒也不然。'谋事在人，成事在天'，咱们谋到了，靠菩萨的保佑，有些机会，也未可知。我倒替你们想出一个机会来。当日你们原是和金陵王家连过宗的……如今王府虽升了官儿，只怕二姑太太还认的咱们，你为什么不走动走动？或者他还念旧，有些好处也未可知。只要他发点好心，拔根寒毛比咱们的腰还壮呢。"面对这一有理有据的批评意见，狗儿不再固执己见，欣然赞同刘姥姥的主张并建议："姥姥既这么说，况且当日你又见过这姑太太一次，为什么不你老人家明日就去走一遭，先试试风头儿去？"狗儿对批评语的灵活处置与积极采纳，给困窘的家境开辟出一条新的"致富门路"。

对错误的批评语虽不采纳，但加以分析，可以更坚定、更明确原来的想法或做法。例如第 25 回，马道婆的诅咒使得宝玉重病卧床，"连气息都微了。合家都说没有指望了，忙的将他二人的后事都治备下了。"贾母等哭得死去活来。幸灾乐祸的赵姨娘对贾母等的百般延医医治别有用心地提出批评意见，说："老太太也不必过于悲痛：哥儿已是不中用了，不如把哥儿的衣服穿好，让他早些回去，也省他受些苦；只管舍不得他，这口气不断，他在那里也受罪不安——"她的话当即遭到了贾母的严词拒绝，但贾母不是简单地否定，话语中包含了对马道婆意见的分析与批驳："怎么见得不中用了？你愿意他死了，有什么好处？你别做梦！……都是你们素日调唆着，逼他念书写字，把胆子唬破了，见了他老子就像个'避猫鼠儿'一样。"贾母等坚持抢救方针，毫不动摇，宝玉终于被一个和尚治好了。

语言是传递信息的。否定性话语同样传达了某种信息。对这一信息加以分析后，再定夺自己的取舍，要比一听反对意见就立即跳脚、全盘否定要好得多。分析之后，不论是完全采纳、部分采纳还是予以反对，都使自己的认识上升到一个新的层次，使话语纳入更合理的轨道。

# 88. 称赞语的误区
## ——贾政为何误赞了纨绔子弟的游乐行为？

　　贾珍"居丧"期间不能游玩，"无聊之极"，便邀了些世家子弟来练习射箭。"习射"不过是幌子，这些世家子弟借机"天天宰猪割羊，屠鹅杀鸭"，吃喝玩乐。迂腐的贾政对贾珍等人游乐嬉戏的荒唐"习射""不知就里"，一句没批评劝止，倒称赞说："这才是正理。文既误了，武也当习；况在武荫之属。"他还"令宝玉、贾环、贾琮、贾兰等四人，于饭后过来跟着贾珍，习射一回，方许回去"。（见《红楼梦》第75回）

　　贾政的称赞语走入误区，是因为他未深入了解实情，只听说贾珍等人"习射"，就信以为真。可见，不深入了解实情就加以称赞，易入误区。只了解过去，不了解现状，称赞语也易脱离实际。例如第6回，刘姥姥赞王夫人说："……他家的二小姐，着实爽快会待人的，倒不拿大，如今现是荣国府贾二老爷的夫人，听见他们说，如今上了年纪，越发怜贫恤老的了，又爱斋僧布施。"刘姥姥只凭以往印象和道听途说来称赞王夫人，对王夫人威严性格的一面全然不知，因此她的称赞语与王夫人的言行并不完全相符。

说话人往往意识不到，自己的某种情感，也能导致称赞语偏颇。例如第 8 回，宝玉向贾母"着实称赞秦钟人品行事，最是可人怜爱了"。宝玉这一称赞是基于性格相投而提出来的，具有相当大的个人情感因素。这一过甚其词的夸赞逐渐被秦钟在学堂、馒头庵中的种种不检点行为所否定。又如第 35 回，宝玉对贾母说："要说单是会说话的可疼，这些姐妹里头也只凤姐姐和林妹妹可疼了。"凤姐的话语机智巧妙、谐谑多变、因人而异。黛玉虽时有诙谐之语，但就"会说话"而言，不及凤姐。宝玉的过誉之词是因无意中受了自己与黛玉的恋情的支配。再如第 36 回，王夫人很动情地称赞袭人说："你们那里知道袭人那孩子的好处？比我的宝玉还强十倍呢！宝玉果然有造化，能够得他长长远远的服侍一辈子，也就罢了。"袭人在宝玉挨打后曾主动向王夫人表白"效忠"的心迹，随后又不断向王夫人打"小报告"，密报怡红院中丫头们的言行，因而深得王夫人信任。袭人以牺牲他人利益为自己进身之阶，还同宝玉发生了不正当的性行为。王夫人的称赞语是与事实相抵触的。她的称赞语走入误区固然由于她无法了解实情，更重要的，则是为自己与袭人的良好的人际关系所生成的情感纽带所左右。

　　说话人有所求而取悦于听话人时，称赞语不可避免地要坠入误区。例如第 35 回，宝钗向贾母说："我来了这么几年，留神看起来，二嫂子凭他怎么巧，再巧不过老太太。"这一称赞语显然与事实不符。贾母的风趣幽默之语比凤姐少得多，也笨拙得多。宝钗在贾府中住了几年，深知贾府的一切，是由贾母"拍板"的，贾母是贾府的最高统治者。宝钗想登上"二奶奶"的宝座，只有获取贾母的垂青，才能成功。因此她千方百计取悦于贾母。例如第 22 回，宝钗过生日，"贾母因问宝钗爱听何戏，爱吃何物。宝钗深知贾母年老之人，喜热闹戏文，爱吃甜烂之物，便总依贾母素喜者说了一遍。贾母更加喜欢。"总之，宝钗因功利目的而取悦于贾母称赞语是很难有客观性的。又如第15回，求凤姐帮忙的老尼姑夸赞凤姐说："这点子事要在别人，自然忙的不知怎么样；要是奶奶跟前，再添上些，也不够奶奶一办的。"凤姐虽然精明干练，但远非老尼所说的府中事务"不够奶奶一办"，凤姐后来因劳碌而病倒了。老尼的话显然系夸大不实之词。这是老尼有所求而力图取悦于对方的言语目的所决定的。

说话人有所求且畏惧对方时，称赞语乖离事实有时可达到荒谬的程度。例如第51回，袭人要回家探望病危的母亲，凤姐考虑到王夫人对袭人的"器重"，把自己的"大毛"的大褂子送给袭人。凤姐处的女仆见了，忙称赞说："奶奶惯会说这话。成年价大手大脚的，替太太不知背地里赔垫了多少东西……""谁似奶奶这么着圣明！在上体贴太太，在下又疼顾下人。"这些称赞语与凤姐善于算计、巧取豪夺的行为恰成鲜明对照。李纨曾批评凤姐："……专会打细算盘、'分金掰两'的。天下人都叫你算计了去！"众女仆的虚妄之词显然是在又怕又欲取悦的双重心态支配下产生的畸形的称赞语。

避免称赞语走入误区，是提高语言的客观性、真实性须顾及的重要一点。深入了解情况，保持公允心态才能具有客观性。如果为某种主观偏爱或功利目的所左右，称赞语必然坠入误区，脱离客观事实。

## 89. 自我辩解的话语策略

——王夫人为何很快认可了凤姐的辩解？

　　王夫人袖藏"绣春囊"怒气冲冲找到凤姐，一口咬定是凤姐失落在园内山石上的。王夫人断言："……一家子除了你们小夫小妻，余者老婆子们，要这个何用？……你还和我赖！"凤姐乍一听这从天而降的罪名，有些着急，"登时紫涨了面皮"。但她很快镇定下来，为自己辩解："太太说的固然有理，我也不敢辩；但我并无这样东西；其中还要求太太细想：这香袋儿是外头仿着内工绣的，连穗子一概都是市卖的东西。我虽年轻不尊重，也不肯要这样东西。再者，这也不是常带着的，我纵然有，也只好在私处搁着，焉肯在身上常带，各处逛去？况且又在园里去，个个姊妹，我们都肯拉拉扯扯，倘或露出来，不但在姊妹前看见，就是奴才看见，我有什么意思？三则论主子内，我是年轻媳妇；算起来，奴才比我更年轻的又不止一个了，况且他们也常在园里走动，焉知不是他们掉的？……不但我没此事，就连平儿，我也可以下保的：太太请细想。"（见《红楼梦》第 74 回）

　　凤姐话语中说的"太太说的固然有理，我也不敢辩"等，并非是自己真的不辩,而是先让一步,使对方心理上有一个"缓冲",从而使"缓冲"后转折的语意易于为对方所接受。随后,凤姐谈了"绣春囊"非自己失落之物的理由:此系街头卖的低俗之物,自己是不要此类物品的;即使自己有,也不会带在身上;年轻媳妇非止自己一人,可能失落者大有人在。凤姐的话合情合理,态度又极为恳切,王夫人"听了这一席话",觉得"很近情理",当即怒气全无,改口说:"我也知道你是大家子的姑娘出身,不至这样轻薄,不过我气激你的话。但只如今,且怎么处?"

凤姐的自我辩解从言语策略看,包含了三项内涵:

1. 先让一步,对责难者有某种肯定。

2. 充分、具体的说理。

3. 诚恳而不急躁。

这三项或许可以说是比较周全的自我辩解的言语策略。在言语交际中,只有后两项往往也可获得成功。例如第 36 回,王夫人质问凤姐为何有人"月例"中"短了一串钱",凤姐辩解说:"姨娘们的丫头月例,原是人各一吊钱,从旧年他们外头商量的,姨娘们每位丫头,分例减半,人各五百钱。每位两个丫头,所以短了一吊钱。这事其实不在我手里,我倒乐得给他们呢!只是外头扣着,这里我不过是接手儿,怎么来怎么去,由不得我做主……如今我手里给他们,每月连日子都不错……"凤姐对月钱的来去和"短了一串钱"的原因作了详细、具体的解释,态度不急不躁,娓娓道来,因此很快获得了王夫人的认可,王夫人也就不再追问了。再如第 78 回,王夫人、凤姐都责备宝钗不应为抄检大观园而搬出园外,宝钗辩解说:"而且我进园里来睡,原不是什么大事。因前几年年纪都小,且家里没事,在外头不如进来,姐妹们在一处玩笑做针线,都比在外头一人闷坐好些。如今彼此都大了,况姨娘这边历年皆遇不遂心之事,所以那园子里，倘有一时照顾不到的，皆有关系。唯有少几个人，就可以少操些心了。所以今日不但我决意辞去，此外还要劝姨娘：如今该减省的就减省些……"宝钗充分的说理和坦诚的态度，使得凤姐和王夫人都不得不放弃了力劝宝钗搬回大观园的打算。

从以上例子可以看出，凤姐自我辩解话语三项策略的核心是第二项——"充分、具体的说理"。如果这一条把握不好，自我辩解必然失败。例如第 73 回，探春告诉贾母："近因凤姐姐身子不好几日，园里的人，比先放肆许多。先前不过是大家偷着一时半刻，或夜里坐更时，三四个人聚在一处，或掷骰，或斗牌，小玩意儿，不过为着熬困起见。如今渐次放诞，竟开了赌局，甚至头家局主，或三十吊五十吊的大输赢。半月前竟有争斗相打的事。"贾母听了责问她："你既知道，为什么不早回我来？"探春为自己辩解说："我因想着太太事多，且连日不自在，所以没回，只告诉大嫂子和管事的人们，戒饬过几次，近日好些了。"这样的辩解显然理由站不住，没有什么说服力。出了事儿，岂可因负责人身体不适而不及时报告？所以贾母立即批评探春说："你姑娘家，那里知道这里头的利害？你以为赌钱常事，不过怕起争端，不知夜间既耍钱，就保不住不吃酒，既吃酒，就未免门户任意开锁，或买东西；其中夜静人稀，趁便藏贼引盗，什么事做不出来？况且园内你姐儿们起居所伴者，皆系丫头媳妇们，贤愚混杂。贼盗事小，倘有别事，略沾带些，关系非小！这事岂可轻恕？"平日里有胆有识、谈锋犀利的探春，这时一句话也说不出，"默然归坐"，只有挨训的份儿。

值得注意的是，"充分、具体的说理"所讲述的道理，须是听话人认同的道理。如果只是说话人认为是"理"，听话人不认这个"理"，辩解必遭失败。例如第 54 回，贾府元宵节夜宴。因袭人母亲去世，王夫人没让她来"侍宴"，贾母追问此事时，王夫人辩解说：

"他妈前日没了，因有热孝，不便前头来。"贾母听了指摘说："跟主子，却讲不起这孝与不孝。"凤姐马上变换了一个角度替王夫人辩解："今晚便没孝……这一散后，宝兄弟回去睡觉，各色都是齐全的。若他再来了，众人又不经心，散了回去，铺盖也是冷的，茶水也不齐全，便各色都不便宜……"贾母这才不再提袭人的事了。王夫人说的"有热孝"在封建等级观念极为顽固的贾母看来，根本不是理由，"跟主子"的"下人"只配做牛做马，听主子使唤，"讲不起这孝与不孝"。凤姐从"为宝玉周到服务"的角度替王夫人辩解，贾母对这个"理"颇为认同，当即点头，同意袭人不来。

在自我辩解中，恳切的态度与充分、具体、深入、细致的说理相结合，辩解语能发挥出最大效应。如果生气急躁，或说理不充分，或所说的"理"不为对方所认可，都不能获得自我辩解的圆满成功。

# 90. 话语的身份意识

## ——贾珍料理丧事的话为何使人生疑？

　　宁国府贾珍儿媳秦可卿去世了，阖府举哀。贾珍悲泣不止，众亲友劝道："人已辞世，哭也无益，且商议如何料理要紧。"这时，贾珍说了句使众亲友，也使读者疑窦顿生的话："如何料理！不过尽我所有罢了！"秦可卿去世，最伤心的应是她的丈夫，作为公公的贾珍，为何说出这般痛彻心脾、呼天抢地的话来呢？

　　从话语与说话人的关系来看，贾珍的话之所以使人生疑，是因为话语与说话人的身份不相称。在言语交际中，须有明确的身份意识。这有助于话语立意得当、选词贴切、避免愚妄之说。说话时如若表意急切而丧失身份意识，势必导致话语的种种失当。（见《红楼梦》第13回）

　　缺失身份意识的话语常常引起听话人的反感。例如《红楼梦》第24回，贾芸的舅妈听见丈夫留外甥吃饭，忙说："你又糊涂了！说着没有米，这里买了半斤面下给你吃，这会子还装胖呢。"这些赶外甥出门的话与她的舅妈身份极不相称，贾芸听了十分反感，说了几句"不用费事"，生气地拔腿便走。《红楼梦》第80回，夏金桂无视自己的"儿媳"身份，当婆婆跟丈夫说话时，冲婆婆大吵大嚷，胡搅蛮缠。她婆婆气得叱呵她："这是谁家的规矩？婆婆在这里说话，媳妇隔着窗子拌嘴！"

缺失身份意识的话语常常反映出说话人的某种思想观念。从听话人的角度说，留意观察这类话语有助于剖析说话人的思想观念上的特点。例如《红楼梦》第11回，依附贾府生活的贾瑞平时很少见到凤姐，一次偶然在花园中碰上凤姐，竟然挤眉弄眼地跟凤姐说："嫂子连我也不认得了？""我方才偷出了席，在这里清净地方，略散一散，不想就遇见嫂子：这不是有缘么？"这一极为牵强地跟听话人套近乎的话，是与贾瑞"远房亲戚"的身份极不相称的。这些轻浮的话语透露出贾瑞那贪淫好色的丑恶意识。

再如，在贾府这个大贵族家庭的日常生活中，宝玉跟异母兄弟贾环相处时，从不以"兄长"的身份教训弟弟。他想："兄弟们一并都有父母教训，何必我多事。"跟异母妹妹探春相处时，也总是亲切随和，话语里从不摆"兄长"的架子。在怡红院里，宝玉跟身边侍奉他的丫鬟们相处，从不以"主人"自居，整日价跟丫鬟们嬉戏玩笑、闲侃倾谈。袭人甚至开玩笑地说宝玉一天不挨晴雯"两句硬话村"他，"自过不去"。像宝玉这样说话时"兄长""主人"身份意识的淡化乃至消失，在封建时代是不多见的。这一话语交际心态，折射出封建礼教的叛逆者宝玉心头不自觉地萌发的朦胧的民主意识。

# 语言修养与交际

有时候，在交际中你这样做了，虽然不知其中的道理；当你懂得个中奥妙后，会做得更好……

# 91. 形象化比喻：嘲讽语的"味精"
## ——宝钗的嘲讽语为何顿使宝、黛赧颜？

　　从清虚观回来，宝玉跟黛玉大吵了一架。随后，宝玉又主动上门给黛玉赔不是，二人重归于好。宝钗就此讥讽地说自己看的戏是"李逵骂了宋江，后来又赔不是"。宝玉没品出味儿，说："姐姐通今博古，色色都知道，怎么连这一出戏的名儿也不知道，就说了这么一套。这叫做'负荆请罪'。"宝钗当即嘲讽道："原来这叫'负荆请罪'！你们通今博古，才知道'负荆请罪'，我不知什么叫'负荆请罪'。"话音未落，宝、黛二人羞得满脸通红。这一隐含在双关语中的嘲讽之所以产生如此大的效力，与嘲讽中使用了形象化比喻密切相关。形象化比喻使得所嘲讽的事物或行为具体化为一种典型性的形象，使嘲讽的语意更加鲜明、深刻、生动，具有更强的感染力。（见《红楼梦》第 30 回）再如《红楼梦》第 34 回，怡红院的丫头们运用形象化比喻嘲讽袭人是"西洋花点子哈巴儿"，大大强化了嘲讽的力度，鲜明、深刻、生动地揭露出袭人善取媚主子的性格特点。

　　形象化比喻还可使嘲讽语意蕴隽永，耐人寻味。例如《红楼梦》

第 55 回，凤姐患病，王夫人让李纨、探春、宝钗代管贾府事务。仆人们觉得"李纨素日是个厚道多恩无罚的人，自然比凤姐儿好搪塞些"，探春、宝钗不过是未出阁的小姐，"因此都不在意"，比平日"懈怠了许多"。不料三人夙兴夜寐，尽职尽责，反比凤姐管得更严。仆人们抱怨地嘲讽道："刚刚的倒了一个'巡海夜叉'，又添了三个'镇山太岁'……"话虽简短，却点明了三人上任后管理之严格、周到、细致。再如《红楼梦》第 65 回，"贾琏的心腹小童隆儿拴马去，瞧见有了一匹马，细瞧一瞧，知是贾珍的，心下会意……隆儿才坐下，端起酒来，忽听马棚内闹将起来。原来二马同槽，不能相容，互蹄蹶起来。"这里的"二马同槽"是嘲讽贾珍、贾琏兄弟俩同时去找尤氏姊妹寻欢作乐的禽兽般的行为。这一形象化的比喻揭示出二人灵魂深处的丑恶，引人思索，耐人品味。

形象化比喻用于嘲讽，有时还可使嘲讽语显得十分委婉。例如《红楼梦》第 28 回，宝钗从腕上褪下"红麝串"给宝玉，宝玉看见宝钗"雪白的胳膊，不觉动了羡慕之心"，"再看看宝钗形容，只见脸若银盆，眼同水杏；唇不点而含丹，眉不画而横翠：比黛玉另具一种妩媚风流；不觉又呆了。宝钗褪下串子来给他，他也忘了接。"这一幕情景偏巧被黛玉撞见，黛玉不便直言相讥，便借助形象化比喻把宝玉凝视宝钗的神态比做"呆雁"，说："只因听见天上一声叫，出来瞧了瞧，原来是个呆雁。"这句话语气委婉地嘲讽了宝玉的用情不专。嘲讽语中的形象化比喻所反映的不是事物外部的表征，而是对所观察到的感性材料加工后所产生的认识。这一认识的形象化表述使其极富生动性、鲜明性与深刻性。这一言语技巧不但表现力很强，且往往意味"醇厚"，内蕴颇多，令人回味。

# 92. 模糊表达的功能
## ——王夫人为何含糊地询问"月例"的事？

　　王夫人主管贾府事务，治家很严。然而，当有人向她反映，凤姐发放的"月例"中"少了一吊钱"时，她没有严厉质问凤姐，而是含糊地询问："前儿恍惚听见有人抱怨，说短了一串钱，什么原故？"这是为什么呢？原来凤姐是她的得力助手，为避免刺伤对方，她使用了"恍惚听见"帮助构成的模糊的表达方式。（见《红楼梦》第36回）模糊表达具有使表达委婉，以免刺伤听话人的作用。再如第54回，贾母讲了一个小笑话，嘲讽"嘴巧"的人是喝了孙悟空的尿才巧舌如簧的。尤氏听出这个笑话是在打趣凤姐，就说："咱们这里头谁是吃过猴儿尿的，别装没事人儿！"薛姨妈也赞同地说："笑话儿在对景就发笑。"尤氏和薛姨妈的话都没有直接点破"这是嘲讽凤姐"，而是采取了比较模糊的不点出姓名的表达方式，这样，既打趣了凤姐，又避免了在众人场合伤害她的自尊心。

　　模糊表达有时还具有避免说话人和听话人同时落入尴尬境地的作用。例如第32回，宝玉向黛玉剖明心迹、倾诉爱情时，说的是这样两句话："你皆因都是不放心的原故，才弄了一身的病了。但凡宽慰些，这病也不得一日重似一日了！"两句话从表面看很平常，但却一语中的地道出了黛玉对宝玉的忠贞爱情和对爱情前途深深的忧虑，同时也表明了宝玉相同的情感。这两句话从语义上可以说是很模糊的。如果宝玉不以这种模糊表达的方式倾诉心中爱慕之情，而是说"我爱你"之类热切直白的话语，则会使处于封建时代、生活在贵族大家庭、从小深受儒家伦理熏陶的双方都陷入十分尴尬的境地。

模糊表达还能在试探对方意向时，给自己留下充分的话语余地。例如第 25 回，马道婆打算用"魇魔法"加害凤姐、宝玉，自己从中捞取酬谢。一开始她并未明说这种恶毒的法术，而是采用了模糊表达方式来试探，说："不是我说句造孽的话：你们没本事！——也难怪。明里不敢罢咧，暗里也算计了！还等到如今！"这时，如赵姨娘同意，她便可进一步介绍毒计实施办法；如赵姨娘不同意，她也能就此打住，不露马脚。又如第 29 回，张道士给宝玉说媒，他只含混地对贾母说："前日在一个人家儿，看见位小姐，今年十五岁了，长的倒也好个模样儿……聪明智慧，根基家当，倒也配的过。但不知老太太怎么样？小道也不敢造次，等请了示下，才敢提去呢！"张道士的话并未点出小姐的府第、姓名等，这样，就使表达具有了模糊性，使张道士得以观察贾母的意向决定收住话头儿还是深谈下去。

模糊表达有时还能起到推卸责任的微妙作用。例如第 33 回，忠顺王府管家对宝玉追问琪官去向，贾政也一块儿逼问。宝玉没有直接说明琪官住处，而是说："听得说：他如今在东郊离城二十里有个什么紫檀堡，他在那里置了几亩田地，几间房舍。想是在那里，也未可知。""听得说"，这一模糊表达就把消息来源说成了听旁人说而得知，即不是从琪官本人得知，无形中就把贾政所说的宝玉将琪官"引逗"出府的罪名推卸掉了。

模糊表达有时还能在言语交际中制造悬念，引发听话人继续听话的兴趣。例如第 26 回，冯紫英对薛蟠、宝玉说，自己随父打猎时，"大不幸中却有大幸"，又说："今儿说的也不尽兴，我为这个，还要特治一个东儿，请你们去细谈一谈；二则还有奉恳之处。"这些话所指的具体内容，冯紫英一字未提。如此模糊的表达使冯紫英的话语具有了强烈的悬念意味，引得宝玉说："你到底把这个'不幸之幸'说完了再走。"薛蟠更是说："越发说的人热剌剌的扔不下，多早晚才请我们？告诉了也省了人打闷雷。"

模糊表达有时具有威胁对方的意思。例如第 77 回，王夫人带人撵晴雯出大观园，她同时对怡红院丫头们恶狠狠地说："打量我隔的远，都不知道呢！可知我身子虽不大来，我的心耳神意时时都在这里。"这段话显然指有人向王夫人汇报怡红院的"情况"，是谁呢？王夫人没说。她的模糊表达带有强烈的威胁众丫头不许"乱说乱动"的意味。

模糊表达有时还具有避免引发听话人之间矛盾的作用。例如第 46 回，金文翔的媳妇向邢夫人和凤姐汇报自己遭鸳鸯抢白及鸳鸯拒绝给贾赦做妾的经过。当邢夫人、凤姐追问都有谁在场给鸳鸯帮腔时，金文翔媳妇先说有平儿，但马上又改口说"平姑娘倒没在跟前，远远的看着倒像是他，可也不真切。不过是我白忖度着"。这么一来，语义就变得十分模糊。金文翔媳妇采用模糊表达的言语目的，是避免听话人邢夫人和凤姐之间的矛盾。平儿是凤姐心腹、得力干将，如平儿也站在鸳鸯一边卷入这场冲突，便透露出凤姐不支持邢夫人向鸳鸯逼婚的意向，会立即引发邢夫人跟凤姐的矛盾。金文翔媳妇用模糊表达巧妙地掩饰了真相，达到了自己的言语目的。

以上所谈模糊表达的功能是举例性的，模糊表达的功能是多种多样的，值得我们深入探究。

# 悖谬性解释的幽默机制
## ——刘姥姥的评议为何使贾母笑出了眼泪？

在大观园的宴会上，刘姥姥用筷子怎么也夹不起鸽子蛋，不禁喟然兴叹："这里的鸡儿也俊，下的这蛋也小巧，怪俊的。我且得一个儿！"众人听了，都哈哈大笑起来，"贾母笑的眼泪出来，只忍不住……"

刘姥姥是乡村老妪，对鸡蛋自然非常熟悉，她对鸽子蛋的评议决不是无知，而是一种插科打诨。她的幽默语段是通过对客观事物做出有乖常理、不合实情的解释而造成的，其技巧可以称为"悖谬法"。（见《红楼梦》第40回）

也可以通过对他人某方面的悖谬性解释来造成幽默语段。例如《红楼梦》第29回，凤姐看到张道士用茶盘托着"寄名符"送过来，便打趣道："你只顾拿出盘子。倒唬了我一跳：我不说你是为送符，倒像和我们化布施来了。""众人听说，哄然一笑，连贾珍也撑不住笑了。"这是通过对他人行为的悖谬性解释来造成幽默语段的。

还可以通过对他人言语的悖谬性解释来造成幽默语段。例如《红楼梦》第42回，黛玉看了看宝钗口授的绘画用品单子，诙谐地对探春说："你瞧瞧，画个画儿，又要起这些水缸箱子来，想必糊涂了，把他的嫁妆单子也写上了。""探春听了，笑个不住。"

这种言语技巧构成的幽默语段是多种多样的，如《红楼梦》第35回，凤姐谐谑地说贾母"要不嫌人肉酸，早已把我还吃了呢"，是对他人嗜好的悖谬性解释；第38回，凤姐戏言贾母"鬓角上那指头顶儿大的一个坑儿"是"盛福寿"的，则是对他人体貌的悖谬性解释……

"悖谬性解释"的灵感是从对客观事物、人物、话语等的感受中随机产生的，是基于说话人的"感想"而产生的。从蕴含的深层含意来说，它可以分为有讽刺意味的和戏谑意味的两类。从听话人的感受心理上说，"悖谬性解释"的幽默效应是由于人的理智对有意制造的不合逻辑、有悖事理的说法感到荒谬可笑而产生的。

## 94. 对抗性话语的两项要素
### ——尤三姐的话为何使贾琏二人不敢放肆?

贾琏偷娶尤二姐后,又助纣为虐,帮贾珍霸占尤三姐。晚饭时趁着酒兴,他嬉皮笑脸地对尤三姐说:"三妹妹为什么不合大哥吃个双钟儿? 我也敬一杯,给大哥合三妹妹道喜。"贾琏的话实际上是胁迫尤三姐就范,逼她给贾珍当暗娼。面对贾琏的胁迫,尤三姐说了一席话,产生了惊人的效果:

三姐儿听了这话,就跳起来,站在炕上,指着贾琏冷笑道:"……你别胡涂油蒙了心,打量我们不知道你府上的事呢! 这会子花了几个臭钱,你们哥儿俩,拿着我们姊妹两个权当粉头来取乐,你们就打错了算盘了! 我也知道你那老婆太难缠。如今把我姐姐拐了来做了二房,'偷来的锣鼓儿打不得'。我也要会会这凤奶奶去,看他是几个脑袋? 几只手? 若大家好取和儿便罢,倘若有一点叫人过不去,我有本事先把你两个的牛黄狗宝掏出来,再和那泼妇拼了这条命! 喝酒怕什么? 咱们就喝!"

尤三姐的话产生了强大的威力，说得"风流场中耍惯"的贾琏二人"不能搭言"，"直将二人禁住"，二人收敛了手脚，不敢放肆了。这样，尤三姐便顶住了贾氏兄弟的胁迫，彻底粉碎了贾琏、贾珍的罪恶企图。尤三姐的话之所以有这般威力，是因为话语中有两项重要内涵，一是依据事实彻底揭露了对方的罪恶企图，即揭露出贾氏兄弟不过是"拿着我们姊妹两个权当粉头来取乐"；二是拿出了有威慑力的对抗性措施，她愤怒地警告说如"有一点叫人过不去"，将以死相拼！（见《红楼梦》第 65 回）

从言语交际策略来说，对抗威胁的话语，首先要彻底揭露对方企图，揪住狐狸尾巴，使之无法狡赖。随后再示以有威慑力的对抗性措施，这样才能最终使威胁之语落得个竹篮打水一场空。尤三姐话语的两项内涵可以说是对抗威胁性话语的两项要素。

再如第 46 回，鸳鸯面对贾赦气焰嚣张的逼婚，采取了与尤三姐相同的言语策略。她说："因为不依，方才大老爷越发说我'恋着宝玉'，不然，要等着往外聘，凭我到天上，这一辈子也跳不出他的手心去，终究要报仇。——我是横了心的，当着众人在这里，我这一辈子，别说是宝玉，就是'宝金''宝银''宝天王''宝皇帝'，横竖不嫁人就完了！就是老太太逼着我，一刀子抹死了，也不能从命！服侍老太太归了西，我也不跟着我老子娘哥哥去，或是寻死，或是剪了头发当姑子去！要说我不是真心，暂且拿话支吾，这不是天地鬼神、日头月亮照着！嗓子里头长疔！"鸳鸯一方面彻底揭露了贾赦恼羞成怒的丑恶嘴脸，一方面又无畏地表白了宁死不从的决心。可以说，即使没有贾母的庇荫，鸳鸯说出这一篇惊天地、泣鬼神的言词之时，她已取得了挫败贾赦阴谋的胜利。

反过来说，在对抗威胁性话语时，话语中不包含尤三姐、鸳鸯话语中的两项要素，就会一败涂地。例如第 68 回，尤二姐在对抗善姐威胁性话语时，由于上述二要素阙如，惨遭失败：

　　谁知三日之后，丫头善姐便有些不服使唤起来。二姐因说：“没了头油了，你去回一声大奶奶，拿些个来。”善姐儿便道：“二奶奶：你怎么不知好歹，没眼色……咱们又不是明媒正娶来的。这是他亘古少有一个贤良人，才这样待你。若差些儿的人，听见了这话，吵嚷起来，把你丢在外头，死不死活不活，你敢怎么着呢？”
　　一席话说的尤氏垂了头。自为有这一说，少不得将就些罢了。

　　在狗仗人势的善姐威胁性话语面前，尤二姐束手无策，既未揭露哄骗自己入园的事实，也未拿出任何有力的对抗性措施，干挨善姐欺负。尤二姐如此胆怯口讷，危机日益深重：

　　那善姐渐渐的连饭也怕端来给他吃了，或早一顿，晚一顿，所拿来的东西皆是剩的。二姐说过两次，他反瞪着眼叫唤起来了。二姐又怕人笑他不安本分，少不得忍着。

　　在面对威胁性话语的一再言语失误中，尤二姐终于被逼上了绝路。
　　如果仅揭破对方企图而拿不出有力的对抗性措施，也难于抵挡住威胁性话语。例如第73回，迎春女仆偷拿她的首饰还赌债，事后竟然说迎春平时使了自己的钱，两相抵销，又逼着迎春为因赌获罪的女仆说情。面对气势汹汹的攻势，懦弱的迎春不闻不问，捧着《太上感应篇》读起来。丫头绣橘挺身而出，揭了女仆柱儿媳妇的“底”：“把姑娘的东西丢了，他倒赖说姑娘使了他的钱，这如今竟要准折起来……这还了得！”但是绣橘没能说出有威慑力的措施，柱儿媳妇的攻势不减，仍喋喋不休地高声吵嚷。对这一言语交际态势，探春分析得很准确："如今这柱儿媳妇和他婆婆，仗着是嬷嬷，又瞅着二姐姐好性儿，私自拿了首饰去赌钱，而且还捏造假账，逼着去讨情，和这两个丫头在卧房里大嚷大叫……"平儿来后，表示将此事交凤姐处理，柱儿媳妇才慌了神，缴械投降了。

对抗威胁性话语时，既要彻底揭露对方企图，又要拿出有威慑力足以与之抗衡的措施，才能"抗击"成功。缺少"两要素"中一项，特别是后一项，则难以有效地遏制威胁性话语咄咄逼人的攻势。

# 95. 同义词语的语用选择

## ——凤姐提到"死"为何变换词语？

　　袭人母亲病危，她急忙穿戴好，要回家探视。凤姐嘱咐道："你妈要好了，就罢；要不中用了，只得住下，打发人来回我……"这里的"不中用"是对未死之人说"将要死"，是一种较委婉的说法。（见《红楼梦》第51回）凤姐选择"不中用"跟听话人有关，当同样表达"将死"这个意思而听话人换成贾母时，凤姐选择的委婉语也发生了变化。例如：

　　凤姐凑趣，笑道："……老祖宗看看，谁不是你老人家的儿女？难道将来只有宝兄弟顶你老人家上五台山不成？……"

　　这里用了一个极为含蓄委婉的词语"上五台山"。五台山是佛教圣地，用"上五台山"来喻指贾母之死，颇得虔诚敬佛的贾母欢心，贾母非但没恼，而且笑道："你们听听这嘴！我也算会说的了，怎么说不过这猴儿？"心情"十分喜悦"。（见《红楼梦》第22回）第52回，凤姐对贾母说的"等老祖宗归了西"，是与此同类的说法，照样博得了这位贾府最高统治者的欢心。

因此，在言语交际中，同义词语的语用选择必须考虑到听话人，从听话人的"特点"出发来选择相应的词语。这是制约同义词语语用选择的一个重要因素。制约同义词语语用选择的第二个因素是表达的需要。黛玉对宝玉的称谓是这方面很有趣的例子。黛玉在一般交际情况下称宝玉为"宝玉"。例如第22回，黛玉劝止宝玉"参禅"时，笑道："宝玉，我问你：至贵者'宝'，至坚者'玉'。尔有何贵？尔有何坚？"但动气时，则称宝玉为"二爷"。例如第28回，宝玉和黛玉闹了点儿小磨擦，宝玉没跟黛玉同去贾母处吃饭。宝钗劝解宝玉："你正经去罢。吃不吃，陪着林妹妹走一趟，他心里正不自在呢。"宝玉不在乎地回答："理他呢，过一会子就好了。"门外的黛玉"窃听"到这句话，郁闷不悦。当宝玉随后至贾母处问丫头谁让黛玉做裁剪活儿时，黛玉气乎乎地接过话头，朝宝玉"开火儿"："凭他谁叫我裁，也不管二爷的事。"而当黛玉开宝玉的玩笑时，又谑称他为"二哥哥"。例如第31回，黛玉闲步来到怡红院，见宝玉满脸愠色，袭人、晴雯有滴泪之状，她打趣说："大节下，怎么好好儿的哭起来了？难道是为争粽子吃，争恼了不成？""二哥哥，你不告诉我，我不问就知道。""必定是你们两口儿拌嘴了？"

制约同义词语语用选择的第三个因素是语境。例如第18回，元春省亲。虽是亲生女儿回娘家，然而身为皇妃，场面极为隆重、肃穆，甚至元春的父亲贾政都须"至帘外问安行参"。贾政的请安话浸透着刻板的公文味道。在这一特定的场合中，元春关照父亲保重身体时说："暇时保养，切勿记念。""暇时""切勿"都带有浓厚的书面语色彩。归省收尾时，元春与贾母、王夫人等女眷话别，她忍泣嘱告"不须记挂，好生保养"，意思与前相同。而在"家属话别"的语用场合中，元春选用了"记挂""好生"这样的口语色彩突出的词语，使表达亲切、自然、尽情。

反过来说，倘不经意同义词语的语用选择，会在交际实践中栽跟头。例如第67回，贾琏的亲信兴儿等暗中给贾琏操办了"偷娶尤二姐"的"婚外婚"。一天，此"机密"不慎泄露，凤姐大发雷霆。心慌意乱的兴儿在应付凤姐咄咄逼人的追查时，忙乱中不及择词，遭到凤姐怒不可遏的呵斥：

兴儿直撅撅地跪起来回道："这事头里奴才也不知道……二爷同着蓉哥儿到了东府里，道儿上，爷儿两个说起珍大奶奶那边的二位姨奶奶来，二爷夸他好，蓉哥儿哄着二爷，说把二姨奶奶说给二爷——"凤姐听到这里，使劲啐道："呸！没脸的王八蛋！他是你那一门子的姨奶奶？"兴儿忙又磕头说："奴才该死！"

……"奶奶不知道。这二奶奶——"刚说到这里，又自己打了个嘴巴……说道："那珍大奶奶的妹子——"

兴儿慌乱之中竟忘了自己面对的不是善良懦弱的尤二姐而是狠毒凶残的凤姐，未选择好适用的称谓词语，激怒了凤姐。

同义词语的语用选择要顾及说话人表达的需要、听话人的特点和语境的氛围。选择好恰当的词语，方能保证言语交际目的的顺利实现。顾及以上三种对同义词语选择的语用限制，摈弃一任兴之所至地随机选用同义词语，就不会像兴儿那样，不知不觉地就在言语交际中碰得头昏脑涨。

# 96. 言语交际的连续性
## ——黛玉为何不辞而别?

宝玉从外面回到住处,正跟丫头们聊天儿,黛玉来了。一会儿,丫头茜雪端上茶来,宝玉连忙向黛玉让茶,说:"林妹妹喝茶。"丫头们禁不住笑了起来,告诉他:"林妹妹早走了,还让呢!"宝玉这才知道黛玉已离去。黛玉为何不辞而别呢?(见《红楼梦》第 8 回)

黛玉一进门,宝玉就请她品评自己写的三个毛笔字"绛云轩"。但随后,宝玉却无意间中断了与黛玉的言语交际,接二连三地与丫头们攀谈起来:他先是关切地嘲笑袭人睡得太早,随后又亲昵地问晴雯留给她的"豆腐皮儿包子"吃了没有,一桩一件,忙个不了。黛玉刚跨入门槛时宝玉问字,只能算作寒暄。此后,他却亲亲热热地跟丫头们侃个没完没了,把黛玉撇在一边不管了。自尊、敏感的黛玉见他与丫头们缠绵难舍,对自己却不睬一言,自然极为不快,干脆不辞而别,以示"抗议"。令人忍俊不禁的是,宝玉竟然丝毫未察觉自己中断言语交际带给黛玉的冷落与伤害,甚至也未注意到黛玉的离去。

黛玉的不辞而别与丫头们的哄笑向我们揭示了这样一条重要的

言语交际原则：跟来客交谈须保持话语的连续性，不能长时间中断；如急需跟他人商谈，也应先向客人解释一句，表示歉意，才不致失礼。无故中断言语交际会使来客受到冷落、感到难堪，客人即便不做出激烈的"不辞而别"，也会因受到强烈的心理冲击而大大疏远主人。

《红楼梦》第47回，贾母正和夫人、小姐们说笑，邢夫人来了，贾母痛斥了她替贾赦向鸳鸯逼婚之举。夫人、小姐们一听，都回避了。训罢邢夫人，贾母想起中断的叙谈，立即命人请回客人，吩咐说："请了姨太太你姑娘们来；才高兴说个话儿，怎么又都散了！"贾母的再度邀集含有因言语中断而致歉的意味。

从客人一方说，主人的话语中断除失礼外，有时蕴含了说话人的某种意念。例如《红楼梦》第40回，贾母对客人刘姥姥的话语中断颇耐人寻味。看到黛玉卧室案上的笔砚和书架上放得满满的书，刘姥姥猜测道："这必定是那位哥儿的书房了？"贾母答："这是我这外孙女儿的屋子。"刘姥姥诧异极了，"留神打量了黛玉一番"，说："这那里像个小姐的绣房？竟比那上等的书房还好呢！"此时，贾母忽然不再搭理刘姥姥了，好长一段时间中断了跟刘姥姥的对话。这一言语中断并非由于贾母急于跟他人对话，而是透露出贾母内心对黛玉的不悦。贾母一贯认为，女孩儿家不必读书，只要识几个字不是睁眼瞎子就行了；女孩儿家最根本的是恪守封建礼教与妇德。所以她不愿接着刘姥姥"黛玉绣房像书房"的话茬儿说下去。

善于察言观色的刘姥姥对此似有所悟，也就不再提说黛玉住所的书斋气，一直静默地听着贾母跟王夫人、凤姐评议黛玉居室纱窗的颜色。

# 97. 细心捕捉"言外"信息

## ——薛姨妈为何提及宝琴的婚配？

　　贾母在园中赏雪后，"说及宝琴雪下折梅，比画儿上还好；又细问他的年庚八字并家内景况"。人情练达的薛姨妈很快揣度出，贾母打听薛宝琴身世是想给她说媒。于是薛姨妈详细叙说宝琴境遇，又委婉相告宝琴已许配人家。贾母言谈中并未提及说媒，薛姨妈完全是从言外之意中获悉这一语义的。细心揣摩他人话语中的言外之意，捕捉话语蕴涵的信息，是言语交际中一项重要的听话艺术。（见《红楼梦》第50回）

　　与薛姨妈捕捉贾母言外之意相类似，贾蓉听贾琏说尤二姐"举止大方，言语温柔，无一处不令人可敬可爱"就"揣知"贾琏图谋偷娶尤二姐的言外之意。这类言外之意是从话语鲜明的倾向性看出来的，是比较容易观察到的言外之意。有时，须细心观察，才能捕捉到言外之意。例如第50回，众姐妹在芦雪庭赏雪联诗，大家罚"落第"的宝玉去栊翠庵讨取一枝傲雪盛开的红梅。宝玉出发时，李纨命人相伴，黛玉说："不必，有了人，反不得了。"李纨从黛玉所提措施（让宝玉单独前往）中体味出黛玉的言外之意：妙玉性情孤傲，但对宝玉很有好感、有情意，若宝玉单独去，她会热情相赠，若其他人同往，妙玉碍于脸面，可能将宝玉拒之门外。李纨捕捉到黛玉"话里话"后，"点头道是"，宝玉依计而行，果然将红梅取回。这是听话人从他人所提措施中揣摩出的"言外"信息。

有时，须从不同人物的话语比较中捕捉"言外"信息。例如第35回，宝玉说："要说单是会说话的可疼，这些姐妹里头也只凤姐姐和林妹妹可疼了。"贾母接口说："提起姐妹，不是我当着姨太太的面奉承：千真万真，从我们家里四个女孩儿算起，都不如宝丫头。"宝玉提到凤姐和黛玉，目的是"勾着贾母，原为要赞黛玉"。不料贾母只字未提黛玉，却口口声声赞扬起宝钗来。读者从宝玉、贾母的话语对比中不难看出，宝玉心中时刻装着黛玉，一心一意想让贾母称赞黛玉，或许潜意识中是想为自己和黛玉的结合做舆论上的铺垫。而贾母呢，在她最钟爱的宝贝孙子明明白白提及黛玉时，却将话锋猛一转，极口夸赞宝钗，言外之意不正是：黛不如钗。也就是说，贾母话中蕴含着明确的抑黛扬钗的言外之意。

对话语细心体味，有时还可以洞察较深层次的言外之意。例如第54回，贾母听"女先儿"说书时，发挥了一通自己的文学观，说："这些书就是一套子，左不过是些佳人才子，最没趣儿……一个小姐，必是爱如珍宝。这小姐必是通文知礼，无所不晓，竟是'绝代佳人'，——只见了一个清俊男人，不管是亲是友，想起他的'终身大事'来，父母也忘了，书也忘了，鬼不成鬼，贼不成贼，那一点儿像个佳人？就是满腹文章，做出这样事来，也算不得是佳人了！"这段话是批"女先儿"的俗套故事，然而从字里行间却可以品味出贾母那彻头彻尾的封建婚姻观：儿女必须绝对服从父母的婚姻安排，自己想都不能想，更不能有任何举动，否则就是"鬼"、是"贼"。这段话的言外之意是：对已多次显露的宝、黛自主婚姻的愿望发出严重警告。这一言外之意实际上已使宝、黛的美好向往变为泡影，也给他们未来的生活投下了难以驱散的阴霾。

上面说的"言外之意"都是说话人主观上要表达的意思，还有一种"言外之意"不是说话人主观上要表达的意思，而是话语中隐含的某种思想意识。例如第 78 回，王夫人告诉贾母，她已将袭人"内定"为宝玉侍妾。贾母说："原来这样，如此更好了！袭人本来从小儿不言不语，我只说是'没嘴的葫芦'。既是你深知，岂有大错误的？""我深知宝玉将来也是个不听妻妾劝的。我也解不过来，也从未见过这样的孩子。别的淘气都是应该的，只他这种和丫头们好却是难懂。我为此也担心，每每的冷眼查看他。只和丫头们闹，必是人大心大，知道男女的事了，所以爱亲近他们。既细细查试，究竟不是为此。岂不奇怪。想必原是个丫头错投了胎不成。"这段话前一部分表示赞同王夫人的安排，后一部分则是对宝玉的看法。贾母的看法是出自内心的，也是符合事实的。宝玉对女孩子们的态度确实如贾母所说，并非因为"知道男女的事了"，而是宝玉朦胧的民主意识的反映。他把纯洁善良的女奴隶们视为与自己平等的人，不摆主人架子，也不用威压去逼迫她们服从自己的意志。坠儿母亲说："他（指宝玉）那一件事不是听姑娘的调停"，（见《红楼梦》第 52 回）便生动地反映了宝玉和丫头们的融洽关系。贾母不理解宝玉带有进步意义做法的自白，恰恰映现出她头脑中浓厚、顽固的封建专制思想和封建家长制意识这一"言外之意"。

话语的"言外之意"是复杂多样的，在言语交际中时时留意，做言语交际的有心人，才能捕捉到说话人"言外"的种种意向和话语中隐含的深层思想意识。

# 98. 交代、说明性话语的简与繁

## ——小红的回话为何深得凤姐褒美?

凤姐派小红给平儿传话,小红返回后禀复凤姐:"平姐姐说:
'我们奶奶问这里奶奶好。我们二爷没在家。虽然迟了两天,只管请
奶奶放心。等五奶奶好些,我们奶奶还会了五奶奶来瞧奶奶呢。五
奶奶前儿打发了人来说:舅奶奶带了信来了,问奶奶好,还要和这
里的姑奶奶寻几丸延年神验万金丹;若有了,奶奶打发人来,只管
送在我们奶奶这里。——明儿有人去,就顺路给那边舅奶奶带了
去。'"小红没想到,她的话得到凤姐大大一番夸赞。凤姐先对别人
称赞小红一下子说了"四五门子的话",又表扬小红"说的齐全",
"不像他们扭扭捏捏蚊子似的",随后再次对别人啧啧称赏小红"口
角儿""很剪断"。(见《红楼梦》第 27 回)小红只说了六句话,却
准确无误地交代了四五件事,干净利索、清清楚楚、互不牵连。凤
姐评语中说的"剪断",提出了交代、说明性话语须遵循的一个原
则:简洁。而做到简洁的关键一环是"扼要",抓住核心信息,扬弃
或缩减次要信息,才能言简意赅。次要信息膨胀起来,就会冲淡、
干扰核心信息。例如《红楼梦》第 57 回,王太医给宝玉诊脉后对贾

母说:"世兄这症,乃是急痛迷心。古人曾云:'痰迷有别:有气血亏柔饮食不能熔化痰迷者,有怒恼中痰急而迷者,有急痛壅塞者。'此亦痰迷之症,系急痛所致,不过一时壅蔽,较别的似轻些。"这段话里次要信息(病理)成了主体,核心信息(病情)反被浮光掠影般一带而过,贾母不禁诘责:"你只说怕不怕,谁和你背药书呢!"

但有时,这类话语的繁复是为了尽情抒发胸中的某种情感。例如《红楼梦》第9回,去私塾前宝玉向黛玉辞行说:"好妹妹,等我下学再吃晚饭。那胭脂膏子也等我来再制。"接着又"唠叨了半日,方抽身去了"。宝玉是在萦回往复的叙道中传达出亲昵、柔情的关切。再如《红楼梦》第20回,李嬷嬷诉委屈时,"将当日吃茶,茜雪出去,和昨日酥酪等事,唠唠叨叨,说个不了",是为了充分表达她那愤懑的情结。事理烦冗时,交代、说明性话语也只能"细吹细打"。又如《红楼梦》第14回,凤姐给宁府众仆人布置任务时发表的"长篇讲话",显然是由宁府丧事的规模浩大与头绪纷繁所限定的。

简洁的交代、说明性话语使信息的弃取、加工极为迅速、准确,为抽象思维活动提供了一个良好的基础。繁冗的交代、说明性话语所负载的"羡余"信息干扰了听话人对核心信息的提取,降低了言语交际的效率,甚至会使核心信息淹没在次要信息乃至无关信息的浪潮之中。

# 99. 言语的量与"传情"

## ——宝玉的话为何使怨愤的玉钏儿有了 "喜色"？

王夫人听见宝玉跟丫头金钏儿说了几句调情话，她不严责宝玉，反而狗血喷头地辱骂了金钏儿一顿，造成了金钏儿投井而亡的惨剧。金钏儿的妹妹玉钏儿给宝玉送"莲叶汤"时，想起姐姐，怨愤满腔。面对玉钏儿，宝玉"又是伤心，又是惭愧"，负疚地向玉钏儿问长问短。玉钏儿"哭丧着脸"，"正眼也不看宝玉"，对宝玉的话带搭不理的。然而过了不大工夫，玉钏儿脸上却渐渐有了"三分喜色"，甚至跟宝玉搭讪起来，这是为什么呢？（见《红楼梦》第35回）

原来宝玉设法支走了身边的丫头，只留下玉钏儿一人，"虚心下气"地一再向玉钏儿"赔笑问长问短"。不管玉钏儿怎么直眉登眼、瓮声瓮气，宝玉始终"温存和气"，好言抚慰，玉钏儿终于感悟到宝玉真诚的歉疚与愧悔，对宝玉有所谅解，情感上慢慢发生了变化，脸上方有了"三分喜色"。

由此可见，以言传情须保持一定的言语量，三言两语，往往难以奏效。再如《红楼梦》第9回，宝玉要去贾府私塾上学，临行前向黛玉辞行：

> 宝玉道："好妹妹，等我下学再吃晚饭。那胭脂膏子也等我来再制。"唠叨了半日，方抽身去了。

这里的"唠叨了半日"值得玩味。"唠叨"绝非絮叨之意，而是形象生动地刻画出宝玉用涓涓细语（即保持一定言语量的方式）向黛玉传递似水柔情的形景。

不仅传达某种细腻的情感需保持一定的言语量，传达某种激越的情感也是如此。例如《红楼梦》第 46 回，鸳鸯是这样当众袒露抗婚决心的："我是横了心的，当着众人在这里，我这一辈子，别说是宝玉，就是'宝金''宝银''宝天王''宝皇帝'，横竖不嫁人就完了！就是老太太逼着我，一刀子抹死了，也不能从命！服侍老太太归了西，我也不跟着我老子娘哥哥去，或是寻死，或是剪了头发当姑子去！要说我不是真心，暂且拿话支吾，这不是天地鬼神、日头月亮照着！嗓子里头长疔！"这一连串掷地作金石声的誓言，气冲斗牛，动天地而泣鬼神。正因为鸳鸯喊出了一长串词语组合，才得以形成了排山倒海的力量，向众人，也向读者酣畅淋漓地传达出拼死抗争封建压迫的悲愤情怀。

反之，不具有一定的言语量，情感就不能淋漓尽致地传达给对方，也就不能充分发挥出主观预期的言语效应。例如《红楼梦》第20 回，凤姐劝慰忌恨大丫头得宠、自觉受冷落的李嬷嬷时，只说了句"你说谁不好，我替你打他"。慑于凤姐的淫威，李嬷嬷虽然"脚不沾地"地跟凤姐走了，但并未从对方的话语得到慰藉，边走边吵吵嚷嚷地说："我也不要这老命了，索性今儿没了规矩，闹一场子，讨个没脸，强似受那些娼妇的气！"可见，即使存在某种权势关系，不具有充足的言语量，情感也不易充分传达给听话人。

当说话人用一种情感去感染听话人时，保持一定的言语量才能形成一股与言语链相伴的情感冲击波，使听话人内心受到震撼。只言片语所传递出的情感信息，一闪而过，缺少量的积累，往往只留给对方浮光掠影的印象，难以达到说话人的言语目的。

# 100. 戛然而止的言语效应
## ——宝钗的半句话为何使宝玉"越觉心中感动"？

宝玉挨了父亲的毒打，卧床将息，宝钗手托一中药丸前往探视。她先向袭人交代了如何用药，随后脉脉含情地说："早听人一句话，也不至有今日！别说老太太、太太心疼，就是我们看着，心里也——"宝钗"刚说了半句，又忙咽住，不觉眼圈微红，双腮带赤，低头不语了。"宝玉正凝神倾听，忽见宝钗猛然打住，"不往下说，红了脸，低下头，含着泪，只管弄衣带，那一种软怯娇羞、轻怜痛惜之情，竟难以言语形容，越觉心中感动，将疼痛早已丢在九霄云外去了。"（见《红楼梦》第34回）

宝钗话语在情感高潮处的戛然而止，引动了听话人宝玉一连串的回味、思索与遐想。试想，如果宝钗的话语如竹筒倒豆子一般咕噜咕噜把肚子里的话一口气倒个一干二净，那宝玉还有什么"嚼头"，还有什么可咂滋品味儿的呢。这里，话语的戛然而止帮助宝钗巧妙地传达出浓挚的情意。

话语的戛然而止有时还能传递出说话人的某种信息。例如《红楼梦》第34回，袭人对王夫人说："今日大胆在太太跟前说句冒撞话，论理——"袭人说到这儿戛然而止。这一话语骤停传达出想说又不敢说、等对方允许后才敢说出的信息。王夫人见状立即表态："你只管说。"这时，袭人才向王夫人说出了自己的心腹之见。

话语的戛然而止有时还传达出强烈的情感。例如《红楼梦》第77回，遭人诬陷的晴雯身染重病躺在床上挣扎，宝玉暗中相探，晴雯对宝玉倾吐衷肠说："只是一件，我死也不甘心：我虽生得比别人好些，并没有私情勾引你，怎么一口死咬定了我是个'狐狸精'！我今儿既担了虚名，况且没了远限，不是我说一句后悔的话：早知如此，我当日——"话到此处戛然而止。这一言语止息传达出了晴雯心头郁积日久的深深不平，淋漓尽致地表现出她那桀骜不驯的反抗性格。再如《红楼梦》第98回，黛玉临终前喊出的"宝玉！宝玉！你好……"虽刚说了半句便戛然而止，但却使读者分外真切地感觉到她的一腔哀怨，一腔悲愤，形成了巨大的情感冲击波，给读者以震撼与感染。

话语的戛然而止往往蕴含了不同的意味。当说话人有某种不便直言的语义时，在话语的适当处戛然而止往往能引导听话人自己去体味并解悟出说话人话语的深意；当说话人有某种不便直言的情愫时，在情感传达的高潮处戛然而止，往往能传达出极为强烈的情感热流。

# 修订版后记

　　出版社提出将十几年前我写的《说话的诀窍》重新修订再版，我听了挺高兴，觉得这表明拙著对社会还有用，仍有愿意读这本书的读者。

　　去年参加一个会议，签到的时候，刚写上自己的名字，旁边有位先生立即问："《说话的诀窍》是您写的吗？"我很意外，聊了几句，得知他一直收藏这本书，有时还拿出来读。这让我觉得很欣慰。

　　或许，这跟书的内容有关。

　　此书是指导口语交际的。在新时代，口语交际在社会生活中的作用，越来越大，越来越重要。

　　口语交际比文字交际更适应快节奏的社会生活。口语交际遍及人类活动的所有场合。交通工具的迅速发展使得人们"面对面"交流的机会大增。信息技术的突飞猛进让手机对谈随处可见。文字交际的使用场合被压缩，口语交际的使用场合空前扩展，在社会生活中被提升到前所未有的重要位置。

　　于是，口语交际能力大受重视。不用稿子现场说话，成为不少领域的必备能力。口才在各行各业中大显身手。口语交际训练进入中小学课堂已达十余年。

　　社会需要提高口语能力，是这本书再版的根本原因。

　　口语交际说到底，是人际交往。口语交际的许多内容，是引导人更多地关注他人感受。从根本上说，是在倡导人文关怀。因此，指导口语交际也是在彰显人性和人文精神。

我自认为这本书有两个特点，一个特点是该书确立了言语交际中的几个基本要素，即说话人、听话人、语境、言语目的。所有分析都是建立在这个基本要素的基础上的，比较容易读，容易理解。另一个特点是，完全从我国古典文学的巅峰之作《红楼梦》中选取例子来说明道理。这样，读者在领悟口语交际技巧的同时，还可以欣赏文学名著。

这本书也折射出我的语文工作的转型。十几年前，在高校的《现代汉语》和普通语言学教材中，出现了口语交际的内容，但大都是讲西洋人说的"合作原则"。我就想，能不能在大量研究汉语交际材料的基础上，抽绎出帮助中国人更好地进行口语交际的若干规律。搞到最后，感觉不宜写纯学术的理论文章，写通俗性的东西，或许更有益于大众。

此后，我所有的语文工作逐步走上了通俗化、大众化的道路。时下，我在《人民日报（海外版）》《语言文字报》《语言文字周报》《小学语文教师》等报刊及《光明日报》内部刊物《新闻研究》上，撰写回答群众语言文字问题的专栏或文章。所写文字，力求通俗易懂，以便有效地帮助读者提高语言文字应用水平，也包括提高口语交际能力。

为社会服务，已经成为我今后撰述的宗旨。我想，一个人只有为社会服务，生活才有意义。

语言文字工作，只有体现"人民主体"，才能做好。在社会各领域、各层次，在各种人群中，普及语言文字知识，帮助各行各业人员提高语言文字表达能力和口语交际能力，从而促进整个社会语言文字能力和规范化水平的提高，是语言文字工作的根本任务。

感谢语文出版社文化图书部的李勇、高全军两位先生，没有他们的提议和辛勤劳动，本书不会这么快修订面市。

杜永道

2013 年 3 月 22 日于北京朝内南小街